目 录

第一章 绪 论 … 1
 第一节 研究缘起 … 1
 第二节 对已有研究的述评 … 6
 第三节 本研究的主要考量 … 16

第二章 吴融的身世、交游与才能 … 21
 第一节 吴融的身世及家族情况 … 21
 第二节 吴融的交游与交往 … 46
 第三节 吴融的文、赋与书法 … 85

第三章 吴融诗歌的特色分析 … 97
 第一节 历代诗论著作对于吴融诗歌的评价 … 99
 第二节 吴融诗歌的分类及概貌 … 132
 第三节 吴融诗歌的风物系统及显著特色 … 143
 第四节 吴融诗歌的用词分析 … 182

第四章　吴融诗歌的编选与流播状况　　　　　　　　　197
　　第一节　吴融诗歌入选总集别集的情况分析　　　200
　　第二节　吴融诗歌在宋代以后诗人中的影响　　　206
　　第三节　吴融在当代文学史著作中的形象和地位　211
　　第四节　吴融诗歌在当代的网络传播　　　　　　219

第五章　结论与展望　　　　　　　　　　　　　　　229
　　第一节　结论　　　　　　　　　　　　　　　　229
　　第二节　展望　　　　　　　　　　　　　　　　231

附录一　吴融诗歌的编选及在部分文学史
　　　　著作中的收录情况　　　　　　　　　　　　235
附录二　吴融诗歌的用词统计　　　　　　　　　　　248
附录三　唐时期全图　　　　　　　　　　　　　　　252

参考文献　　　　　　　　　　　　　　　　　　　　255

后　记　　　　　　　　　　　　　　　　　　　　　267

第一章 绪 论

第一节 研究缘起

  论者谓"晚唐之诗,其音衰飒"。然衰飒之论,晚唐不辞;若以衰飒为贬,晚唐不受也。夫天有四时,四时有春秋。春气滋生,秋气萧杀。滋生则繁荣,萧杀则衰飒。气之候不同,非气有优劣也。使气有优劣,春与秋亦有优劣乎?……衰飒以为声,商声也。俱天地之出于自然者,不可以为贬也。又盛唐之诗,春花也:桃李之秾华,牡丹、芍药之妍艳,其品华美贵重,略无寒瘦俭薄之态,固足美也。晚唐之诗,秋花也:江上之芙蓉,篱边之丛菊,极幽艳晚香之韵,可不为美乎?①

  以上论述,以一种更广阔的胸怀看待晚唐诗歌,启发研究者们敞开心扉,公正看待客观事实,在尊重的前提下理解,才能发现更为精彩的唐诗世界。再来看有关唐诗研究的图景,笔者分别以"初

---

① (清)叶燮:《原诗·外篇(下)》,载丁福保汇辑:《清诗话》,上海古籍出版社1982年版,第650页。

唐""盛唐""中唐"和"晚唐"为关键字,通过中国知网①检索"篇名",得到的论文数量分别为748篇、1731篇、804篇和1716篇。也即,从论文关注的热度来看,盛唐和晚唐不相上下,较初唐和中唐多约一倍。研究热度越高,说明可发现的研究点和待解决的问题也越多。

笔者本科毕业于河北大学中文系,毕业论文题为《元好问杏花诗的艺术特色及成因》(指导教师为河北大学中文系王素美教授),后经整理发表于《河北大学成人教育学院学报》2004年第1期,这也是笔者发表的第一篇学术论文。从那时起,在接下来的十多年中,笔者一直对于杏花诗情有独钟,广泛搜集有关杏花题材的各类诗歌作品,并有意编写一部《杏花诗史》。

在对历代杏花诗作考察时,笔者注意到吴融②的杏花诗写得很有特色,初读时即被其诗歌韵味所吸引。"早春二、三月,恰是唐代科举放榜时节,科考揭晓的一系列例行的喜庆仪式和活动,如放榜、各种宴集、雁塔题名等,均在曲江与曲江之侧的杏园举行,杏园成为人们进行喜庆活动的场所,杏花及其他名花也成为人们表达喜悦的一门道具,这就使得应时而开的杏花在人们的印象中与进士及第有了牵扯不断的联系,于是被赋予了特殊的意义。"③杏花的

---

① 数据截至2018年11月4日。
② 吴融,唐代诗人。字子华,越州山阴(今浙江绍兴)人。吴融生于唐宣宗大中四年(850年),卒于唐昭宗天复三年(903年),享年五十四岁。他生当晚唐后期,一个较前期更为混乱、矛盾、黑暗的时代,他死后三年,曾经盛极一时的大唐帝国也就走入历史了,因此,吴融可以说是整个大唐帝国走向灭亡的见证者之一。
③ 滕云:《杏花开与槐花落 愁去愁来过几年——论唐代落第举子的槐杏情结》,《名作欣赏》2010年第5期。

意义在吴融的诗歌里得到了特别的重视，吴融的《途中见杏花》中的"一枝红艳出墙头"及其《杏花》中的"最含情处出墙头"两句也疑似共同开启了南宋叶绍翁名句"春色满园关不住，一枝红杏出墙来"的先声。笔者还注意到吴融的其他几首杏花诗，如"春物竞相妒，杏花应最娇。红轻欲愁杀，粉薄似啼销。愿作南华蝶，翩翩绕此条"（《杏花》），亦意趣盎然，被称为杏花诗史上五言小律的开山之作，同时，吴融对于杏花情状的比拟和描摹也深得人心，如"粉薄红轻掩敛羞，花中占断得风流。软非因醉都无力，凝不成歌亦自愁"（《杏花》）等都韵味十足，较前代同类诗歌无论是意象还是手法都有较大突破。

鉴于此，笔者开始关注吴融的咏花诗，并进而对他的相当一部分咏物诗（如《平望蚊子二十六韵》《鸳鸯》等）也产生了浓厚的兴趣，这些常见的动物在吴融的笔下散发着诗韵文采观照下的灵性。明末清初的黄宗羲在其《景妙诗集序》中说："诗人萃天地之清气，以月露风云花鸟为其性情，其景与意不可分也。"在"清气"与"性情"间，诗人以景写心，以心映景，吴融正是这样一位诗人，因此，笔者决定深入到他全部的诗歌中去探寻究竟。笔者从《全唐诗》（清·彭定求，中华书局1960年版）卷六八四至六八七中复印了吴融诗四卷，依照原版反复研读，并逐首加以注释，拟集稿成为《唐英歌诗笺注》。沉浸在诗歌注释中，笔者为其诗才所吸引，为其诗风所感染，遂决定在硕士研究生阶段开展吴融研究，并计划运用文学传播学和文化及网络传播的相关视角和理论，对吴融的诗歌做更为真实和立体的贯通式解读。

笔者认为，吴融作为一位重要的唐代诗人，自带唐人胸怀气韵，诗风尽显唐人气度，并饱含江南才情，诗歌意象真淳精细，其气度精神远非绝大多数宋代以及以后诗人所能及。但宋代以后，部分诗评著作对吴融的认知与品评不够清晰、系统和完善，甚至带偏了对吴融的整体认知。据笔者测算，吴融的存诗数量在全部唐代诗人中排第三十九位，与其诗作数量相当的有方干、韩偓、寒山、韦庄、郑谷等，但就实际声誉地位和现实影响力来看，吴融均不能称为显著。宋代以后较少有吴融诗集的刊刻与编辑，只是部分诗歌入选总集并略被品评[①]，与笔者所体会到的诗人才华和气质不甚相符，也与其应该享有的声誉存在差距。"如今，大量学者沉迷于故纸堆的文献考辨，自说自话；以西学理论强制阐释，用新诗思维凌驾古诗，更是常见'积弊'。换言之，很多研究陷入——以材料取代思想，知识遮蔽方法，分析消耗情感的泥淖。"[②]此表述意在抨击已有研究中可能存在的误区和偏差。因此，一方面要继续进行纠偏，另外，不少研究空白也应该得到有效弥补。综之，笔者认为，吴融是一个明显被后世低估且冷落了的诗人。不仅如此，历代对于吴融诗歌特色的品评，部分言论存在臆断和误解，对其身世与交游的基本脉络和节点也存在一定争议，这也是笔者在本书中应着力加以考证与澄清的。

　　唐末文学的独立，其间隐含的命题是文学研究中的价值判

[①] 参见本书附录一。
[②] 俞耕耘：《我们被唐诗选本窄化了阅读》，《北京日报》2018年6月5日。

断的标准开始了一定的转移：不再仅仅以成败论英雄，失败的文学作者也一样蕴涵着文学研究应该关注的内容；不再仅仅以"英雄"为研究的对象，英雄被建构的前因后果又是一个值得展开的问题。晚唐文学本就不是一块值得精耕细作的研究领地，而要把晚唐文学中似乎最没有价值的"唐末"单独作为研究对象，其中选题的思想背景与研究的逻辑思路就在于这样一个没有太多价值的时段，恰恰镶在中唐—北宋这两个最有价值的文学时段之间——其实问题的复杂与有趣之处还不仅仅在于这两个时段的文学价值，中唐与北宋在中国历史上又恰恰是社会的重要转型期。于是，唐末的现象，就不仅仅是文学的命题，它还蕴涵着复杂的政治史、文化史的命题。①

吴融在晚唐中地位特殊，有着相对高雅的文人交往群落，他接触了一个庞大的诗歌创作群体，并为时人所重，与之交往的有不少著名诗人，如韩偓、陆龟蒙、皮日休、贯休、卢延让、李洞、黄滔等，并留下了一些令人捉摸和品味的交往故事。还原交往与交际事实，是切实可行的研究路径，也能最大限度降低"误伤"。"这种读法，同时避免了'厚古薄今'和'以今非古'两种危险，用唐代现场的'当下'还原着接受与评价。我们如何被唐诗选本窄化了阅读？审美趣味如何被后代评论僵化？有多少诗人被边缘化，又有多少诗风被遮

---

① 陶庆梅：《新时期晚唐诗歌研究述评》，《南京师大学报（社会科学版）》1999年第4期。

蔽？"①还原被遮蔽的诗风，重新定位那些已经被"边缘化"了的诗人，丰富和延展"审美趣味"，都需要以现实和事实为第一出发点。因此，廓清一个以吴融为"中心"的晚唐诗人群落，并结合时代背景，分析他们在世事浮沉与人情纠葛中的表现，也是笔者的一个学术构想，这从对吴融的交游与唱和的梳理中可见一个雏形。

第二节　对已有研究的述评

从唐末至今，论者对晚唐诗大多持否定态度。反思这种带有明显历史惯性的批评现象，不难发现，不是晚唐诗缺乏思想价值和艺术魅力，而是其出现的异于此前诗坛的人生哲学、生活情趣、审美情趣、艺术思维和艺术风格，不仅使那些视文学为伦理、政治奴婢的封建文学观念批评者难以认同，也使那些对思想文化史发展缺乏认识和分析的批评者，难以理解出现在晚唐诗中的种种变化，因而导致千余年来的批评失误。②

笔者爬梳了中国知网及超星学术以"吴融"为题名的研究成果③，如下图所示，以在期刊中发表的学术论文为例，自1980年至

---

① 俞耕耘：《我们被唐诗选本窄化了阅读》，《北京日报》2018年6月5日。
② 田耕宇：《晚唐诗歌否定评价的当代反思》，《四川大学学报（哲学社会科学版）》2002年第4期。
③ 数据来源于中国知网，截至2018年2月5日。

2018年，除个别年份为零发表外，多数年份均有成果出现。1996年至2005年的十年间，研究相对低落，2006年至2015年的十年间，形成了一个研究的小高峰，最高峰出现在2010年前后。

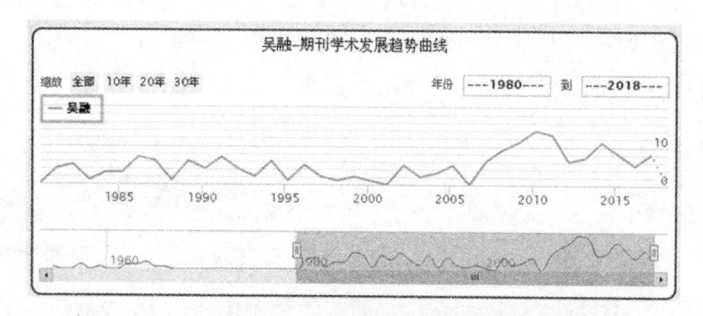

图1-1 有关吴融议题的期刊论文发展趋势图①

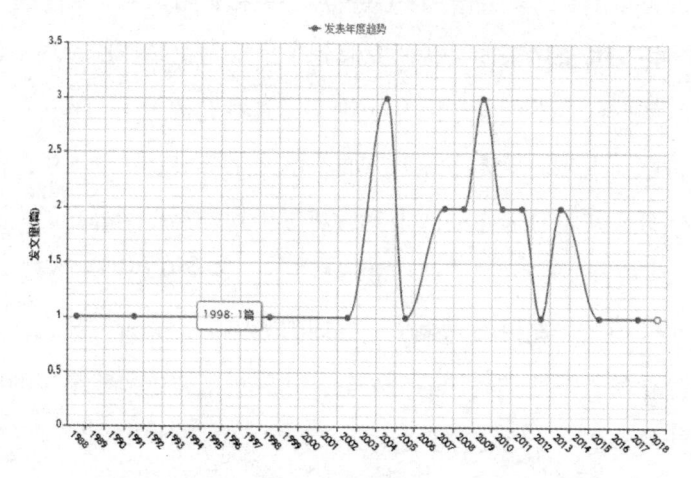

图1-2 有关吴融研究的发表年度趋势图②

---

① 据超星发现系统的搜索结果截图。
② 本数据及趋势图由中国知网按相关检索条件自动生成。

已有研究成果从所谈论的核心议题看，主要集中在三个领域。

第一个领域是对吴融的身世生平的考察，此类文章又主要分为两大类：

第一类是总论性质的，如柏俊才发表于《文献》（1998年第4期）的《吴融年谱》，该文篇幅较长，主要是梳理史料中有关吴融的记载，按照吴融在世的年岁进行了定位和归类，主要事件年为1岁、16岁、24岁、27岁、29岁、31岁、35岁、39岁、42岁、43岁、44岁、45岁、46岁、48岁、50岁、51岁、52岁、53岁、54岁、55岁、56岁、57岁、58岁，其他年龄的事件未收录。另，从年谱所梳理事件的多少与描述篇幅的多少来看，主要集中于1岁、24岁、43岁、44岁、45岁、50岁、51岁和56岁这8个重要时间节点。该年谱将吴融的生年定于武宗会昌六年（846），卒年定于昭宗天复三年（903）。综之，该文对于后来的吴融研究起到了重要的奠基作用。华中师范大学朱畅的硕士学位（2013年）论文《吴融论析》，主要讨论了吴融的诗歌与人生。就人生际遇方面，该文主要对吴融的人生阶段进行了划分，并将具体作品嵌入吴融从青年到中年再到暮年的人生履历中，所谓"知人论世"。就诗歌特点方面，该文从语汇与类型入手，分析了"雨"、花树类、叠字、数词类等语汇，分析了吴融交际诗的类型化特点及此类诗作的再细分，并分析了诗歌风貌呈现的原因和变化的趋势。艾炬发表于《山西师大学报（社会科学版）》（2017年第1期）的《吴融生卒年新考》一文认为，吴融生于唐大中四年（850）的可能性最大，并根据新发现的吴融佚文《翁氏族谱旧序》，断定吴融于天祐二年（905）依然在世，推测其卒年当在天祐四年（907）

之后。相关文章还有笔者发表于《河北理工大学学报（社会科学版）》（2008年第4期）的《晚唐诗人吴融身世家族》。

第二类是分论性质的，又可分为两个细类。

首先是对吴融的交游状况的考证，如许浩然发表于《扬州教育学院学报》（2009年第1期）的《吴融塞北游历考述》，该文认为吴融在唐僖宗广明元年（880）以后曾有去河东节度使郑从谠的幕府谋职、不久后还乡的经历。该作者发表于《江苏教育学院学报（社会科学版）》（2009年第2期）的《唐末文人吴融二事考述》，认为吴融在昭宗大顺二年（891）曾跟随宰相韦昭度任职扬州，在天复元年（901）为后蜀先主王建作过《生祠堂碑》文。该作者同时发表于《牡丹江师范学院学报（哲学社会科学版）》（2009年第6期）的《吴融、陆希声交游考述》，认为吴融诗《和陆拾遗题谏院松》的唱和对象是陆希声而并非陆扆，并以此为线索考述了吴融与陆希声的交游经历。

张艳辉发表于《漳州师范学院学报（哲学社会科学版）》（2005年第4期）的《试论晚唐士人吴融仕、隐、逸的离合》，与其硕士学位论文《论吴融的诗兼论晚唐士人仕、隐、逸的离合》（西北师范大学，2004年）同题，认为吴融的诗歌体现出了其在晚唐时期所受到的环境压力，并被动地在仕、隐、逸方面做出选择，属于无奈之举。这种无奈具体表现在入仕心强烈但是仕途坎坷难走，游学羁旅、仕宦坎坷催生了吴融的遁世心理，而部分艳情诗歌又抒发了一事无成、隐而不得状态下的及时行乐的思想。

方坚铭发表于《西南交通大学学报（社会科学版）》《2004年第3期》的《韦昭度之死与吴融的诗歌创作》，认为韦昭度对吴融的政治命运和诗歌创作都有重要影响,而韦昭度的去世客观上影响了吴融,为其诗歌创作增添了更多的凝重风格。

傅根生发表于《淮阴师范学院学报(哲学社会科学版)》(2013年第6期)的《唐末诗人吴融若干问题考述》,主要针对其家世、与韦昭度认识时间、与钱镠关系、与王定保关系等进行考述,认为吴翥①为吴融的祖父而非父亲,吴融认识韦昭度的时间在中和二年至光启元年间(882—885),该文认为吴融、贯休可能于乾宁三年(896)共同自荆南去往吴越,并与钱镠有所交往。该文还挖掘了吴融与王定保之间有关翁婿关系的史料,并进而认为吴融当逝世于天复三年(903)。

第二大领域是对于吴融诗歌的品读与评价,此类文章又可分为总论类、分论类及点论类三大类:

首先,总论类方面。欧阳忠伟发表于《上海师范大学学报(哲学社会科学版)》(1988年第3期)的《试论吴融的诗》,是目前所见的较早的专门研究吴融诗歌的文章。该文主要观点认为刘克庄《后村诗话》中对于吴融的评价不符合事实,吴融的诗歌题材较为广泛,且佳作较多,文章例举和分析了数十首诗歌以说明吴融并非"温李派",而是兼采众长又独具一格。文章还考述了吴融受李商隐、韩愈、白居易、大历十才子等影响而创作的诗句,并认为吴融

---

① 吴翥(zhù)(719—784),字明举,号文简,越州山阴(今浙江绍兴)人。生性淡泊功名,唐武宗大中年间(847—859),当地观察府屡次召他做官,吴翥都加以拒绝,被赐"文简先生"。中、晚年尝游暨阳,爱开化乡溪山胜地,遂寓居焉。著有《山阴集》和《招云集》等。

的诗风"清新秀远",与韩偓相异,却受皮日休、陆龟蒙影响更多。吴在庆发表于《固原师专学报》(2002年第1期)的《吴融诗论笺评》,主要谈及吴融的诗论主张,结合诸多诗文论者对于中晚唐的评述和中晚唐诗作状况,对吴融的诗论进行笺评,认为吴融的诗论与当时掌文者及正统文士的主张如埙篪相应,对"句度属对""奇峭险僻""惊怪艳丽""洞房蛾眉"和"神仙诡怪"的诗风予以批评。张艳辉发表于《齐齐哈尔大学学报(哲学社会科学版)》(2004年第1期)的《浅论吴融诗》,例析了十数首吴融的政治及咏史诗、咏物诗、酬唱诗、情诗等,并进而认为吴融的诗绵丽而缺乏风骨,其整体诗歌作品充满了无奈的嗟伤悲叹且诗风凄冷清疏。四川师范大学张淑玉的硕士学位(2012年5月)论文《吴融及其诗歌研究》,对吴融生平进行了梳理、补正,并从吴融与王定保的关系、隐居茅山、随韦昭度入蜀三个方面考述,对吴融的诗歌则主要从咏物诗、咏人诗、艳情诗、酬唱诗、咏怀诗五类进行分析,认为其诗"凄清"。该文还综合了吴融的诗论观进行诗作风格印证,既保持"风雅之道",但也有"气格卑弱"之嫌。笔者与马辉发表于《河北大学成人教育学院学报》(2007年第3期)的《吴融并非艳诗诗人之我见》,也在此方面发表了见解和主张。

其次,分论类方面。东南大学吴碧君的硕士学位(2015年)论文《吴融诗歌意象探微》,通过对比吴融与韩偓的诗歌意象,认为两者存在刚柔力度之别、艳雅色彩之别、反映现实政治的广度之别、诗人的心态之别,借此廓清了吴融诗歌的意象特征,进而认为吴融与韩偓之间诗歌意象产生差别的原因主要是性格差异和悬殊的仕宦生涯。王萍发表于《西北农林科技大学学报（社会科学版）》（2010年第3期）的《静中相对更情多——简论晚唐诗人吴融诗歌创作中的人文情怀》一文，认为吴融细腻地感悟生命的真谛，通过与大自然物象的"静中相对"，传达出百代之下读来犹使人为之动容的人文情怀。这种人文情怀可以概括为对乡国的热爱、对个体的尊重，从春与秋的衰落中感受生命的价值并在禅学影响下对大自然的真善美进行感悟。王萍发表于《中国宗教》（2010年第6期）的《吴融诗歌中的儒、释互补思想》，主要结合晚唐的时代背景以及吴融在交往唱和中的宗教因素，剖析了吴融可能存在的宗教方面的情怀与体认，并依此解释吴融在"入仕"和"出仕"方面的宗教倾向与人生际遇之间的显隐关系。张艳辉发表于《阜阳师范学院学报（社会科学版）》（2007年第5期）的《论吴融的艳情诗》，以数篇诗作为例证，认为吴融的艳情诗具有文字游戏的性质、多想象之辞和即席之作，且亦是偷生心态的反映。虽然如此，该文认为吴融并非为了艳情而艳情，而是有节制的，且其力倡诗教与艳情诗写作不存在绝对矛盾。

再次，是点论类方面。吴伟斌发表于《文史知识》（1991年第7期）的《杨花千里雪中行——读吴融〈春归次金陵〉》，李建邡发表于《学周刊》（2011年第10期）的《杜鹃声声寄哀情——吴融〈子规〉和余靖〈子规〉比较赏读》，许浩然发表于《江苏广播电视大学学报》（2011年第5期）的《晚唐诗人吴融荆南沙头市题诗考析》等都是对吴融的具体诗作进行品读，并结合文史哲方面的思考，来挖掘吴融诗歌的深层次内涵与时代特征。

第三大领域侧重于对吴融的总体性研究。如笔者的《吴融研究》

（2006年）及杭州师范大学毕海燕的《吴融研究》（2012年），从题目来看都属于相对全面和整体性的硕士论文。

概括起来，已有研究主要是从文学、史学及宗教学、哲学的角度来剖析吴融的人与诗，而笔者与回达强发表于《理论界》（2008年第9期）的《吴融诗歌的编选与流播状况分析》则是从文学传播学的角度来观照吴融诗歌的动态流向和读者接受，可谓视角新颖，具有启发意义。

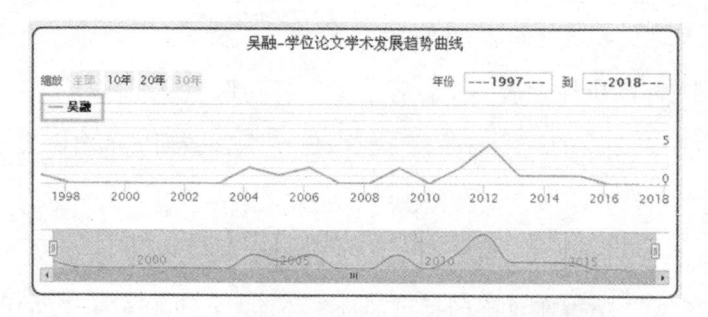

图 1-3　有关吴融议题的学位论文发展趋势图①

据笔者统计，截至2017年年底，涉及吴融研究的硕士学位论文共有七篇，分别为：西北师范大学张艳辉的《论吴融的诗兼论晚唐士人仕、隐、逸的离合》（2004年），笔者的《吴融研究》（2006年），四川师范大学张淑玉的《吴融及其诗歌研究》（2012年），杭州师范大学毕海燕的《吴融研究》（2012年），北京师范大学叶维新的《晚唐诗人吴融诗歌研究》（2012年），华中师范大学

---

① 据超星发现系统的搜索结果截图。

朱畅的《吴融论析》（2013年），东南大学吴碧君的《吴融诗歌意象探微》（2015年）。已有硕士学位论文的完成单位以师范大学为主，年份主要集中在2012年。截至2018年2月，未见有博士论文涉及吴融议题。

从已有研究者的发表论文数量来看，发文较多的有张艳辉、王萍、许浩然及笔者，从发表时间来看，多集中在了笔者完成硕士论文（2006年）或者硕士毕业的前一两年中，一些论文发表后普遍缺乏后续跟进的研究，原高产作者未能继续深挖吴融研究，论文发表也呈现出一定的偶然和随机性。综之，论文发表特点是以硕士论文研究和随机性发表为主，且论文发表刊物的级别相对不高。此外，值得一提的是，现有的唐代文学特别是唐诗研究的名家大家对吴融的关注也不多，仅有吴在庆等少数名家发表过有关吴融的研究文章。

目前，笔者所见到的最早的硕士论文是西北师范大学2001级古典文学硕士研究生张艳辉的硕士学位论文，题为《论吴融的诗兼论晚唐士人仕、隐、逸的离合》，该文前半部分以吴融为中心，后半部分以吴融为引线，论述不够充分，且部分观点令笔者难以苟同。其《浅论吴融诗》[①]一文亦与毕业论文观点论调一致，偏颇之处显而易见，尤其是把一些牵强附会的评价强加给了吴融，这对诗人来说是不公允的。相比之下，吴在庆先生的《吴融诗论笺评》[②]一文以《禅月集序》为中心，基本客观地评价了吴融的

[①] 张艳辉：《浅论吴融诗》，《齐齐哈尔大学学报》2004年第1期。
[②] 吴在庆：《吴融诗论笺评》，《固原师专学报》2002年第1期。

诗学思想,也给笔者的论文写作提供了一些思路。另有方坚铭先生的《韦昭度之死与吴融的诗歌创作》[①]一文,视角独特、说理充分,对吴融的晚年生活把握较为到位。笔者对其观点有所征引,已在文中注明。综合来看,已有吴融研究存在着几个方面的特点。

一是对于吴融生卒年的考证,目前仍无定论,但这并不妨碍对吴融的诗评诗作的品评,尤其是不妨碍对其交游和唱和的大体概貌的判断。"因为晚唐诗人二、三流居多,其资料缺失情况可能比唐代任何时段都要严重得多(唐末更是如此),考证工作也就愈发显得艰难了。"[②]多位研究者试图一次性解决有关吴融生卒年的种种争论,目前来看,并非易事。

二是对于吴融是否是艳诗诗人的判定,相关研究已基本趋向于得出一致的结论,即吴融有艳诗诗作但是数量极少,在其全部诗作中占比较低,不足以支撑吴融为艳诗诗人之说法。既然吴融并非艳诗诗人,其诗人诗作究竟在唐诗史上特色为何、地位几何,就成了一个需要重新思考的重要问题,即当今的文学研究需要重新给予吴融以品评和定位,目前来看,已现生机。

三是对于吴融诗作风格的把握趋于准确,已经出现了多篇使用词频统计和意象归类的定量分析法的文章。这些文章基于专业的数据分析,得出的结论基本可信,这对于进一步廓清吴融诗歌

[①] 方坚铭:《韦昭度之死与吴融的诗歌创作》,《西南交通大学学报》2004年第3期。
[②] 陶庆梅:《新时期晚唐诗歌研究述评》,《南京师大学报(社会科学版)》1999年第4期。

的用词用韵用典用事特征等，起到了重要的辅证作用，目前来看，纠偏有功。

四是对于吴融仕宦生涯以及与其他诗人交往的考述，相关研究都基于相似的文学史料做补充填空式开掘，一些文章增强了史料搜集的全面性和针对性，有助于扩展对诗人交际境遇的深层次认识，尤其是有助于"知人论世"的评价和还原更为真实的"诗人群落"，目前来看，集腋成裘。

第三节　本研究的主要考量

文学史的研究应以作家为轴心，以作品（本体）为基础。而文学的创作活动，并非孤立个体的活动，而是人与人之间的互动，每一个作家总要与前代作家（过去时态）、同代作家（现在时态）、后代作家（将来时态）发生直接或间接、有形或无形的关系。同代的作家相互构成群体关系，不同时代的作家形成代群关系。共时的作家群和历时的代群共同创作出生生不息、错综交错的文学史。①

克罗齐曾说，一切历史都是当代史，一切文学史也必然是当代史，尤其是新出版的今人撰写的文学史。历史是被建构出来的，文

---

① 王兆鹏著：《宋南渡词人群体研究》，台北文津出版社1993年版，第1页。

学史的梳理与评价，因为带有更强烈的主观性，其被建构的可能和余地是更大的。"如今的学术背景发生了巨大变化，一来文献整理成就超过前代，二来研究论著汗牛充栋，所以我同意台湾学者邱燮友的看法——'个人编写文学史，可能到刘大杰、叶庆炳为止，以后应走集体合作的途径。'今人不宜再以一人之力撰写完整的《中国文学史》，而只宜撰写断代史或分体史，最好的做法是先做深入的专题研究，像陈寅恪写《元白诗笺证稿》、闻一多写《唐诗杂论》那样，或者像布拉格学派的穆卡洛夫斯基写《普勒的〈大自然的雄伟〉》、伏狄卡写《现代捷克散文的开始》那样，只对某个文学史问题进行深入研究，这样才能为真正有价值的新文学史打好学术基础。"[①]

文学史的抒写，应该是理论、态度、能力和技巧的高度合一，而对于今人来说，能够通览全部文学样式，熟知各个朝代文学范式，已经变得越来越困难。因此，五彩斑斓的文学史各有侧重，没有任何两部文学史是完全相同的，对于同一个朝代的文学，同一诗人诗作，对其的思考和定位总是会有区别。不同时代的人有不同的时代精神、民族传统、阶级印记，也有着自己独特的交际境遇，解诗、读诗更需要照顾当时读者的阅读水平和审美感受。此外，受制于民族的生存境况以及生产力和生产关系的水平，文学史的视野和胸怀，也总是会出现波澜起伏，文化的主体风格和文学的主体氛围也都会烙上鲜明的时代印记。对吴融的研究，也必然要尊重这样一个历史规律。

[①] 刘悠扬：《"重写"对古代文学史意义更大——访南京大学中文系教授、唐宋文学研究专家莫砺锋》，《深圳商报》2014年8月26日。

鉴于此，笔者在相关章节中穿插介绍了吴融的师承关系、同代交游以及后世影响三个部分。另外，笔者试图从晚唐诗人诗作普遍的传播状况入手，分析晚唐诗歌不同于初、盛、中唐的显著的传播方式与图景。晚唐的社会、政治、经济等都在中唐的基础上有了深层次的转变，进而一定会对诗歌及其他文化品类的传播产生影响。另外一个构想是，当今电子及网络技术日新月异，依靠它们的帮助可以使研究更为直观、更为精确，也更为接地气，这也是将新技术应用到吴融研究的一个新尝试。如果研究者本身有较高的文学素养并善于借助文学统计工具，就能够对文本进行准确的解析并做到"如虎添翼"，但文学素养和文本观照仍是根本，否则一些空洞的数据或许会把文学研究引向歧路。再有，本书想对古代文学尤其是唐诗的当代网络传播做一些试探性研究，并以吴融为例做好诗人的网络数据整理和网络形象"画像"，来勾画吴融在网络上的"原生态"和"网红度"。

在现代传媒的视域之下，唐诗不单单被定位为能够集中代表中国古典文学知识、民族传统文化的存在形式，也更成为具备商业开发价值乃至社会效益的潜力资源。近年来，重新审视、尊重以及开发民族文化资源，不仅成为一种兼具经济效益与社会效益的综合工程，而且也因为在很大程度上激发了民众的文化自豪感与认同感，逐渐影响了社会文化的演变趋向。当下，作为传统文化代表之一的唐诗，因独特的人文意蕴与商业潜质，受到文化产业，尤其是传媒行业的青睐。除了图书、音像制品等传统媒介，唐诗还借助电视、广播和互联网等形式多样的高效率媒介进行视听化呈现。①

因此，还原传播中的真实场景并描绘出传播要素之间的相互作用关系，也是本研究的一个重要着力点。本书所涉及的文献，大多来源于电子版的《四库全书》和《四部丛刊》，原文无标点，笔者自行断句标点后加以使用，因此不可避免地存在一些断章取义或生搬硬套的情况，虽后经核对纸质书所载原文一一做了订正，但仍恐怕有一些错误未消除。

---

① 姜志云：《传媒语境下唐诗文化的大众传播探析》，《出版广角》2017年9月上。

第二章　吴融的身世、交游与才能

第一节　吴融的身世及家族情况

1986年出版的罗宗强《隋唐五代文学思想史》就已经把晚唐的文学思想分成上下两个部分。只是由于"四唐说"的框架太过坚实，又一直是新中国成立以后文学史教科书对唐代文学叙述时采用的基本体系（文学史教材尽管总是学术研究中滞后的一环，但它作为一种教育体系对研究者还是有根深蒂固的制约），因此，只有在学术视野宽阔、学术思路也随之更新的时候，系统地把"唐末"从"四唐说"的框架中提取出来，才能成为可能。[①]

"四唐说"的观点一直备受质疑，明末的沈骐在其《诗体明辨序》力主"四唐说"，"沈氏四唐的分期年限为：初唐，自高祖武德元年（618年）至玄宗先天元年（712年）计95年；盛唐，自玄宗开元元年（713年）至代宗承泰元年（765年）计53年；中唐，自代宗大历元年（766年）至文宗太和九年（835年）计70年；晚唐，自文宗开成元年（836

[①] 陶庆梅：《新时期晚唐诗歌研究述评》，《南京师大学报（社会科学版）》1999年第4期。

年)至昭宗天祐三年(906年)计71年"[①]。除却流行的"四唐说"之外，还有"五唐说"，"严羽不列诸家之名，而以时论之，将唐诗明白分为'唐初''盛唐''大历''元和''晚唐'五体。这就是最早的五唐分期说"[②]，而"元人杨士弘选录唐诗编成《唐音》，将严氏的五体并为'唐初''盛唐''中唐''晚唐'四体(所谓中唐，包括严氏的'大历体'和'元和体')，从而奠定了四唐分期说的基础"[③]。也有观点认为，唐朝的历史可以分为九个阶段，分别是大唐开国、贞观之治、武周时期、开元盛世、安史之乱、元和中兴、会昌中兴、大中之治及日落西山，这样的分期更有利于从政治层面理解唐代的起落兴衰。依此说，吴融所生活的时代主要是后两个阶段。

公元846年4月22日，唐武宗去世，宦官群臣拥戴李忱继任皇位，是为唐宣宗。唐宣宗上任后贬谪李德裕，结束以牛僧孺、李宗闵等为领袖的牛党与以李德裕、郑覃等为领袖的李党之间的争斗，并试图削弱宦官权力及整顿权贵、外戚。经过一番整饬，唐宣宗在地位上得到巩固，在维护主权和开疆拓土方面也有所建树，对内他励精图治，使经历了大风大浪的唐朝又出现了"中兴"的局面，吴融的出生与成长就是在这样一个背景下展开的。

[①] 陈鼎栋：《唐诗"四唐分期说"质疑》，《福建商业高等专科学校学报》2005年第6期。
[②] 陈鼎栋：《唐诗"四唐分期说"质疑》，《福建商业高等专科学校学报》2005年第6期。
[③] 陈鼎栋：《唐诗"四唐分期说"质疑》，《福建商业高等专科学校学报》2005年第6期。

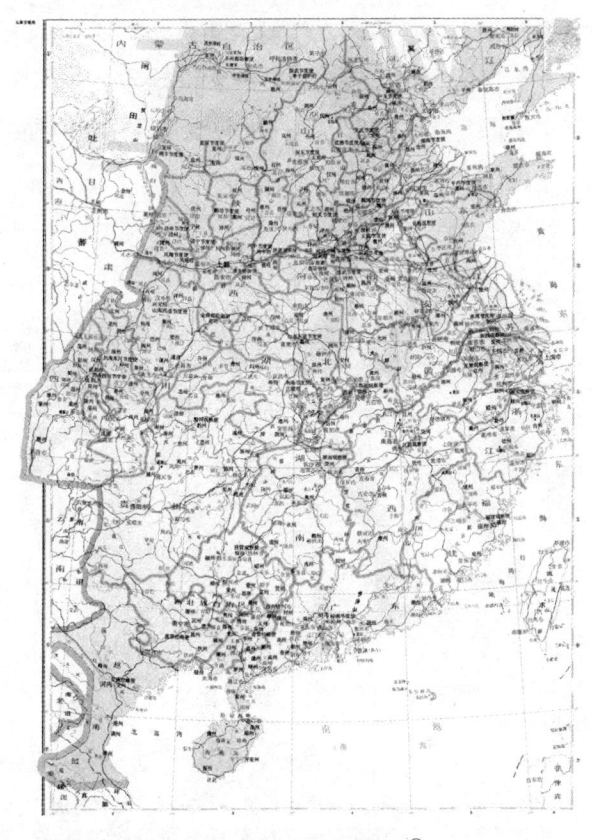

图 2-1　元和方镇图①

"唐自大中间,国体伤变,气候改色,人多商声,亦愁思之感。"②唐宣宗大中十三年（859年）爆发农民起义,唐朝统治岌岌可危,

---

① 谭其骧主编:《中国历史地图集》（第五册）,中国地图出版社1982年版。
② 余成教:《石园诗话》,载郭绍虞辑、富寿荪校点:《清诗话续编》,上海古籍出版社1983年版。

黄巢①起义更是征遍唐朝半数江山，使唐朝国力大为衰减。而宣宗之后的懿宗和僖宗，治政不利、乱局不断，导致战争频仍，经济急剧衰落。黄巢起义后，唐僖宗在动乱中去世，其弟李晔继任，称唐昭宗，并迁都洛阳。此时期正为吴融的青少年及中年时期。

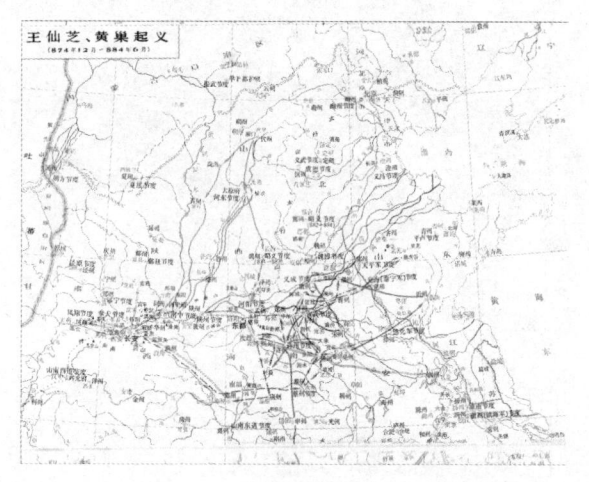

图 2-2　王仙芝、黄巢起义图②

---

① 黄巢（820—884年），曹州冤句（今山东菏泽西南）人，唐末农民起义领袖。出身盐商家庭，善于骑射，粗通笔墨，少有诗才，黄巢五岁时候便可对诗，但成年后却屡试不第。王仙芝起义前一年，关东发生了大旱，官吏强迫百姓缴租税，服差役，百姓走投无路，聚集黄巢周围，与唐廷官吏进行过多次武装冲突。乾符二年（875年）六月，黄巢与兄侄八人响应王仙芝。乾符四年（877年）二月，黄巢率军攻陷郓州，杀死节度使薛崇。乾符五年（878年）王仙芝死，众推黄巢为主，号称"冲天大将军"，改元王霸。乾符六年（879年）正月，兵围广州。广明元年（880年）十一月十七日，东都留守刘允章迎黄巢军入洛阳。十二月一日，兵抵潼关。广明元年（880年）十二月十三日，黄巢兵进长安，于含元殿即皇帝位，国号"大齐"，建元金统，并大肆屠戮唐朝宗室百官。在唐朝将领李克用、王重荣等人的猛烈进攻下，中和四年（884年）六月十五日，黄巢败死狼虎谷（在今山东莱芜西南）。昭宗天复初年，黄巢侄子黄皓率残部流窜，在湖南为湘阴土豪邓进思伏杀，唐末农民起义结束。

② 郭沫若主编，中国社会科学院历史研究所编：《中国史稿地图集》（下册），中国地图出版社1996年版。

乾宁五年（898年）又发生了神策军中尉刘季述①等人的军事政变，唐昭宗因此被软禁，失去人身自由，而后宦官操控政权，使得昭宗的皇权受制。天复元年（901年），唐宰相崔胤②与孙德昭③共同击败发动政变的刘季述，并拥戴唐昭宗复位。然而好景不长，朝廷内党争仍然严重，支持宰相崔胤的朱温④逐渐在斗争中占据上风，但天祐元年（904年）掌握权势的朱温在长安发兵，挟持唐昭宗并将其杀害。至此，吴融的有生之年也基本结束。从几个重要节点来看，吴融的一生，伴随着唐朝后期的各种政权与势力间的暴力冲突与反抗，可谓动荡飘摇。

关于吴融的生卒年，学界一直有不同说法，概括起来主要有三种，即：一为柏俊才先生的会昌六年（846年）之说，二为台湾胡雅岚女士的大中四年（850年）之说，三为竺岳兵先生的大中八年（854年）

---

① 刘季述，唐末宦官。累升为枢密使。乾宁二年（895年）任神策军左中尉。光化三年（900年），与右中尉王仲先幽禁唐昭宗，立太子裕为帝。次年，都将孙德昭、董从实等受崔胤指使，支持昭宗复位。他和王仲先等都被杀。

② 崔胤（853—904年），唐清河武城（今山东武城西北）人，字昌遐，一说字垂休。右仆射崔从之孙，工部侍郎崔慎由之子。乾宁二年（895年），进士及第，多次升迁后官拜御史中丞。与朱温相结，想要靠朱温除掉宦官。屡次被罢官，均因为朱温的支持再起，先后四次官拜宰相，当时人们称他为"崔四人"。天复元年（901年），崔胤遗书朱温，令他出兵迎驾，宦官韩全海等劫昭宗到凤翔投靠李茂贞。天复三年，昭宗回到长安后，他劝朱温尽杀宦官，自任判六军十二卫事，筹谋另建禁军。第二年，被朱温杀死。

③ 孙德昭，生卒年不详。其父孙惟最，世为州校，功拜右金吾卫大将军。德昭以荫累职为左神策指挥使。光化三年（900年），宦官刘季述等预废昭宗，另立太子李裕。宰相崔胤谋反正，暗中说服孙德昭，劝之迎昭宗复位，并割下一衣带，写上亲笔信派人送给德昭。天复元年（901年）正月，孙德昭发兵打败了刘季述，周承晦擒刘季述等，刘季述、王彦范为乱梃所毙，薛齐偓投井自杀，诛其党二十余人，昭宗重新复位，因功任同平章事，充静海节度使，赐姓名李继昭。又在凌烟阁上画其肖像。晚年拜为金吾大将军。

④ 朱温（852—912年），即后梁太祖（907—912年在位），五代时期梁朝第一位皇帝，宋州砀山（今安徽砀山县）人，唐僖宗赐名"朱全忠"，即位后改名朱晃。

之说。艾炬先生发表于《山西师范大学学报》(2017年第1期)的《吴融生卒年新考》一文认为吴融生于大中四年(850年)的可能性最大。对于卒年,目前岑仲勉、傅璇琮、袁行霈三位先生主编的相关文学史料均认定为天复三年(903年),艾炬先生则认为卒年应在唐朝灭亡(907年)之后。笔者倾向于认为吴融生于公元850年,卒于公元903年。

吴融死后,天祐二年(905年)朱温又大开杀戒,制造了"白马驿之祸",杀害了三十多位朝廷重臣。心怀野心的朱温又于天祐四年(907年)逼迫唐哀帝李柷让位,唐朝至此灭亡。而后,朱温改国号而立后梁,定都开封。

吴融从出生到去世,共经历了四位唐代皇帝,分别是宣宗、懿宗、僖宗和昭宗。

表2-1 吴融生年所经历唐朝皇帝情况表

庙号	谥号	姓名	生卒年	在位时间	年号
唐宣宗	圣武献文孝皇帝	李忱	810—859	846—859	大中
唐懿宗	昭圣恭惠孝皇帝	李漼	833—873	859—873	咸通
唐僖宗	惠圣恭定孝皇帝	李儇	862—888	874—888	乾符 广明 中和 光启 文德
—	前废帝(襄王)	李煴	?—887	886—887	建贞
唐昭宗	圣穆景文孝皇帝	李晔	867—904	888—904	龙纪 大顺 景福 乾宁 光化 天复 天祐

（续表）

庙号	谥号	姓名	生卒年	在位时间	年号
—	后废帝（德王）	李裕/李缜	？—905	900—901（51天）	—
	哀帝	李柷	892—908	904—907	天祐

通过相关数据库和关键词检索，历代典籍对吴融的记述或详或略，详者几百字，短者几十字甚至十余字。相对其他唐代同等级诗人来讲，吴融的身世传述不算很广。笔者仅摘选其中表述较为确切和观点较为鲜明的内容加以评述。

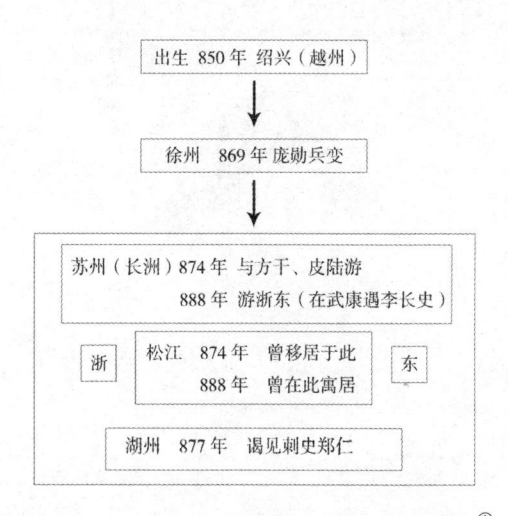

```
              出生 850 年 绍兴（越州）
                        ↓
              徐州 869 年 庞勋兵变
                        ↓
    ┌──────────────────────────────────────┐
    │  苏州（长洲）874 年 与方干、皮陆游      │
    │           888 年 游浙东（在武康遇李长史）│
    └──────────────────────────────────────┘
 ┌──┐  ┌──────────────────────────┐  ┌──┐
 │浙│  │ 松江 874 年 曾移居于此      │  │东│
 └──┘  │      888 年 曾在此寓居      │  └──┘
        └──────────────────────────┘
        ┌──────────────────────────┐
        │ 湖州 877 年 谒见刺史郑仁    │
        └──────────────────────────┘
```

图 2-3　889 年吴融登第前浙东行迹简图[①]

[①] 自绘吴融行迹简图，据傅璇琮主编《唐五代文学编年史·晚唐卷》有关吴融条目，另参见张艳辉《吴融年谱（简编）》一文，标号顺序及箭头方向代表时间先后顺序，吴融诗歌中出现的地名见第三章第三节。

27

一、吴融的身世及生平

晚唐文人生平考订的一个重要研究成果集中在《唐才子传校笺》的三、四、五册；另外，吴在庆的《唐五代文史丛考》（江西人民出版社1995年版）也是考证方面的力作。由于资料所限，也就只有杜牧、李商隐、韩偓等重要作家生平考订较为充分，但一些小作家的生平考证也有论文发表:如曹唐、曹邺、杜荀鹤、贯休、方干、胡曾、李群玉、李远、刘驾、罗隐、陆龟蒙、孙樵、皮日休、韦庄、温庭筠、许浑、雍陶、郑谷、周繇等。[①]

图 2-4 唐翰林承旨融公像[②]

[①] 陶庆梅：《新时期晚唐诗歌研究述评》，《南京师大学报（社会科学版）》1999年第4期。
[②] 刘佑平：《中华姓氏通史·吴姓》，东方出版社2000年版，第110页。

第二章 吴融的身世、交游与才能

对于吴融研究来说,资料的有限性、分散性及时空的隔离性也是重要掣肘。吴融,《旧唐书》无传。《新唐书》卷二百三《文艺下》[①]所记较详细:"吴融,字子华,越州山阴人。祖翥,有名大中时,观察府召以署吏,不应,帅高其概,言诸朝,赐号文简先生。融学自力,富辞调。龙纪初,及进士第,韦昭度讨蜀,表掌书记,迁累侍御史。坐累去官,流浪荆南,依成汭[②]。久之,召为左补阙,以礼部郎中为翰林学士,拜中书舍人。昭宗反正,御南阙,群臣称贺,融最先至。于时左右欢骇,帝有指授,叠十许稿,融跪作诏,少选成,语当意详。帝咨赏良厚。进户部侍郎。凤翔劫迁,融不克从,去客阌乡,俄召还翰林,迁承旨,卒官。"[③]后世诸书,如南宋陈振孙的《直斋书录解题》、南宋黄震的《古今纪要》、宋元之际马端临的《文献通考》等,直至《四库全书总目提要》,对吴融生平的记述,基本与《新唐书》同。其中《四库全书总目提要》中的记述虽文献价

---

① 参见欧阳修、宋祁等撰:《新唐书·文艺下》,中华书局1975年版,第5795页。
② 成汭(？—903年),原名郭禹,淮西人,唐末五代时任荆南节度使。
③ 据《唐五代文学编年史·晚唐卷》"唐哀帝天祐二年乙丑"条下"三月"栏载,"《新唐书》本传记吴融自阌乡召还,'迁承旨,卒官'。又韩偓《无题》诗序乃'丙寅年九月'作,时已称'故内翰吴侍郎融',则融乃卒于天祐三年(丙寅,906年)九月前,其确时不可考,当在此后至明年间"。参见傅璇琮等撰:《唐五代文学编年史》,辽海出版社1998年版,第971至972页。另《唐五代文学编年史·五代卷》"907年南汉","吴融卒天复三年(903年)"。参见傅璇琮等撰:《唐五代文学编年史·五代卷》,辽海出版社1998年版,第48页。另据《唐才子传校笺》载,"融之卒年,岑仲勉考云:'融卒何年,虽乏明文,但据《旧唐书》一七九《柳璨传》,璨天祐元年正月十日命相时,充承旨者已是张文蔚,则文蔚殆于天复三年加充。换言之,即融以天复三(903年)年卒官也。'所论甚是"。参见傅璇琮主编:《唐才子传校笺》(第四册),中华书局1990年版,第230页。

值不大,未有新材料的发掘,却对吴融人品、诗风有较为详细的评价,为前代所不及,故列于下。

《四库全书总目》卷一百五十一"唐英歌诗三卷"条下载:"融,字子华,越州山阴人,龙纪元年登进士第。昭宗时官翰林学士承旨,户部侍郎知制诰。事迹具《新唐书·文艺下》。融与韩偓同为翰林学士,故偓有与融玉堂同直诗,然二人唱酬仅一两篇,未详其故。以立身本末论之,偓心在朝廷,力图匡辅,以屏弱文士毅然折逆党之凶锋,其诗所谓'报国危曾捋虎须'者,实非虚语,纯忠亮节,万万非融所能及。以文章工拙论之,则融诗音节谐雅,犹有中唐之遗风,较偓为稍胜焉。在天祐诸诗人中,闲远不及司空图,沈挚不及罗隐,繁富不及皮日休,奇辟不及周朴,然其余作者实罕与雁行。《唐书》本传称昭宗反正,融于御前跪作十许诏,少选即成,意详语当。《唐诗纪事》又称,李巨川为韩建草谢表以示融,融吟罢立成一篇。巨川赏叹不已,盖在当时亦铁中铮铮者矣!"

宋代以后对吴融的记述多不足百字,且内容多祖述《新唐书》,或简或繁、大同小异,对其籍贯、身世等也无异议。也有文章认为吴融是绍兴地区中晚唐诗人的杰出代表:"中晚唐绍兴诗人群体主要是指中晚唐期间生活在绍兴并且主要在绍兴从事创作的诗人群体,这一诗人群体包括秦系、灵澈、清江、严维、吴融、朱庆馀等20人,其中以严维、吴融、朱庆馀为杰出代表。"[1]

---

[1] 吴佳佩:《略论中晚唐绍兴诗人群体的诗歌创作》,《文教资料》2012年3月25日。

第二章 吴融的身世、交游与才能

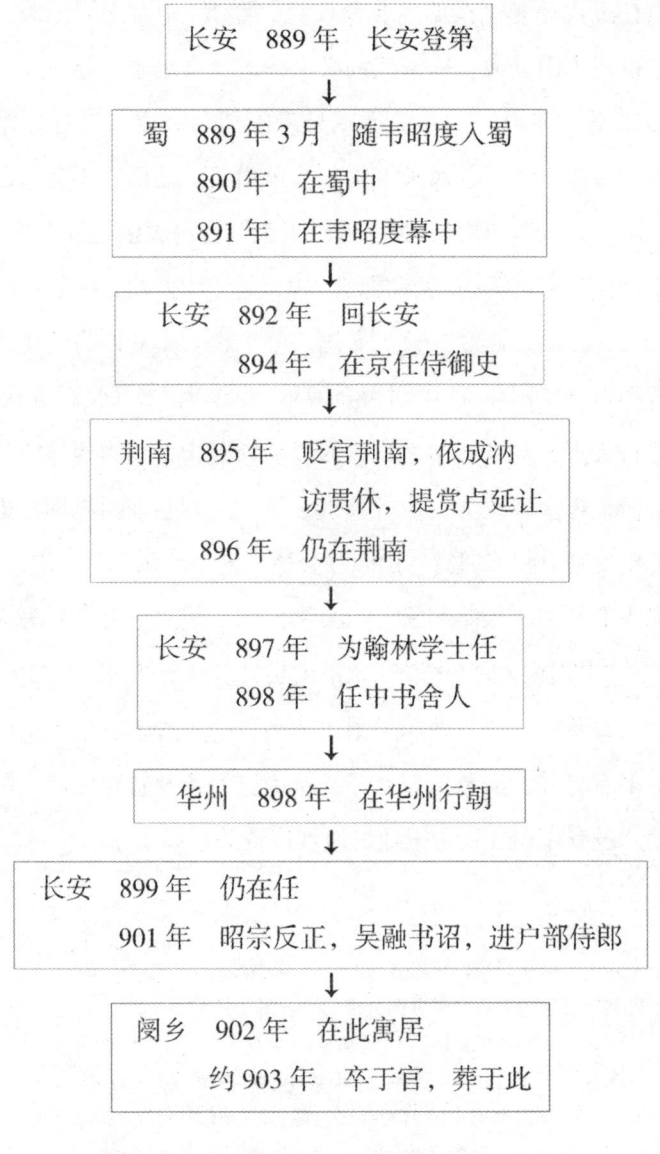

```
┌─────────────────────────────┐
│ 长安  889年  长安登第         │
└─────────────────────────────┘
              ↓
┌─────────────────────────────┐
│ 蜀   889年3月  随韦昭度入蜀   │
│      890年  在蜀中            │
│      891年  在韦昭度幕中      │
└─────────────────────────────┘
              ↓
┌─────────────────────────────┐
│ 长安  892年  回长安           │
│      894年  在京任侍御史      │
└─────────────────────────────┘
              ↓
┌─────────────────────────────┐
│ 荆南  895年  贬官荆南,依成汭  │
│            访贯休,提赏卢延让  │
│      896年  仍在荆南          │
└─────────────────────────────┘
              ↓
┌─────────────────────────────┐
│ 长安  897年  为翰林学士任     │
│      898年  任中书舍人        │
└─────────────────────────────┘
              ↓
┌─────────────────────────────┐
│ 华州  898年  在华州行朝       │
└─────────────────────────────┘
              ↓
┌─────────────────────────────┐
│ 长安  899年  仍在任           │
│      901年  昭宗反正,吴融书诏,进户部侍郎 │
└─────────────────────────────┘
              ↓
┌─────────────────────────────┐
│ 阌乡  902年  在此寓居         │
│      约903年  卒于官,葬于此   │
└─────────────────────────────┘
```

图 2-5 889 年吴融长安登第后行迹简图

然在五代孙光宪撰的《北梦琐言》卷五①中有不同记载:"吴侍郎,越州萧山县人。"宋代周必大撰的《文忠集》卷一百七十三"思陵录下"亦载,"……邑本吴王阖闾弟夫概王之邑,汉号余暨。吴大帝改曰永兴,唐天宝元年改萧山县。盖西一里有萧山,渗水所出东入海,贺知章②、吴融皆邑人也",讲吴融是萧山县人。

据唐代李吉甫撰的《元和郡县图志》卷二十六《江南道·越州》③,"会稽县,山阴,越之前故灵文国(园)也。秦立以为会稽山阴。汉初为都尉。隋平陈,改山阴为会稽县,皇朝因之。《吴越春秋》云:'禹巡行天下,会计修国之道,因以会计名山,仍为地号。'山阴县,秦旧地也。隋改为会稽。垂拱二年,又割会稽西界别置山阴。大历二年,刺史薛兼训奏省山阴并会稽。七年,刺史刘少游又奏置,今复并入会稽。《宋略》云:'会稽山阴,编户三万,号为天下繁剧'","山阴县,同会稽","萧山县,本曰余暨,吴王弟夫概邑,吴大帝改曰萧山,以县西一里萧山为名"。可知,会稽、山阴二县历史上多有分并,而萧山与此二县从历史沿革及管辖区域来讲都十分清楚,没有模糊之处。三地的地理位置关系如下图。

---

① 参见(五代)孙光宪撰,贾二强校:《北梦琐言》,中华书局2002年版,第102页。另其条记吴融策名升朝事似有神明助,见于该页。
② 据《旧唐书·文苑中》载,"贺知章,会稽永兴人。太子洗马德仁之族孙也"。参见(后晋)刘昫等撰:《旧唐书》,中华书局1975年版,第5033至5034页。另据《中国历史地名大辞典》载,"唐天宝元年,以永兴县改名,治所在今浙江萧山市"。参见魏嵩山主编:《中国历史地名大辞典》广东教育出版社1995年版,第994页。
③ 李吉甫撰:《中国古代地理总志丛刊:元和郡县图志》,中华书局1983年版。

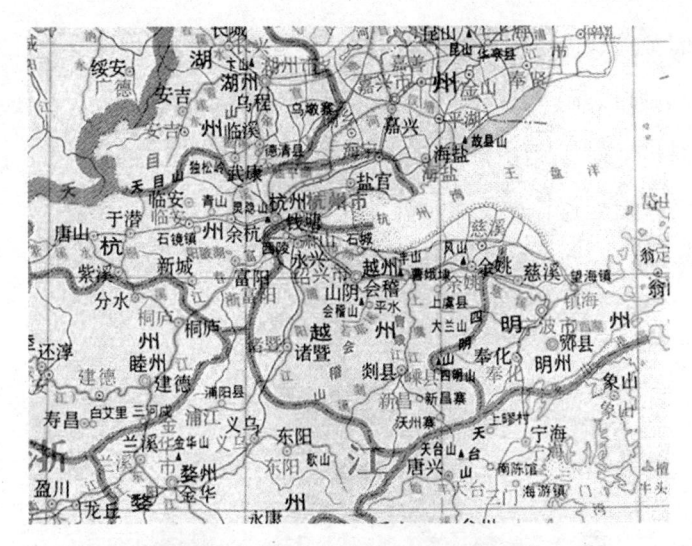

图 2-6　唐江南东道越州区域图①

关于吴融的籍贯为萧山之说仅此两家，但都未作详细考述。细考吴融的作品，全部诗作中出现过一次萧山，即《和严谏议萧山庙②十韵》（旧说常闻箫管之声因而得名次韵）。一般来说，诗人多不会吝惜笔墨来抒发对家乡的眷恋，而萧山一地在吴融诗中仅出现一次，或许可以辅证吴融为萧山人之说可信度低。

另据傅璇琮主编《唐才子传校笺》③，"又据融诗，其登第前之事迹，尚有可考知以补《才子传》之缺载者。融《祝风》诗云：'故隐茅山西，今来笠泽涘。'又《萧县道中》亦云：'草堂旧隐终归去，

---

① 谭其骧主编：《中国历史地图集》（第五册），中国地图出版社1982年版。
② 萧山庙，又名白龙王庙，在今浙江萧山市东北萧山上。据魏嵩山主编：《中国历史地名大辞典》，广东教育出版社1995年版，第994页。
③ 参见傅璇琮主编：《唐才子传校笺》（第四册），中华书局1990年版，第223页。

寄语岩猿莫晓惊。'《闲望》云：'阙下新居非故业，江南旧隐是谁家。'据此，则融尝隐于茅山西。据《元和郡县图志》卷二五《江南道》一，润州延陵县西南三十五里有茅山（见下图）。融即尝隐居于此。又据《祝风》诗，融隐茅山西盖约在其徙家长洲前，即三十岁之前事也"。

图 2-7　唐江南东道润州区域地图[①]

吴融困于举场二纪之久，近四十岁才得中进士，之前在江南一带已颇有名于士林间，且常有行卷于吴融者。[②]（具体参见本章第二节末）及第后，吴融曾先后入韦昭度幕和成汭幕，但前者为赴职，

---

① 据谭其骧主编：《中国历史地图集·唐·江南东道》截图，中国地图出版社1982年版。
② 参见傅璇琮主编：《唐才子传校笺》（第四册），中华书局1990年版，第224页。

后者为遭贬后所至（参见图2-5）。

吴融生前最为出名的一件事就是"俄刻成诏"，一些典籍对此事多有记载。如元代辛文房撰的《唐才子传》卷九"吴融"条①载，"天复元年元旦，东内反正，既御楼②，融最先至，上命于前座跪草数十诏，简备精当，曾不顷刻，皆中旨，大加激赏，进户部侍郎"。另宋代王十朋的《会稽三赋》卷上"会稽风俗赋"及其所撰《梅溪集》后集卷一"赋"，《御定历代赋汇》卷三十七"会稽风俗赋"（另见《浙江通志》卷二百六十九《艺文十一·赋上》），均有"吴融十诏成于俄刻"之记述。吴融此事也多为后人所称道，成为其"才力浩大"的证明。

另经考查，对吴融的集子加以提及的还有《新唐书》卷六十志第五十《艺文四》③，《通志》卷七十《艺文略第八·别集四》，《宋史·艺文七·集类》④。另外，《唐诗纪事》卷六十八，《郡斋读书志》卷五下"唐贤绝句一卷"，《遂初堂书目·别集类》，《说郛》卷十下"别集类"，《唐音癸签》卷三十《集录一·晚唐》，《史纠卷六·书史同异·书新旧唐书后》，《御定佩文斋书画谱》卷二十九《书家传八》中也都不同程度地提及了吴融或者吴融的集子。

---

① 孙映逵校注：《唐才子传校注》，中国社会科学院出版社1991年版，第858页。
② 据《旧唐书》本纪第二十上《昭宗》，"天复元年春正月甲申朔，昭宗反正，登长乐门楼，受朝贺"，中华书局1975年版，第735—784页。
③ 欧阳修等撰：《新唐书》，中华书局1975年版，第1614页。
④ 参见（元）脱脱等撰：《宋史·艺文七·集类》，中华书局1977年版，第5345页。

另据《中国丛书综录（二）·别集类》①，有"唐英歌诗三卷[唐]吴融撰　唐人四集（汲古阁本、景汲古阁本）；唐四名家集；唐诗百名家全集（康熙本、光绪本）第四函；四库全书·集部别集类"。

图 2-8　虞山毛氏汲古阁图

据《中国丛书综录续编·唐代总集》②，有"唐四名家集　[明]毛晋辑，1926年上海涵芬楼景印明汲古阁刊本　唐英歌诗三卷　[唐]

---

① 参见上海图书馆编：《中国丛书综录》（二），上海古籍出版社1982年版，第1239页。
② 施廷镛编撰：《中国丛书综录续编》，北京图书馆出版社2003年版，第319页。

吴融撰",有"唐四十七家诗 [明]钞本　唐英歌诗三卷 [唐]吴融撰"①,有"唐四十四家诗 [明]钞本　唐英歌诗三卷 [唐]吴融撰(注:北京图书馆藏)"②。

关于吴融死后所葬的墓穴,清以前无记述,《大清一统志》卷一百七十五《陕州》中讲"吴融墓在阌乡县③西四十里"。《河南通志》④卷四十九《陵墓》中讲"吴融墓在阌乡县城西四十里,融翰林承旨"。《河南通志》卷六十九《流寓》中记述相对详细,"吴融,字子华,越州山阴人。力学富词调,昭宗龙纪初登进士。仕终翰林承旨。卜居阌乡皇天原⑤北,后卒,葬于营门右,融有卜居诗⑥",准确地说出了吴融墓址是在"阌乡西四十里"的"营门右",见下图。

---

① 施廷镛编撰:《中国丛书综录续编》,北京图书馆出版社2003年版,第321页。
② 施廷镛编撰:《中国丛书综录续编》,北京图书馆出版社2003年版,第322页。
③ 据《元和郡县图志》卷五《河南道一·河南府》,"阌乡县,本汉湖县地,属京兆尹,自汉至宋不改。周明帝二年,置阌乡郡。……隋开皇三年,废阌乡郡,十六年移湖城县于今所,改名阌乡县,属陕州。贞观八年,改属虢州"。参见李吉甫撰:《中国古代地理总志丛刊:元和郡县图志》,中华书局1983年版。此地位于长安、洛阳两大古都之间。
④ 文中所提到之地方志,如无特别说明,均来自《四库全书》电子版。
⑤ 一名董杜原。在今河南灵宝市西北。隋大业九年杨玄感攻洛阳不克,引兵西向关中,宇文述等追击至此。据魏嵩山主编:《中国历史地名大辞典》,广东教育出版社1995年版,第829页。
⑥ 壬戌岁,天复二年即902年,吴融此年寓居阌乡,并作有《阌乡寓居》诗十首。

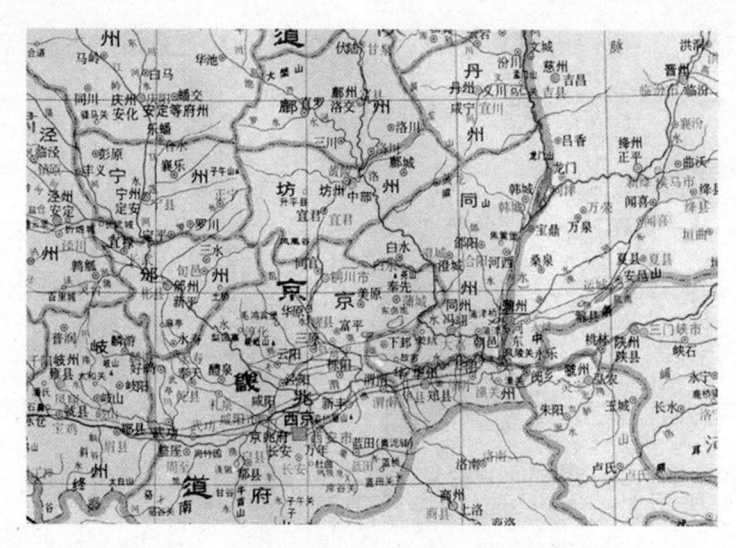

图 2-9　唐京畿道关内道阌乡周边区域图①

二、吴融的家族考

关于吴融的家族与亲属，也有一些零星的记载，综合多说可以概括为，吴融生于书香世家，虽不能称为名门望族，但也较一般人家为贵。据宋代马永易撰的《实宾录》卷十一"文简先生"条载，"唐吴融，山阴人，祖翥，有名大中时，观察使元晦②召以补吏，不应。以诗五百篇致晦，晦高其概，言诸朝，赐号文简先生"，可谓以"有高世志，不应召辟"而闻名。观察史元晦欲召吴翥做小官，遭到吴

---

① 谭其骧主编：《中国历史地图集》（第五册），中国地图出版社1982年版。
② 元晦，唐代文学家，河南洛阳人，生卒年不详，约活动于唐敬宗至唐武宗时期。元稹之侄，饶州刺史元洪之子。宝历元年（825年）登贤良方正、能直言极谏科。会昌初年任桂管观察使，官终散骑常侍。《全唐诗》卷五百四十七存诗仅2首。《全唐文》卷七百二十一存文2篇，《唐文续拾》卷5存文1篇。

薰拒绝。但元晦敬佩吴薰的风节并欣赏他的才华,将他的事迹上报朝廷,唐宣宗①听后也很钦佩,于是赐号"文简"。

而在今人的考证中,部分观点则与《实宾录》有些出入,如刘佑平先生的《中国姓氏通史》中认为吴融为吴薰之长子,吴融之弟名吴翮。刘书"山阴吴氏是武昌吴氏的分支"条②中讲:

> 唐代著名的文学家中,有一位吴姓成员,那就是山阴吴氏家的吴融。据民国八年《山阴州山吴氏族谱》③记载:山阴吴氏从吴氏正宗分支而成。公元8世纪,吴季札的第49代孙、吴可博的长子吴舜咨凭借父亲的荫庇当上了山阴县(今浙江绍兴市)令、他的家室也随之迁往山阴,后代遂繁衍成山阴吴氏。
> 吴舜咨娶妻王氏,生一子吴薰,字明举。他生性淡泊功名,隐居山阴,不乐仕进。潜心著书立说,著作有《山阴集》《闲情

---

① 唐宣宗(810—859年),李忱(chén),唐朝第十六位皇帝(除武则天和殇帝李重茂外,846至859年在位),唐宪宗李纯第十三子,唐穆宗李恒异母弟。初名李怡,长庆元年(821年),封光王。会昌六年(846年),唐武宗死后,李忱为宦官马元贽等拥立,登基为帝。李忱勤于政事,孜孜求治,喜读《贞观政要》。他在位期间,整顿吏治,并限制皇亲和宦官,将死于甘露之变中除郑注、李训之外的百官全部昭雪。对外关系上,击败吐蕃、收复河湟,安定塞北、平定安南。尤其是收复河湟,这是安史之乱后,唐对吐蕃的重大军事胜利之一。李忱在位时期是唐朝继会昌中兴以后又一段安定繁荣的时期,历史上把这一时期称之为"大中之治"。大中十三年(859年)八月,李忱因服长生药中毒,于大明宫驾崩,享年五十岁,在位十三年。谥号圣武献文孝皇帝,庙号宣宗,葬于贞陵。后加谥元圣至明成武献文睿智章仁神聪懿道大孝皇帝。李忱工诗,《全唐诗》录有其诗六首。
② 刘佑平:《中华姓氏通史·吴姓》,东方出版社2000年版,第87—88页。
③ 吴隐等修撰:《山阴州山吴氏支谱》,北京图书馆藏,1916年活字本。

集》《招云集》等。唐宣宗大中年间（公元847—859年），当地观察府屡次召他做官，都被拒绝。地方官吏敬佩他的气节，将他的事迹上报朝廷，唐武宗[①]听了也很钦佩，于是赐给吴翥"文简先生"之号，一时之间被传为美谈。

据《江阴吴氏统宗源源考》记载，吴翥生了两个儿子：长子吴融（新、旧《唐书》[②]将吴融说成吴翥之孙，误。族谱补正正史，这是又一例）、次子吴翮。吴融字子华，是唐后期著名的文学家，史称吴融自幼读书很勤奋，文章写得华丽洒脱。后中进士，曾做过韦昭度的书记官。

吴融生三子：长子吴元三，次子吴元睿，三子吴少郢。吴融之后，山阴吴氏的这三个分支，又分别迁往各地。二子吴元睿，迁回祖籍江陵（湖北江陵），三子吴少郢一支，迁徙到诸暨（今浙江诸暨县）。长子吴元三，字若虚，官任翰林院修撰。据《山阴州山吴氏族谱》，吴元三娶唐宗室惠昭太子李宁的曾孙女李氏为妻，生三子：长子吴彬、次子吴彪、三子吴伊。吴彬，字文郁，封骠骑将军，他的家室先居陕西咸阳，后又迁回吴郡虞山（今江苏省常熟县）居住。

吴氏正宗、季札的二子吴征生一支，几百年间转辗迁移流徙，到公元10世纪（即唐末、五代初年），由季札第五十三代孙吴彬迁回江苏常熟古延陵之地。

[①] 应为唐宣宗，宣宗847—859年在位，而唐武宗841—846年在位。此为刘书之误。
[②] 吴融《旧唐书》无传，事迹亦不见于《旧唐书》，故此处为刘书之误。

另，该书"季札次房回归延陵又掀开了开创家族史的一页，而吴元三做领头雁开始了吴姓回归故国的行程"条①载，

> 季札次子吴征生宗，经吴芮、吴汉到唐末吴翥、吴融父子，形成山阴吴氏。据民国八年《山阴州山吴氏族谱》，吴太伯的第69代孙吴融娶妻李氏，生了三位公子：长子元三、次子元睿、季子少邠。吴融之后，山阴吴氏分成三支，次子吴元睿一支，迁到湖北江陵；三子吴少邠一支，迁居浙江诸暨。而山阴吴氏正宗，长子吴元三一支，几经繁衍变迁，至五代赵宋时期，宗族成员大批回归到吴姓故国姑苏、无锡等地，家族随之兴盛起来。
>
> 谱载吴元三娶唐宗室惠昭太子李宁的曾孙女为妻，也生了三子：吴彬、吴彪、吴伊。宗族又一分为二：次子吴彪，为季札的第71代孙，他迁回江苏无锡，主持那里的吴姓始祖吴太伯庙祀，成为无锡吴氏主宗。据明嘉靖三十二年杨继盛《吴氏叙宗》，无锡吴氏宗派后来又衍生出间江、六合、高耶、河南、晋陵、邢里、玉带桥、新塘、毛村、历下等众多的吴氏分支。
>
> 长子吴彬，则迁居咸阳。

吴翥为晚唐名人，对吴融深有影响，吴融也将此家风传递了下去。但究竟为吴融之祖还是吴融之父呢？历代史料中并未见吴翥为

---

① 刘佑平著：《中华姓氏通史·吴姓》，东方出版社2000年版，第109—110页。

吴融之父的确切证据。离吴融生活年代最近的《唐摭言》①记载吴融的事迹最为详细，其中也未提到吴融的父辈。

据《浙江通志》卷一百二十三《选举一》，"昭宗大顺 吴少邠 诸暨人 门下侍郎"，可知实有"吴少邠"其人，其生平事迹又不可考。除族谱记述外，无其他典籍可以提供证据。

北宋钱易撰的《南部新书》卷七记载："吴融字子华，越州人。弟蜕，亦为拾遗。蜕子程，为吴越丞相，尚武肃女。程子光谦、光远二人，皆为元帅府推官，入京并除著作郎，皆去光字，谦寻卒。远终于水部郎中，累牧藩郡。"宋代孔延之撰的《会稽掇英总集》卷十八收有吴蜕《镇东军监军使院记》。另据《绍兴市志》第四十四卷《人物》第二章《历代进士名录》②记载："龙纪元年（889年）吴融，山阴人，户部侍郎；大顺中（890—891年），吴蜕，山阴人，右拾遗、礼部尚书；后唐（924—935年），吴程，山阴人，吴蜕子，吴越国相，累官礼部尚书。"在唐至五代的绍兴籍文科进士名录中，吴氏家族占了八席中的三席③。此两说正可以相呼应。

---

① 《唐摭言》，古代文言轶事小说集，出版时间不详，撰者为唐末五代王定保（870—940年）。全书共15卷，分一百零三门。每卷分若干标题，每个标题下或作综合论述，或分记若干有关故实，大致前三卷汇录科举制度掌故，其余十二卷按类记叙科举士人言行。记叙详细、生动，但又很少神奇怪异；且次序较有系统，多为选举志所未备。
② 参见中国绍兴政府门户网站www.sx.gov.cn，"走进绍兴"栏目下"绍兴市志"。
③ 其余五人为：证圣元年（695年）之贺知章，越州山阴人，累迁太常博士；至德二载（757年）之严维，山阴人，兼中词藻宏丽科，秘书省校书郎；元和初（806年）之孔敏行，山阴人，谏议大夫赠工部尚书集贤殿学士；宝历二年（826年）之朱庆余，越州人，秘书省校书郎；会昌中（841—846年）之朱可名，越州人，长安令。（出处同上）

第二章　吴融的身世、交游与才能

为何族谱不见吴蜕及其子吴程①？谱中称"吴翮"无名且无子，概"吴翮"与"吴蜕"并非一人。吴蜕之子吴程曾为"吴越国相"，如此显赫之地位，家谱自然不应漏掉，史志更应该有所观照。因此，族谱的真实性与严谨性当值得怀疑。

另，清代吴任臣的《十国春秋》卷四十四《前蜀十·列传》中记载，"延让诗师薛能，不尚奇巧，人多诮为浅陋，独吴翮重其作，盛称于时。且云'语不寻常，后必垂名'"。另，《唐才子传》卷十"卢延让"条②载，"延让师许下薛尚书为诗，词意入僻，不竞纤巧，且多健语，下士大笑之。初吴融为侍御史，出官峡中，时延让布衣薄游荆渚，贫无卷轴，未遑贽谒。会融弟得延让诗百余篇……"。又《唐摭言》卷六"公荐"条③载，"……延让时薄游荆渚，贫无卷轴，未遑贽谒。会融表弟滕籍者，偶得延让百篇，融览，大奇之……"。究竟吴融之弟是亲弟还是表弟，似无从考证。但《十国春秋》为清初吴任臣所撰，《唐摭言》为五代王定保所撰，时代相差久远，《唐摭言》相对更为可信，笔者怀疑《十国春秋》中"翮"为"融"的误字。如果确有吴翮其人，其或许也非平庸之辈，起码官至"右拾遗、礼部尚书"，但其姓名事迹均不存于典籍当中，似与吴融《送弟东归》一诗相矛盾。那么是否会是由于某种传播因素限定呢？又因《唐摭

---

① 吴程（895—965年），字正臣，山阴人。五代十国时期吴越国宰相，居于相位22年之久。吴程出身官宦，父为礼部尚书吴蜕。吴程虽为文官，但知兵好战，曾多次在对南唐的战争中取得胜利，在他的谋划下吴越取得福建，扩大了领土。但是也曾帅军失利，导致吴越国因此国力大损。
② 孙映逵校注：《唐才子传校注》，中国社会科学出版社1991年版，第915页。
③ 姜汉椿校注：《唐摭言校注》，上海社会科学院出版社2003年版，第119页。

言》为吴融之婿王定保所撰,如果吴融之弟亦有才有名,作为王定保的"叔叔",也应该被稍加提及,而只字未提,值得怀疑。

笔者推测吴融之弟不叫吴翮。那么是否叫吴蜕呢?吴蜕之记载简单见于《会稽续志》卷四《花》中,"木兰 吴蜕 《镇东军监军使院记》云:'大厦前,木兰特异,越城之中称为第一'"。《宋史》[①]记有"吴蜕 一字至七字诗二卷"。《唐音癸签》卷三十《集录一·晚唐》[②]记有"吴融 诗四卷 吴蜕 一字至七字诗二卷",将吴融与吴蜕前后并列,吴蜕诗卷概已亡佚。另《浙江通志》卷一百二十三《选举一》中载"昭宗大顺 吴蜕 山阴人 右拾遗"。从籍贯和职官上都与《南部新书》所记相符。又考唐人交往诗,可知确有吴蜕其人,并与杜荀鹤[③]、罗隐[④]等人有交往唱和。杜荀鹤《唐风集》卷一中有诗《送吴蜕下第入蜀》,诗云"下第言之蜀,那愁举别杯。难兄方在幕,上相复怜才。鸟径盘春霭,龙湫发夜雷。临卭无久恋,高桂待君回"。其中"难兄"概指吴融。罗隐《罗昭谏集》卷三中有《暇日感怀因寄同院吴蜕拾遗》,诗云:"璧池清秩访燕台,曾捧瀛洲札翰来。今日二难俱大夜,当时三幅谩高才。戏悲槐

---

① 参见(元)脱脱等撰:《宋史·艺文七·集类》,中华书局1977年版,第5351页。
② 参见(明)胡震亨著:《唐音癸签》卷三十《集录一·晚唐》,上海古籍出版社1981年版,第311页。
③ 杜荀鹤(约846—906年),字彦之,自号九华山人。汉族,池州石埭(今安徽省石台县)人。他出身寒微,中年始中进士,仍未授官,乃返乡闲居。曾以诗颂朱温,后朱温取唐建梁,任以翰林学士,知制诰,故入《梁书》。
④ 罗隐(833—909年),字昭谏,新城(今浙江省杭州市富阳区新登镇)人,唐末五代时期诗人、文学家、思想家。

市便便笥,狂忆樟亭满满杯。犹幸小兰同舍在,每因相见即衔哀。"据宋代葛胜仲撰的《丹阳集》卷十,"跋吴子华帖"载,"光化天复间,唐祚如缀旒,此何等时?而子华兄弟营求涂辙犹如此,其切乃知。天下有道,而以静退望人士,盖未易也"。据其意正可印证,吴融兄弟同为朝臣,且两人都有"下第"之相似经历。吴融有《坤维军前寄江南兄弟》一诗,诗云:

> 二年征战剑山秋,家在松江白浪头。
> 关月几时干客泪,戍烟终日起乡愁。
> 未知辽堞何当下,转觉燕台不易酬。
> 独羡一声南去雁,满天风雨到汀州。

据《唐五代文学编年史·晚唐卷》"唐昭宗大顺元年 庚戌 九月"条载,"吴融本年秋随韦昭度军在蜀中,时已从军二载,起怀乡之愁,赴诗以寄江南兄弟"①。可知吴融之弟本年九月尚在江南,而吴蜕在大顺中(890—891年)及第,时间约略吻合。

另,吴融有《送弟东归》一诗,诗云:

> 偶持麟笔侍金闺,梦想三年在故溪。
> 祖竹定欺檐雪折,稚杉应拂栋云齐。
> 谩劳筋骨趋丹凤,可有文词咏碧鸡。

---

① 参见傅璇琮主编,吴在庆、傅璇琮著:《唐五代文学编年史·晚唐卷》,辽海出版社1998年版,第809页。

此别更无闲事嘱,北山高处谢猿啼。

从诗意可推知吴融之弟亦为朝臣,亦有文采。

据现存史料,笔者初步推断吴融之弟确名吴蜕,但吴蜕之诗集、事迹不传于世,当另有他因。刘佑平先生之说,行文有失严谨,考证亦不缜密,所参考之家谱疑似伪赝之作,当不确切。单就吴翥与吴融之关系,以及吴融的子女方面的记述来说,族谱与一般典籍亦存在较大差异,尚不能推定以何说为准。

傅璇琮主编《唐才子传校笺》中只遵照《唐才子传》中的条目逐一作了考订梳理,对吴融的籍贯(山阴)作了考察,并提及了吴融之祖"吴翥",遗憾的是没有对吴融的家世进行深究。

第二节 吴融的交游与交往

夫所贵乎史者,贵其能叙一群人相交涉、相竞争、相团结之道,能叙一群人之所以休养生息、同体进化之状,使后之读者爱其群、善其群之心油然而生焉。[①]

在人类社会中,任何个人都是以群体成员的身份出现的,总是处在一定的人际关系之中。正是在社会交往、群体互动中,个体才形成其一定的思想观念、行为规范和情绪意志。因此,

---

[①] 梁启超语,转引自王兆鹏著:《宋南渡词人群体研究》,台北文津出版社1993年版,第15页。

第二章　吴融的身世、交游与才能

无论是研究作家个体还是作家群体，都必须考察他们的人际关系、群体关系，以了解他们的相互影响，从而把握作家个体或群体的创作观念、审美趣味和创作范式等形成的过程。①

诗人群是指生活在同一年代前后的诗人，由个别相对有名的诗人领衔，形成一个以诗歌唱和和诗作交流为主的文人聚落群，类似于今天的诗人的"朋友圈"。据不完全统计，除去一些政客外，与吴融有过实质交往并有唱和之作的唐代诗人有十数人之多。笔者从原始典籍中挖掘出了与吴融有交往的诗人，以期大致厘清吴融在这样一个诗人群落中所处的地位、所发挥的作用以及所产生的影响。

一、吴融与王定保的交往

关于吴融与王定保的关系，《直斋书录解题》卷十一"摭言十五卷"②载，"唐王定保③撰。专记进士科名事。定保，光化三年进士，为吴融子华婿，丧乱后入湖南，弃其妻弗顾，士论不齿"。元代马端临撰的《文献通考》卷二百十六"摭言十五卷"中亦有，"定保，光化三年进士，吴融子华婿。"王定保晚吴融一年登第，时同在朝，其才气当为吴融所重，故有吴融"胥为婿"的表述。

---

① 王兆鹏著：《宋南渡词人群体研究》，台北文津出版社1993年版，第11页。
② （宋）陈振孙撰，徐小蛮、顾美华点校：《直斋书录解题》，上海古籍出版社1987年版，第323页。
③ 王定保（870—940年），南昌（今属江西）人。唐昭宗光化三年（900年）进士及第，为容管巡官，后遭乱不能北返，入仕南汉。大有十三年（940年），由宁远节度使入为中书侍郎同平章事（余嘉锡《四库提要辨证》）。

宋代阮阅的《诗话总龟》卷二十六《寄赠门上》[①]对此记述较为详细，"王定保，唐光化三年（900年）李渥侍郎下及第。吴子华侍郎脔为婿。子华即世，定保南游湖湘，无北归意。吴假缁服，自长安来，明日访其良人，白于马武穆[②]，王令引见定保于定林寺。吴隔帘诮之曰：'先侍郎重先辈以名行，俾妾侍箕帚。侍郎没，虑先辈以妾改适，是以不远千里来明侍郎之志。'定保不胜惭赧，致书武穆乞为婿。吴确乎不拔，定保为盟毕世不婚矣。吴归吴中外家。沈彬[③]有诗赠定保云：'仙桂曾攀第一枝，薄游湘水阻佳期。皋桥已失齐眉愿，萧寺行逢落发师。废苑露寒兰寂寞，丹山雪断凤参差。闻公已有平生约，谢绝女萝依兔丝。'定保后为马不礼，奔五羊，依刘氏，官至卿"。（另见元代陶宗仪辑的《说郛》卷十七下《识遗》"王定保"条）可知王定保与吴融的翁婿关系，但在吴融死后已名存实亡。王定保在婚姻家庭问题上的轻率，致"士论不齿"。当初"重先辈以名行"，而"攀得仙桂"，待吴融死后，竟"南游湖湘，无北归意"，而吴融之女显然受到父亲平日的言传身教，涵养深厚、处世端正，可见其"不拔""节妇"之品格，"不远千里来明侍郎之志"，但王定保并无悔意，"女萝"终难依"兔丝"。但就吴融

---

① 阮阅编，周本淳校点：《诗话总龟》（前集），人民文学出版社1987年版，第275至276页。

② 武穆王，即马殷（852—930年），据《旧五代史·世袭列传二》，"马殷，字霸图，许州鄢陵人也"。参见薛居正等撰：《旧五代史》，中华书局1976年版，第1756页。

③ 沈彬，字子文，高安人。唐末应进士，不第。浪迹湖湘，尝与僧虚中、齐己为诗友。事吴为秘书郎，以吏部郎中致仕。年八十余。李璟以旧恩召见，赐粟帛，官其子。诗十九首。

来讲，他生前对王定保则关怀有加。

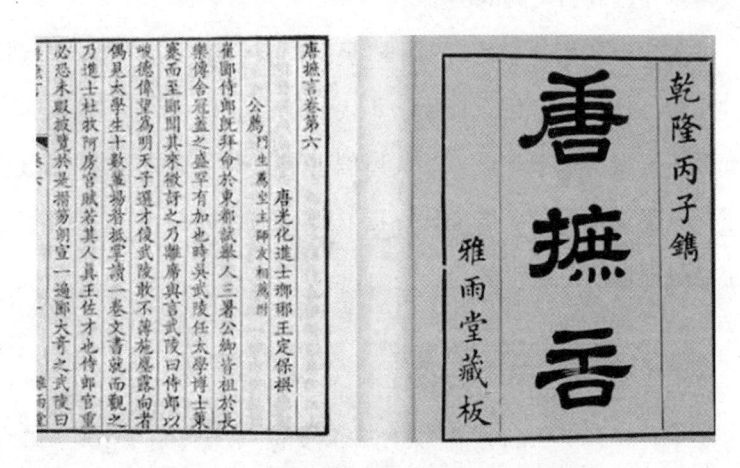

图2-10 乾隆丙子本《唐摭言》书影

《四库全书总目提要》"唐摭言"条中云，"……五代王定保撰，旧本不题其里贯，其序称王溥为从翁，则溥之族也。陈振孙《书录解题》谓定保为吴融之婿，光化三年进士，丧乱后入湖南。《五代史·南汉世家》称定保为邕管巡官，遭乱不得还，刘隐辟置幕府，至刘龑①僭号之时，尚在，其所终则不得而详矣。考定保登第之岁，距朱温篡唐仅六年，又序中称溥为丞相，则是书成于周世宗显德元年以后，故题唐国号，不复作内词，然定保生于咸通庚寅，至是年

---

① 刘龑，五代十国时南汉（917—971年）开国者。据《旧五代史·僭伪列传二》，"刘陟，即刘龑，初名陟，其先彭城人，祖仁安，仕唐为潮州长史，因家岭表，父谦，素有才识"。参见薛居正等撰：《旧五代史》，中华书局1976年版，第1807页。

八十五矣，是书盖其暮年所作也"。提要对王定保的仕途进行了勾勒，并未特意强调其与吴融的关系。

但王定保所撰《唐摭言》中对吴融形象的塑造和传播却起到了关键作用，该书也是记录离吴融年代最近、最为可信的史料之一。综观关于吴融的数条记载，相关事例显示王定保对吴融的言行充满肯定，人品充满景仰。若如四库提要所言，此书作于王定保暮年，则距吴融逝世六十余年矣。

二、吴融与贯休[①]的交往

关于吴融与贯休的关系，宋代陶岳撰的《五代史补》卷一，其"贯休与光庭嘲戏"条中载"贯休有文集四十卷，吴融为之序。号巨岳集，行于世"[②]。宋代释赞宁撰的《宋高僧传》卷三十中"梁成都府东禅院贯休传"条载，"……时内翰吴融谪官，相遇往来论道论诗。

[①] 贯休（832—912年），唐末五代前蜀画僧、诗僧。俗姓姜，字德隐，婺州兰溪（今浙江兰溪市游埠镇仰天田）人。七岁出家和安寺，日读经书千字，过目不忘。唐天复间入蜀，被前蜀主王建封为"禅月大师"，赐以紫衣。贯休能诗，诗名高节，宇内咸知。尝有句云："一瓶一钵垂垂老，万水千山得得来。"时称"得得和尚"。有《禅月集》存世。亦擅绘画，尤其所画罗汉，更是状貌古野，绝俗超群，笔法坚劲，人物粗眉大眼，丰颊高鼻，形象夸张，所谓"梵相"。在中国绘画史上，有着很高的声誉。存世《十六罗汉图》，为其代表作。

[②] 贯休集曾初名《西岳集》，并未有"巨岳"之名，概陶岳之误。另据《唐五代文学编年史·晚唐卷》"唐昭宗光化二年　己未　十二月"载，"……又此序谓贯休诗集为《西岳集》，此题为《禅月集》，而贯休号禅月乃入蜀后王建所赐，融作此序时尚未号禅月，则序题盖为后人所改"。参见傅璇琮等撰：《唐五代文学编年史·晚唐卷》，辽海出版社1998年版，第907—908页。

融为休作集序,则乾宁三年也"(《游宦纪闻》卷六,《唐诗纪事》卷七十五"僧贯休"条中亦有类似记述)。

关于贯休集序言的问题,有一段小插曲。宋代晁公武撰的《郡斋读书志》卷四中"贯休禅月集三十卷"中载,"初吴融为之序,其弟子昙域①削去,别为序引,伪蜀乾德中献之"②。另《禅月集》提要中讲,"其集初曰《西岳集》,皆居荆州时作。吴融序之,贯休没后,其门人昙域编次歌诗文赞为三十卷,自为后序,题曰《禅月集》"。

贯休的《禅月集》卷二十六《补遗》中写道,"贯休集名不一,卷次亦不伦。计氏云《西岳集》十卷,吴融为之序,盖乾宁三年编于荆门者也。或又云《南岳集》,谓曾隐迹南岳也。马氏云《宝月诗》一卷,未知何据。其弟子昙域于伪蜀乾德五年编集前后歌诗文赞,题曰《禅月集》,重为之序,消吴序或以文害辞,或以辞害志,或以诞饰饶借,殊不解休公意也"。

《禅月集·后序》中贯休的弟子昙域说,"有唐翰林学士、兵部侍郎吴融,请为序。先师长谓一二门人曰:'吴公文藻赡逸,学海渊深,或以挹让周旋异待矣,或以文害辞,或以辞害志,或以诞饰饶借,则殊不解我意也。子可于余所著之末,聊重叙之。'昙域

---

① 昙域,五代时期前蜀僧人,贯休弟子,申天师门人。工小篆,学李阳冰。又善草书,得张旭笔意,与僧晓高并称。
② 据《唐才子传校笺》,"今二序并存于《禅月集》,《郡斋》谓昙域削去无序,未确"。参见傅璇琮主编:《唐才子传校笺》(第四册),中华书局1990年版,第442页。

乃稽颡[1]而言曰：'《语》云："子疾病，子路欲以门人为臣"。子曰："欺天乎"？昙域小子，何敢叙焉？'师曰：'子不知皆孔子弟子记诸善言以成其书，况吾常酷于兹，心剽形瘵，访其稽古，慰以大道，睦然皓首，岂谓贾其声耳？且吾昔在吴越间，靡所济集，聊欲系志于翰墨，得以乱思不愁遗老矣！子无辞焉，但当吾意而言之，然又不可以微之乐天长吉类之矣，吾若与骚人同时，即知殊不相屈，尔直言之，无相辱也'，昙域逊让不暇，力而叙之"。根据昙域序言中所讲，贯休似乎对吴融将自己与元白、李贺[2]相提并论稍感不满，称吴序"或以挹让周旋异待矣，或以文害辞，或以辞害志，或以诞饰饶借"，昙域代贯休所言是否真正出自贯休之口值得怀疑。据《宋高僧传》，此序言作于乾宁三年（896），吴融是年离开荆州时，贯休以诗稿一集相赠，距吴融贬官（895）并与贯休相遇赠答已经一年半，两人"心相得也"，吴融为其作序乃光化二年（899）之事。贯休卒于后梁乾化二年（912）十二月，而昙域的后序作于大蜀乾德五年（923）十二月，之间的间隔都是十余年。而吴融先于贯休亡故，贯休自称其门人昙域"无辞"，而告知新序要"当意而言之"，更提出"不可以微之乐天长吉类之矣，吾若与骚人同时，即知殊不相屈，尔直言之，无相辱也"。如果其门人转述为真切之语，而并

---

[1] 稽颡，一种屈膝下拜，以额触地的古礼。
[2] 据《旧唐书·列传第八十七》，"李贺，字长吉，宗室郑王之后。父名晋肃，以是不应进士，韩愈为之作讳辨，贺竟不就试。手笔敏捷，尤长于歌篇。其文思体势如崇岩峭壁，万仞崛起。当时文士从而效之，无能仿佛者。其乐府词数十篇，至于云韶乐工无不讽诵，补太常寺协律郎，卒时年二十四"。参见（后晋）刘昫等撰：《旧唐书》，中华书局1975年版，第3772页。

不为自己作新序找理由的话，诟病主要集中在吴序将贯休与元稹、白居易、李贺等人相提并论，对贯休的褒奖太过而显得失真，同时认为不应该对李贺以来的诗风批评如此"刻薄"，要"无相辱"。吴融所批评的诗坛现象大致出现在元和中期至唐末，其《禅月集序》说"至后李长吉以降，皆以刻削峭拔飞动文彩为第一流，有下笔不在洞房蛾眉神仙诡怪之间则掷之不顾，迩来相效学者，靡漫浸淫，困不知变。呜呼！亦风俗使然也"。

就《禅月集序》的论诗主张，吴在庆先生在《吴融诗论笺评》[①]一文中已有所分析，认为"吴融在《禅月集序》中借评介诗僧贯休诗的机会，指出了自风雅之道息，诗歌之作为句度属对所拘，以及李贺以降，诗坛上出现刻削峭拔、飞动文采，喜写洞房蛾眉、神仙诡怪内容的不良风气，表明了他的论诗主张。……吴融所说符合当时文坛实际，其诗论与当时掌文者及某些正统文士的主张如埙篪相应。这一文坛风气确属风俗使然，即使吴融本人也不免被熏染"。

笔者亦同意此说。吴融虽在政坛上一波三折，但在文坛上则是响当当的领军人物，他自己"才力浩大，八面受敌，久负屈声"，正可以借为贯休写序的机会，表达自己对诗坛一些不正常现象的看法，其间言辞或许激烈，指陈或有失当之处，但总体上体现了敏锐的洞察力，主张也很具建设性。贯休门人用了一个"请为序"，有巴结之意，亦暗含讥讽。吴融为贯休作序，并不存在巴结讨好之嫌，

---

① 参见吴在庆：《吴融诗论笺评》，《固原师专学报》2002年第1期。

而是"每谈论未尝不了于理性,自旦而往,日入忘归,邈然浩然,使我不知放逐之戚"。

吴融较贯休小十余岁,但基本上是同时代的人,所经历的诗坛状况也基本相似,又同依成汭,若出于对贯休人品诗才的景仰,用"请为序"也可以解释通,但其《后序》为自己申辩以及贬损吴融之意又跃然纸上。因此,笔者认为《后序》所引贯休之言并不可信,贯休门人对于吴序的品评亦不以当时诗坛状况为参照,而是将"扬己"的目的掩盖于"遵师命"的冠冕之下,或者是因为其中的指陈李贺等诗病的言辞过于激烈,而限于自身才力,无法达到吴融"文藻赡逸,学海渊深"之程度,所以才上演了这样一出"丑剧"。吴融这篇序言情真意切、言简意丰,影响大大超过了昙域所作的《禅月集后序》。

廓清了《禅月集序》事件,我们再来看看贯休与吴融的交往。据吴汝煜的《唐五代人交往诗索引》整理可知,吴融与贯休互有赠答诗,《禅月集》卷十三有《送吴融员外赴阙》一诗,诗云:

汉文思贾傅,贾傅遂生还。
今日又如此,送君非等闲。
云寒犹惜雪,烧猛似烹山。
应笑无机者,腾腾天地间。

这首诗中,贯休以贾谊作比,暗祝吴融终得赏识,而那些没有机会重得赏识的人,只能继续在天地间流落。另《禅月集》卷十二有《晚春寄吴融于竞二侍郎》①,诗云"白头为远客,常忆白云间。只觉老转老,不知闲是闲。花含宜细雨,室冷是深山。惟有霜台客,依依是往还"。

吴融亦有三首寄与贯休,其中《寄贯休上人》诗云:"别来如梦亦如云,八字微言不复闻。世上浮沉应念我,笔端飞动只降君。几同江步吟秋霁,更忆山房语夜分。见拟沃州寻旧约,且教丹顶许为邻。"该诗回忆了二人的真挚友情,并表达了对贯休的敬重。"晚唐文人身上所表现出来的狂禅之风并非宗教迷狂的反映,恰恰相反,晚唐文人对禅宗的倾心,包容着此前所不有的理性精神与克制态度。"②因此,吴融与贯休的唱和,似乎存在着一定的精神界限和交往尺度。另,吴融的《访贯休上人》一诗,诗云:"休公为我设兰汤,方便教人学洗肠。自觉尘缨顿潇洒,南行不复问沧浪。"吴融与贯休在一起感觉身心俱爽,忘却了尘网的纠缠,于此吴融似乎又有了新的人生感知,可谓获益匪浅。

再如其《寄贯休》一诗,诗云:

休公何处在,知我宦情无。
已似冯唐老,方知武子愚。
一身仍更病,双阙又须趋。
若得重相见,冥心学半铢。

---

① 据《唐五代文学编年史·晚唐卷》,该诗写于唐昭宗光化四年(901年)晚春三月,贯休本年七十岁。参见傅璇琮等撰:《唐五代文学编年史·晚唐卷》,辽海出版社1998年版,第926页。
② 李红春:《宗教哲学影响下的晚唐诗歌》,《中国文化研究》2009年第4期。

吴融自895年秋以来在江陵与贯休酬唱往还，896年，即唐昭宗乾宁三年冬，吴融又赴京上任，诗作于是年秋冬之际。吴融895年曾贬官荆南，时年将近半百，已似冯唐老是夸张的说法。"武子"即晋人王济，南朝刘义庆的《世说新语·汰侈》载"王武子被责，移第北邙下。于时人多地贵，济好马射，买地作埒，编钱匝地竟埒。时人号曰'金埒'"。吴融借用此典是说自己并不想有王济那样豪侈的生活，同时他也哀叹自己身体状况愈发不好，却又要赴京上任。尾句憧憬与贯休再次相见，能够继续诉衷肠、聆教诲，坐而论道，共叙沧桑。

从赠答诗的内容可以看出，吴融对贯休带有几分敬重，并乐于与之交往。

三、吴融与卢延让的交往

有关吴融与卢延让二人交往的记载最早出现于《唐摭言》卷六"公荐"条[1]，"卢延让[2]，光化三年登第。先是延让师薛能[3]为诗，词意入僻，时人多笑之。吴翰林融为侍御史，出官峡中，延让时薄游荆渚，贫无卷轴，未遑贽谒。会融表弟滕籍者，偶得延让百篇，融览，大奇之，曰'此无他，贵语不寻常耳'。于是称之于府主成汭。

---

[1] 姜汉椿校注：《唐摭言校注》，上海社会科学院出版社2003年版，第119页。
[2] 据《唐才子传》卷十，"卢延让，字子善，范阳人也。有卓绝之才，光化三年裴格榜进士"。参见孙映逵校注：《唐才子传校注》，中国社会科学院出版社1991年版，第915页。
[3] 薛能，字太拙，汾州人，登会昌六年进士第。能癖于诗，日赋一章，有集十卷，今编诗四卷。

第二章 吴融的身世、交游与才能

时故相张公大租于是邦,常以延让为笑端,及融言之,咸为改观。由是大获举粮,延让深所感激,然犹因循,竟未相面。值融赴急征寻入内庭,孜孜于公卿间称誉不已。光化戊午岁,来自襄南,融一见如旧相识,延让呜咽流涕,于是攘臂成之矣"。

乾宁二年(895年)五月,吴融由侍御史贬官荆南。卢延让早年久闻吴融大名,但此时尚为布衣,正因薄禄而宦游于荆渚。因为贫穷,卢延让不能把诗卷装订成册以谒见吴融,而错失了机会。吴融的表弟为何人较难考证,且与辛文房《唐才子传》记述为"融弟"的说法有出入,具体的远近亲疏亦不详(据本章第一节吴融身世考察中的分析)。吴融"流浪荆南,依成汭",在成汭府中名声显赫,他对于卢延让的"贵语不寻常"的评价,消除了卢延让在府中常被讥为"笑端"的尴尬局面,并由此帮助卢延让在成府得到了大量的举粮资助(以粮补助学子谓之举粮)。卢深知吴融的恩情,不胜感激,但又似乎因为稍有犹豫而再次错过了面见吴融的机会。896年冬,吴融自荆南回长安(参见图2-3),在长安亦为卢延让广播诗名,这也为卢延让日后考取进士铺了路。光化元年(898年)即乾宁五年,此年六月,已任中书舍人的吴融随昭宗在华州[①]巡行,八月随帝返京。

[①] 据《元和郡县志》卷二《关内道》:"华州,禹贡雍州之域,周为畿内之国。郑桓公始封之邑。其地一名'咸林'。春秋时为秦晋界,邑长城在州东七十二里,或说秦晋分境祠华岳,故筑此城。战国时属秦、魏。……秦并天下为内史之地。二汉及晋为京兆之地,后魏置东雍州,废帝改为华州。大业二年,省华州。义宁二年,置华山郡。武德元年,复为华州。垂拱元年,改为太州,避武太后祖讳也。神龙元年,复旧。"参见李吉甫撰,贺次君点校:《元和郡县图志》,中华书局1983年版。

回京后，正值卢延让自襄南来京应试，两人一见如故，感慨万千，卢延让竟至于"呜咽流涕"，对吴融感恩之情难于言表。

《唐才子传》卷十"卢延让"条[①]载，"……初，吴融为侍御史，出官峡中，时延让布衣，薄游荆渚，贫无卷轴，未遑贽谒。会融弟得延让诗百余篇，融览其警联。如《宿东林》云：'两三条电欲为雨，七八个星犹在天。'《旅舍言怀》云：'名纸毛生五门下，家童骨立六街中。'《赠元上人》云：'高僧解语牙无水，老鹤能飞骨有风。'《蜀道》云'云间闹铎骡驮去，雪里残骸虎拽来'……融雪中寄诗云'永日应无食，终宵必有诗'。后夺科第，多融之力也'"。

《唐才子传》中记载的对卢延让上述诗句加以赏读者当为杨亿[②]，但对卢大力提携的的确是吴融，"后夺科第，多融之力也"。吴融眼力非凡，认为其"自成一体名家"。卢延让在唐诗史上以"吟安一个字，捻断数茎须"式的"苦吟"著称，遂传为求词索句辛苦之典。可以说，卢延让无论是在诗坛还是政坛上地位的获得，都与吴融密不可分。卢延让的诗经过吴融赞誉后，在唐末五代逐渐为人重视，并推许为"高格"。《诗话总龟》卷八《评论门》[③]、《唐诗纪事》卷六十五中都有类似记载，"卢延让诗浅近，人多笑之。惟吴融独重其作，

---

① 参见孙映逵校注：《唐才子传校注》，中国社会科学出版社1991年版，第915页。
② 据《唐才子传校笺》，"但辛氏疏忽，误将杨亿摘赏延让佳句及翰林召对事归于吴融"。参见傅璇琮主编：《唐才子传校笺》（第四册），中华书局1990年版，第410页。具体解释未作引用。
③ 参见阮阅编，周本淳校点：《诗话总龟》（前集），人民文学出版社1987年第1版，第94页。

盛称于时。且云'此公不寻常，后必垂名'"。（另简要见于《郡斋读书志》卷四中《别集类中》"卢延让诗十卷"，《类说》卷五十三《谈苑》"卢延让诗"，《蜀中广记》卷一百《著作记第十》"卢延让诗一卷"，《文献通考》卷二百四十三《经籍考七十》"卢延让诗一卷"。）

《唐摭言》卷十二"自负"条[①]载，"卢延让业癖涩诗，吴翰林虽以赋卷擢第，然八面受敌，深知延让之能。延让始投贽，卷中有《说诗》一篇，断句云：'因知文赋易，为下者之乎。'子华笑曰：'上门恶骂来'"！（另见于《唐诗纪事》卷六十五"卢延让"条）。

清代贺贻孙著的《诗筏》又加入一些清人的理解和阐释，"极可笑诗，亦有非常遭际，不可枚举。即如晚唐卢延让者，有诗名，登第后，以乱归蜀。……而唐翰林吴融及时相辈，亦深赏其'饿猫临鼠穴，馋犬舔鱼砧'。延让自叹，谓平生持行卷谒公卿，反不如得猫犬力者是也。唐末诗人，隳延让魔境最多。然运思甚艰，故延让又有诗云：'莫话诗中事，诗中难更无？吟安一个字，捻断数茎须。险觅天应闷，狂搜海亦枯。不同文赋易，为著者之乎。'噫！可谓攻苦极矣。沧浪谓诗家'须参活句，勿参死句'。彼晚唐人如此用之，只从死句去参，其堕魔障又何怪哉"！大意是讲卢延让未参活句而"只从死句去参"，怪不得造出如此多的"魔境"，又如此苦吟！

吴融工于文赋，《全唐文》收其赋五篇，代表性的有《古瓦砚赋》和《沃焦山赋》，然卢延让《苦吟》诗末联却说"文赋"较诗易作，只之乎者也就行了。吴融读此当觉不爽，然雅人雅量，并笑着说，

[①] 参见姜汉椿校注：《唐摭言校注》，上海社会科学院出版社，2003年1月第1版，第253页。

原来这句是骂我的呀？吴融大力提携卢延让，"深知延让之能"，然卢延让的"文赋易作"的观点实在偏颇，故吴融以高风亮节式的"自讽"来警示卢延让。

同时，吴融又有《雪中寄卢延让秀才》一首，诗云：

> 苦贫皆共雪，吾子岂同悲。
> 永日应无食，经宵必有诗。
> 渚宫寒过节，华省试临期。
> 努力图西去，休将冻馁辞。

此诗正是写吴融对青年卢延让的赏识和勉励。卢延让的清贫吴融看在眼里，然而吴融勉励他不要抱怨饥饿和寒冷，"宝剑锋从磨砺出，梅花香自苦寒来"，从日后吴融对卢延让的帮助来看，此诗的确充满真情实感。但卢延让现存诗稿中尚未见有寄吴融者。

四、吴融与陆龟蒙的交往

对于吴融与陆龟蒙[①]的关系，《北梦琐言》卷六"陆龟蒙追赠"条[②]中记述较为详细，"唐吴郡陆龟蒙，字鲁望，旧名族也。其父

[①] 陆龟蒙（？—881年），唐代农学家、文学家、道家学者，字鲁望，号天随子、江湖散人、甫里先生，长洲（今苏州）人。曾任湖州、苏州刺史幕僚，后隐居松江甫里（今角直镇），编著有《甫里先生文集》等。他的小品文主要收在《笠泽丛书》中，现实针对性强，议论也颇精切，如《野庙碑》《记稻鼠》等。陆龟蒙与皮日休交友，世称"皮陆"，诗以写景咏物为多。

[②] 参见（五代）孙光宪撰，贾二强校：《北梦琐言》（卷六），中华书局2002年版，第136至137页。

宾虞,进士甲科,浙东从事侍御史,家于苏台。龟蒙幼精六籍,弱冠攻文,与颜荛①、皮日休、罗隐、吴融为益友。性高洁,家贫,思养亲之禄,……唐末以左拾遗授之,诏下之日,疾终。光化三年(900年)赠右补阙。吴侍郎融传贻史,右补阙韦庄撰诔文,相国陆希声撰碑文,给事中颜荛书,皮日休博士为诗"。(另见于《甫里集》卷二十"甫里陆先生文集序",《唐语林》卷四《栖逸》,《吴郡志》卷二十一《人物》,《吴都文粹续集》卷五十五"甫里陆先生文集序",《山堂肆考》卷一百二十二"笠泽丛书"。)

图2-11 陆龟蒙画像②

---

① 颜荛,登进士第。昭宗时为中书舍人。诗一首。
② 栾保群、王静主编:《中国历代帝王名臣像真迹(精)》,河北美术出版社1996年版。

另，《唐才子传》卷八"陆龟蒙"条①中也有记载，"中和初，遘疾卒。吴融诔文曰：'霏漠漠，淡涓涓，春融冶，秋鲜妍。触即碎，潭下月；拭不灭，玉上烟。'"

另据《唐五代人交往诗索引》一书，陆龟蒙亦有《寄吴融》一首，诗云：

> 一夜秋声入井桐，数枝危绿怕西风。
> 霏霏晚砌烟华上，淅淅疏帘雨气通。
> 君整轮蹄名未了，我依琴鹤病相攻。
> 到头江畔从渔事，织作中流万尺篊。

（见于《笠泽丛书》卷一，《甫里集》卷八，《唐诗鼓吹》卷三。）

吴融早年屡试不第，陆龟蒙诗中的"君整轮蹄名未了"是对吴融奔波忙碌的写照。相比之下，陆龟蒙的生活则别有一番滋味——清淡高洁，"我依琴鹤病相攻"。身体的疾病仍是人生的一大苦患，两人各有各的况味，各有各的苦乐哀愁。陆龟蒙并没有对攀爬仕途的吴融有不解之意和劝谏之词，此诗主要表达诗人对淡雅生活的自适之情。

又《全唐诗》卷六百八十七中记载吴融有《古锦裙六韵》一诗，其诗注云："锦上有鹦鹉、鹤，陆处士有序。"陆处士即陆龟蒙。吴

---

① 参见孙映逵校注：《唐才子传校注》，中国社会科学出版社1991年版，第769页。

融此诗当作于公元874年前后,此时他正与方干、皮、陆游于浙东[①]。

吴融的诗作中未见有唱和陆龟蒙的诗作,但其《奠陆龟蒙文》作于881年,此时吴融已年过而立,并多与江南浙东名士同游。全文如下:

  大风吹海,海波沧涟。
  涵为子文,无隅无边。
  长松倚雪,枯枝半折。
  挺为子文,直上巅绝。
  风下霜晴,寒钟自声。
  发为子文,铿锵杳清。
  武陵深阒,川长昼白。
  间为子文,渺茫岑寂。
  豕突鲸狂,其来莫当。
  云沉鸟没,其去倏忽。
  腻若凝脂,软于无骨。
  霏漠漠,澹涓涓。
  春融冶,秋鲜妍。
  触即碎,潭下月;
  拭不灭,玉上烟。

[①] 参见傅璇琮主编,吴在庆、傅璇琮著:《唐五代文学编年史·晚唐卷》"唐懿宗咸通十五年五月",辽海出版社1998年版,第619页。

此文虽为奠文，但可见吴融的文辞富丽、对仗谐工，全文条理清晰、流畅通晓，凭此文吴融或堪称律赋①大家。

五、吴融与李巨川②的交往

关于吴融与李巨川的关系，《唐摭言》卷十"海叙不遇"条③载，"李巨川，字下已，姑臧人也，士族之鼎甲，工为燕许体文……

---

① 律赋，指有一定格律的赋体。其音韵谐和，对偶工整，于音律、押韵都有严格规定。为唐宋以来科举考试所采用。后世便通称这类限制立意和韵脚的命题赋为"律赋"。
② 据《旧唐书·列传第一百四十·文苑下》，"李巨川，字下已，陇右人。国初十八学士道玄之后，故相逢吉之侄曾孙，父循。大中八年登进士第。巨川乾符中应进士，属天下大乱，流离奔波切于禄位，乃以刀笔从诸侯府。王重荣镇河中，辟为掌记。时车驾在蜀，贼据京师，重荣匡合诸藩，叶力诛寇，军书奏请堆案盈几。巨川文思敏速，翰动如飞，传之藩邻，无不耸动。重荣收复功，巨川之助也。及重荣为部下所害，朝议罪参佐，贬为汉中掾。时杨守亮帅兴元素知之，闻巨川至喜，谓客曰：'天以李书记遗我也。'即命管记室，累迁幕职。景福中，守亮为李茂贞所攻，城陷，以部下数百人欲投太原入秦，为华军所擒。巨川时从守亮，亦被械系。在途，巨川题诗于树叶以遗华帅韩建，词情哀鸣。建欣然解缚，守亮诛即命为掌书记。俄而李茂贞犯京师，天子驻跸于华，韩建以一州之力供亿万乘，虑其不济，遣巨川传檄天下，请助转饷，同匡王室，完葺京城。四方书檄酬报辐凑，巨川洒翰陈叙，文理俱惬，昭宗深重之，即时巨川之名闻于天下，昭宗还京，特授谏议大夫，仍留佐建。光化初，朱全忠陷河中，进兵入潼关，建惧，令巨川见全忠，送欸至河中从容言事。巨川指陈利害，全忠方图问鼎，闻巨川所陈，心恶之。判官敬翔亦以文笔见知于全忠，虑得巨川减落名价，谓全忠曰："'李谏议文章信美，但不利主人'，是日为全忠所害"。参见刘昫等撰：《旧唐书》，中华书局1975年版，第5081页。
③ 参见姜汉椿校注：《唐摭言校注》，上海社会科学院出版社2003年版，第213页。

上至华清宫，遣使赐建御容一轴，时巨川草谢表以示吴子华，其中有'彤云似盖以长随，紫气临关而不度'。子华吟味不已，因草篇与巨川对垒。略曰：'雾开万里，克谐披睹之心；掌拔一峰，兼助捧持之力'……"。《旧五代史》载①，"自广明大乱之后，诸侯割据方面，竞延名士，以掌书檄。是时梁有敬翔，燕有马郁，华州有李巨川，荆南有郑准，凤翔有王超，钱塘有罗隐，魏博有李山甫，皆有文称，与袭吉齐名于时"。诸人中，文称最著而与李袭吉齐名者是前揭李巨川②。《唐诗纪事》卷六十八③中载，"李巨川为华帅韩建掌书记，昭宗至华清宫，赐建御容一轴，时巨川草谢表以示融，其中有'彤云似盖以长随，紫气临关而不度'。融吟味不已。因草篇与巨川对垒，略曰'雾开五里，克谐披睹之心；掌拔一峰，兼助捧持之力'"。

由此可见，吴融和李巨川二人概均为名人之后，李巨川文采亦不凡，才气正与吴融相敌，二人都有入幕经历，并约同时进入号称"北韩南郭"的南北两幕，且都以文赋书檄显胜，经历也颇多相似之处。

据宋代欧阳修撰的《新五代史》"韩建"条④中载，"韩建字佐时，

---

① 参见薛居正等撰：《旧五代史·唐书·列传第十二》，中华书局1976年版，第805页。
② 参见吴丽娱著：《唐礼摭遗——中古书仪研究》，商务印书馆2002年版，第121页。
③ 参见计有功撰：《唐诗纪事》，上海古籍出版社1965年版，第1021页。
④ 参见欧阳修等撰：《新五代史·杂传第二十八》，中华书局1974年版，第433至435页。

许州长社人也。……因以通音韵声偶,暇则课学书史。是时,天下已乱,诸镇皆武夫,独建抚缉兵民,又好学。荆南成汭时冒姓郭,亦善缉荆楚。当时号为'北韩南郭'。……乾宁三年,李茂贞复犯京师,昭宗将奔太原,次渭北,建遣子允请幸华州。昭宗又欲如鄜州,建追及昭宗于富平,泣曰:'藩臣倔强,非止茂贞,若舍近畿而巡极塞,乘舆渡河,不可复矣!'昭宗亦泣,遂幸华州。……建已得昭宗幸其镇,遂欲制之,因请罢诸王将兵,散去殿后诸军,累表不报。……建心尤不悦,因遣人告诸王谋杀建、劫天子幸佗镇。昭宗召建,将辨之,建称疾不出,乃遣诸王自诣,建不见。请送诸王十六宅,昭宗难之。建乃率精兵数千围行宫,请诛李筠。昭宗大惧,遽诏斩筠,悉散殿后及三都卫兵,幽诸王于十六宅。昭宗益悔幸华,遣延王戒丕使于晋,以谋兴复。戒丕还,建与中尉刘季述诬诸王谋反,以兵围十六宅,诸王皆登屋叫呼,遂见杀。昭宗无如之何,为建立德政碑以慰安之。建已杀诸王,乃营南庄,起楼阁,欲邀昭宗游幸,因以废之而立德王裕。……李茂贞、梁太祖皆欲发兵迎天子,建稍恐惧,乃止。光化元年,昭宗还长安,自为建画像,封建颍川郡王,赐以铁券。建辞王爵,乃封建许国公。梁太祖以兵向长安,遣张存敬攻同州,建判官司马邺以城降,太祖使邺召建,建乃出降。太祖责建背己,建曰:'判官李巨川之谋也。'太祖怒,即杀巨川,以建从行"。

  基于以上表述,可知昭宗"自为建画像"是在光化元年(898年),则"巨川草谢表以示融"亦在此年,李巨川为韩建草谢昭宗之表,吴融时任翰林学士、中书舍人,亦当可览其表。《唐诗纪事》载此事,主要在于记录吴融的佳句,但其中也暗含着吴李二人在当时文坛上的位置与相互关系。另,吴融有《病中宜茯苓寄李谏议》一诗,其诗云:

> 千年伏菟带龙鳞,太华峰头得最珍。
> 金鼎晓煎云漾粉,玉瓯寒贮露含津。
> 南宫已借征诗客,内署今还托谏臣。
> 飞檄愈风知妙手,也须分药救漳滨。

据吴汝煜的《唐五代人交往诗索引》[①]一书,"李谏议"即指李巨川,李巨川做"谏议大夫"为乾宁中(896年)之事,后光化四年(901年)已"转假礼部尚书",吴融此诗当作于此间。吴融晚年身体多病,此时也正需要茯苓来医治,而华山的茯苓药是上乘的。此时李巨川亦正在华州,吴融寄这首诗给他,知道李巨川有办法帮自己弄到茯苓药,并能够顺便带过来以便治病,由此可见吴李二人的交情。

六、吴融与方干的交往

关于吴融与方干的关系,《唐才子传》卷八"方干"条[②]中载,"干,字雄飞,桐庐人。幼有清才,散拙无营务。大中中,举进

[①] 参见吴汝煜主编:《唐五代人交往诗索引》,上海古籍出版社1993年版,第598页。

[②] 参见孙映逵校注:《唐才子传校注》,中国社会科学出版社1991年版,第694至695页。

士不第。隐居镜湖中,……干貌陋,兔缺,性喜凌侮。王大夫廉问浙东,礼邀干至,误三拜,人号为'方三拜'。王公嘉其操,将荐于朝,托吴融草表,行有日,王公以疾逝去,事不果成。干早岁偕计。往来两京,公卿好事者争延纳,名竟不入手,遂归,无复荣辱之念"。

咸通十五年（874年）五月,吴融曾作荐方干表。《唐摭言》卷十"韦庄奏请追赠不及第人近代者"条载①,"王大夫（名与定保家讳一字同）廉问浙东,干造之连跪三拜,因号方三拜。王公将荐之于朝,请吴子华为表草。无何公遘疾而卒。事不谐矣"。岑仲勉《跋唐摭言》以为"名与定保家讳一字同之王大夫,为王龟"②。王龟廉问浙东之时间,《会稽掇英总集》卷一八记载为"咸通十三年十一月自同州防御使授"。《旧唐书》③云龟在越州,"山越乱,攻郡,为贼所害"。《会稽掇英总集》记载龟之下一任为裴延鲁。"咸通十五年六月自中书舍人授",知王龟被杀应在此前不久,据《唐摭言》,吴融于咸通十四、十五年间,在越州浙东幕中。④

全唐文卷八百二十记载有吴融的《代王大夫请追赐方干等及第

---

① 参见姜汉椿校注：《唐摭言校注》,上海社会科学院出版社2003年版,第219页。
② 据绍兴图书馆网,方干"懿宗咸通（860—873年）时,再举进士,仍不得志,遂归,渔樵于稽山鉴水间,行吟醉卧以自娱。越州太守、浙东观察使王龟闻其贤,礼邀至"。（自绍兴图书馆www.library.sx.zj.cn,古越文化·绍兴方志·绍兴市志·第四十四卷人物·第一章人物传。）
③ 参见《旧唐书·列传第一百一十四》,中华书局1975年版,第4281页。
④ 参见张艳辉：《论吴融的诗兼论晚唐士人仕、隐、逸的离合》,硕士学位论文,西北师范大学,2004年。

疏》①一文，文中写道：

> 前件人俱无显遇，皆有奇才。
> 丽句清辞，遍在时人之口。
> 衔冤抱恨，竟为冥路之尘。
> 但恐愤气未销，上冲穹昊。
> 伏乞宣赐中书门下，追赠进士及第，
> 各赠补阙拾遗，见存明代。
> 惟罗隐一人，亦乞特赐科名，录升三级。
> 便以特敕，显示恩优。
> 俾使已升冤人，皆沾圣泽。
> 后来学者，更厉文风。

该文言辞恳切，并举罗隐②之例，认为虽然相貌有缺陷，但罗

---

① 参见（清）董诰等编：《全唐文》（第九册），中华书局影印1983年版，第8643页。
② 罗隐（833—909年），字昭谏，杭州新城（今浙江省杭州市）人，唐代诗人。大中十三年（859年）底至京师，应进士试，历七年不第。咸通八年（867年）乃自编其文为《谗书》，益为统治阶级所憎恶，所以罗衮赠诗说："谗书虽胜一名休"。后来又断断续续考了几年，总共考了十多次，自称"十二三年就试期"，最终还是铩羽而归，史称"十上不第"。黄巢起义后，避乱隐居九华山，光启三年（887年），55岁时归乡依吴越王钱镠，历任钱塘令、司勋郎中、给事中等职。公元909年（五代后梁开平三年）去世，享年77岁。著有《谗书》及《太平两同书》等，思想属于道家，其书乃在力图提炼出一套供天下人使用的"太平匡济术"，是乱世中黄老思想复兴发展的产物。

绍威①仍将其举荐给了钱镠②,颇有启发之意。罗隐在钱镠那里做过钱塘令、掌书记,后来升为节度判官。吴融征引此事,意在激励,可见殷勤之心。但当时吴融年纪尚轻,又无官职,表虽作成,举荐之事全托于王龟③一人,王龟既卒,世事难料,果不成。吴融为方干之晚辈,但深知方干有奇才,这于其《赠方干处士歌》中可见,"把笔尽为诗,何人敌夫子。句满天下口,名聒天下耳。不识朝,不识市,旷逍遥,闲徙倚。一杯酒,无万事。一叶舟,无千里。衣裳白云,

---

① 罗绍威(《旧唐书》作罗威,877—910年),字端己,魏州贵乡(今河北大名)人,唐末五代军阀、将领,魏博节度使罗弘信之子。888年,罗绍威被任命为魏博节度副使。898年,继任节度使。后升为检校太傅、兼侍中、长沙郡王。904年,罗绍威因营建洛阳太庙有功,加检校太尉、晋封邺王。905年,罗绍威在宣武节度使朱温的援助下,诛杀魏博牙兵,根除了延续二百年的牙兵之患。但是,自己也是元气大伤,只得依附朱温。后梁建立后,罗绍威被加封为守太傅、兼中书令,深受梁太祖朱温信任。910年,罗绍威病逝,年仅三十四岁,在镇十七年。追赠尚书令,谥号贞庄。

② 钱镠(liú)(852—932年),字具美(一作巨美),小字婆留,杭州临安人,五代十国时期吴越国创建者。钱镠在唐末跟随董昌保护乡里,抵御乱军,累迁至镇海军节度使,后因董昌叛唐称帝,受诏讨平董昌,再加镇东军节度使。他逐渐占据以杭州为首的两浙十三州,先后被中原王朝(唐朝、后梁、后唐)封为越王、吴王、吴越王、吴越国王。钱镠因吴越国地域狭小,三面强敌环绕,只得始终依靠中原王朝,尊其为正朔,不断遣使进贡以求庇护。他在位四十一年,庙号太祖,谥号武肃王,葬于钱王陵。钱镠在位期间,采取保境安民的政策,经济繁荣,渔盐桑麦之利甲于江南;文士荟萃,人才济济,文艺也著称于世。他曾征用民工,修建钱塘江捍海石塘,由是"钱塘富庶盛于东南"。在太湖流域,普造堰闸,以时蓄洪,不畏旱涝,并建立水网圩区的维修制度,由是田塘众多,土地膏腴,有"近泽知田美"之语。还鼓励扩大垦田,由是"境内无弃田",岁熟丰稔。两浙百姓都称其为"海龙王"。

③ 王龟,字大年,性简淡萧洒,不乐仕进。少以诗酒琴书自适,不从科试。京城光福里第,起兄弟同居,斯为宏敞。龟意在人外,倦接朋游,乃于永达里园林深僻处创书斋,吟啸其间,目为"半隐亭"。

坐卧流水。霜落风高忽相忆，惠然见过留一夕。一夕听吟十数篇，水榭林萝为岑寂。拂旦舍我亦不辞，携筇径去随所适。随所适，无处觅。云半片，鹤一只"。《四库全书总目》亦评价方干诗"气格清迥，意度闲远，于晚唐纤靡俚俗之中，独能自振，故盛为一时所推"，故吴融的评价较为允当！此诗与荐表正可互相印证。

图2-12　钱镠画像①

---

① 引自（清）顾沅辑录，孔莲卿绘像：《古圣贤像传略》卷八（唐　五代），清道光十年（1830年）刊刻。

七、吴融与黄滔的交往

吴融与黄滔的关系,主要体现在二人有唱和之作中。

据彭万隆著的《晚唐诗人黄滔行年考》[①]一书,乾宁二年(895年)七月,黄滔南归省亲,乾宁三年(896年)春,黄滔[②]在长安候选,乾宁四年冬在泉州故里,则896年春至897年冬黄滔在长安。

又,黄滔有《和吴学士对春雪献韦令公次韵》一诗,诗云:

> 春雪下盈空,翻疑腊未穷。
> 连天宁认月,堕地屡兼风。
> 忽误边沙上,应平火岭中。
> 林间妨走兽,云际落飞鸿。
> 梁苑还吟客,齐都省创宫。
> 掩扉皆墐北,移律愧居东。
> 书幌飘全湿,茶铛入旋融。
> 奔川半留滞,叠树互玲珑。
> 出户行瑶砌,开园见粉丛。
> 高才兴咏处,真宰答殊功。

吴融的《雪十韵》一诗,诗云:

---

① 《钱江学术》第一辑,百花洲文艺出版社2003年版。原刊安徽大学《古籍研究》2000年第1期,有增补。
② 黄滔,字文江,莆田人。昭宗乾宁二年,擢进士第。光化中,除四门博士,寻迁监察御史里行,充威武军节度推官。王审知据有全闽,而终其身为节将者,滔规正有力焉。集十五卷,今编诗三卷。

洒密蔽璇穹，霏霏杳莫穷。
迟于雨到地，疾甚絮随风。
四野苍茫际，千家晃朗中。
夜迷三绕鹊，昼断一行鸿。
结片飞琼树，栽花照蕊宫。
壅应边尽北，填合海无东。
高爱危峰积，低愁暖气融。
月交都浩渺，日射更玲珑。
送腊辞寒律，迎春入旧丛。
自怜曾末至，聊复赋玄功。

  观吴融与黄滔的唱和之作，两诗用同韵，笔法各有千秋，现逐句加以对比解读。首句，两诗都写雪大如席，吴诗强调雪片密而无际，整个天地都在笼罩之中，黄诗则强调季节，如此大的春雪让人觉得还是在寒冬腊月。次句，吴诗用雨的坠落与絮的飘飞来对比形容雪的纷扬，黄诗则用月的高渺和风的助力来衬托雪的飘落。第三句，吴诗写雪中的迷离恍惚的景象，黄诗则写雪的落处，堕入火岭火应熄，落在沙上雪不真。第四句，吴诗写雪对飞禽的影响，鹊因雪罩不记巢，鸿因雪阻下地歇，黄诗又强调了雪对走兽的影响。第五句，吴诗写对植物的影响，花花含雪别姿态，枝枝沾雪玉临风，黄诗写特定地点的雪带给人的影响，吟客回家暖，工匠雪时闲。第六句，吴诗设想雪能够壅山填海，黄诗写雪中寒冷，每家每户的北面的窗户都要关紧塞严，黄滔此时在长安候选，时令拖延，自己遂心生惭愧。第七句，吴诗用"爱"和"愁"的拟人写法来写雪，喜欢附着在危险的峰顶，不喜坠地被暖气催融,黄诗写雪落在书幌和茶铛上顿时融化。第八句,吴诗写日光和月光照射和掩映下的雪的不同情态,黄诗写雪阻道路,赴川的人只能半途而歇,振动树干,高枝虽相连接,但雪玲珑而下。最后两句,吴诗写春雪终是来辞旧迎新的,还有很多雪中奇观自己没有亲自看到,姑且就在这里赞美大自然的鬼斧神工吧!黄诗写出门游走,好一个冰雪世界,到园子里一看已有些许春意。"高才"当是黄滔对吴融的敬称,亦点题是与吴融的和作,一并赞美自然之伟力。

乾宁三年(896年)冬,吴融由荆南赴京,据诗意可推知此诗作于抵京之际,黄滔的和作亦作于吴融抵京之后,即896年冬。据岑仲勉的《补僖昭哀三朝翰林学士记》,"吴融约乾宁三年自礼部郎中充翰林学士",因此吴融充翰林学士为896年冬之事,《雪十韵》诗即作于此时。

另,《文献通考》的卷二百四十三"黄御史集"中载,"御史黄公之诗,尤奇。如《闻雁》:'一声初触梦,半白已侵头。余灯依古壁,片月下沧洲。'……此与韩致光、吴融辈并游,未知何人徐行后长也"。洪迈在《容斋四笔》[1]中亦指出,"晚唐士人作律赋,多以古事为题,寓悲伤之旨,如吴融、徐寅[2]是也。黄滔字文江,亦以此擅名",可知黄滔和吴融两人在律赋方面都有不俗的写作功力,上文黄滔的和作也说明两人有过一定交往。

---

[1] 参见(宋)洪迈著:《容斋随笔》下《容斋四笔》卷七"黄文江赋"条,上海古籍出版社1978年版,第694页。
[2] 徐寅,也称徐夤,字昭梦,今福建莆田市人。博学多才,尤擅作赋。为唐末至五代间较著名的文学家。文集有《徐正字诗赋》二卷,收赋八首,收诗三百六十八首。著作有《徐正字诗赋》二卷等。

八、吴融与韩偓①的交往

关于吴融与韩偓的关系，据元代吴师道的《吴礼部诗话》中讲，"子华致光，著名晚唐，俱直翰苑，以文章领袖众作"②。吴融与韩偓虽为同年进士，但两人交游并不算多③。《四库全书总目》卷一百五十一中就提到了吴融与韩偓的唱答诗比较少的问题（见本章第一节）。据《唐五代人交往诗索引》一书所述，韩偓有《与吴子华侍郎同年玉堂同直怀恩叙恳因成长句四韵兼呈诸同年》《和吴子华侍郎令狐昭化舍人叹白菊衰谢之绝次用本韵》以及《无题》（小槛移灯泚），吴融则有《和韩致光侍郎无题三首十四韵》④以及《倒次元韵》。从诗的内容来看，只是一些颇有香艳气息的酬作，展现的是一般友人之间应酬情境，并无实质的精神交往。据《四库总目

---

① 韩偓（约842—923年），晚唐五代诗人，乳名冬郎，字致光，号致尧，晚年又号玉山樵人。陕西万年县（今樊川）人。自幼聪明好学，10岁时，曾即席赋诗送其姨夫李商隐，令满座皆惊，李商隐称赞其诗是"雏凤清于老凤声"。龙纪元年（889年），韩偓中进士，初在河中镇节度使幕府任职，后入朝历任左拾遗、左谏议大夫、度支副使、翰林学士。其诗多写情情，称为"香奁体"。
② 参见丁福保辑：《历代诗话续编》（中册），中华书局1983年版，第614页。
③ 据钱基博《中国文学史》，"吴融，字子华，山阴人。与偓同年进士，又同为翰林院学士，多相唱和；而融有《唐英歌诗》三卷，音节谐雅，有中唐遗风，与偓正复劲敌也。……晚唐婉丽，盖以温李结一代诗人之局焉"。参见钱基博著：《中国文学史》，中华书局1993年版，第432—433页。钱著讲二人"多相唱和""正复劲敌"当不确切。
④ 据《唐五代文学编年史·晚唐卷》"唐昭宗光化四年三月"条载，"韩偓仍为翰林学士。约此时在翰林院有《无题》《倒押前韵》等咏歌妓诗，王溥、吴融、令狐涣、刘崇誉、王涣等文士多屡有酬和"，"又《倒次元韵》亦乃酬和韩偓诗之作。又吴融尚有《个人三十韵》又有《即席十韵》诗，亦均咏歌妓之作，盖亦此时前后所赋"。参见傅璇琮等撰：《唐五代文学编年史·晚唐卷》，辽海出版社1998年版，第927—928页。

提要》中载,"以立身本末论之,偓心在朝廷,力图匡辅,以孱弱文士毅然折逆党之凶锋,其诗所谓'报国危曾捋虎须'者,实非虚语,纯忠亮节,万万非融所能及"。笔者认为,二人唱和赠答之少,根本原因在于二人的性格和志向差异。韩偓刚烈,而吴融温和,韩偓大义凛然,而吴融自保其身。吴融多以"德高望重"识于友人门生,做事细致周详,且晚年多病,气虚脉促,风格以闲适凄清为主。韩偓早年以《香奁集》闻于世,年少气盛、敢作敢为,似有惊世之旷才,才情非一般人所能比。面对同样的时代窘境,两人都心系国家,表达方式不同,呈现的风格也不同。据《唐五代文学编年史·晚唐卷》中"唐昭宗光化四年十一月"[①]条载,"唐昭宗为韩全晦所劫,出幸凤翔。韩偓追至凤翔,时有诗纪之。旋迁兵部侍郎,为翰林学士承旨。吴融不克从,离长安,客居阌乡",后吴融于903年二月复迁为翰林学士承旨,但朝中群臣纷纷被贬,如翰林学士承旨薛贻矩被贬峡州,可见时局混乱。吴融意冷心伤,终不久后卒于官。另据傅璇琮主编《唐才子传校笺》,"至融自户(或兵)部侍郎知制诰、翰林学士充翰林承旨之时间,据岑仲勉所考,则在天复三年二月二十一日韩偓由翰林承旨贬濮州司马后,融即继偓为翰林承旨"[②]。可见韩偓、吴融二人都是忠心为国、正直不阿的,只是两人的处世风范和仕宦遭际都有所不同。

---

① 参见傅璇琮主编,吴在庆、傅璇琮著:《唐五代文学编年史·晚唐卷》,辽海出版社1998年版,第933页。
② 参见傅璇琮主编:《唐才子传校笺》(第四册),中华书局1990年版,第230页。

第二章　吴融的身世、交游与才能

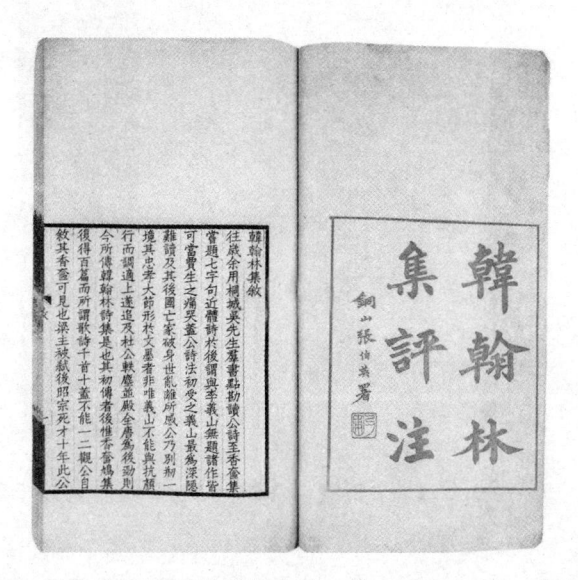

图 2-13　吴汝伦译注《韩翰林集注三卷　香奁三卷　补遗一卷》
（1922 年刻本）

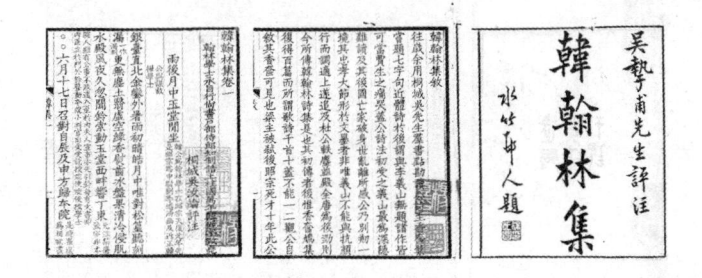

图 2-14　《韩翰林集三卷　金奁集三卷》（附补遗，民国时期刻本）

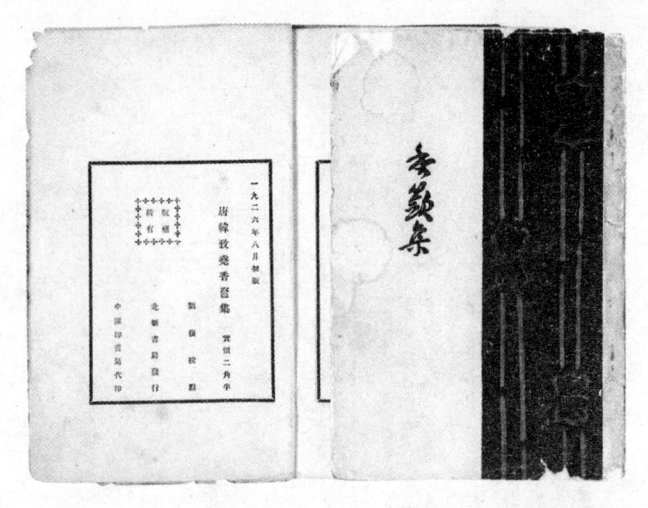

图 2-15　刘半农校《香奁集》（北新书局 1926 年蓝印毛装本）

后代典籍中关于二人的记述，多以吴融唱和韩偓的《和韩致光侍郎无题三首十四韵》为依据，证明《香奁集》的确出自韩偓之手，而非徐凝。

九、吴融与李洞的交往

关于吴融与李洞[①]的关系，《唐摭言》卷十"海叙不遇"条[②]中载，"李洞，唐诸王孙也……时人但诮其僻涩，而不能贵其奇峭，惟吴子华深知。子华才力浩大，八面受敌，以八韵著称。游刃颇攻骚雅，

---

① 李洞，字才江，京兆人，诸王孙也。慕贾岛为诗，铸其像，事之如神。时人但诮其僻涩，而不能贵其奇峭，唯吴融称之。昭宗时不第，游蜀卒。诗三卷。
② 参见姜汉椿校注：《唐摭言校注》，上海社会科学院出版社2003年版，第200—201页。

尝以百篇示洞，洞曰：'大兄①所示百篇中，有一联绝唱，《西昌新亭》曰："暖漾鱼遗子，晴游鹿引麛②。子华不怨所鄙，而喜所许……"'"。

另据《唐五代文学编年史·晚唐卷》"唐昭宗大顺二年八月"③条载，"按吴融《西昌新亭》诗，西昌在绵州（据《元和郡县图志》卷三三），诗当在吴融前年入蜀后所作。而融本年随韦昭度还京，其遇李洞并示此诗或亦此时或稍后"，即诗作于此年八月或稍晚。

李洞对于贾岛④似乎保持着一种略带膜拜感的师承关系，"李洞是唐末一位师学贾岛而有所成就的苦吟诗人，他无论是在诗歌内容、题材、语言方面，还是在生活经历和诗歌创作道路上，都具有苦吟诗人的典型特征。他刻意学习贾岛及科场屡屡受挫的经历，是形成他诗歌风格的重要原因，从中不难发现诗人合灵的深层因素与晚唐诗坛苦吟风行的某种必然联系"⑤。

---

① 据《唐人行第录》，"吴大融，字子华，新二〇三有传。《唐摭言》一〇载李洞称融曰大兄"。参见岑仲勉：《唐人行第录》，中华书局2004年版，第28页。
② 据宋代吴开的《优古堂诗话》"鱼遗子鹿引麛"一条，"唐吴子华诗云：'暖漾鱼遗子，晴游鹿引麛。'乃悟山谷诗'河天月晕鱼分子，桐叶风微麛养茸'所自"，参见丁福保辑《历代诗话续编》（上册），中华书局1983年版，第252页。
③ 参见傅璇琮等撰：《唐五代文学编年史·晚唐卷》，辽海出版社1998年版，第821页。
④ 贾岛（779—843年），字阆（读láng）仙，人称"诗奴"，与孟郊共称"郊寒岛瘦"，唐朝河北道幽州范阳县（今河北省涿州）人。自号"碣石山人"。据说在长安（今陕西西安）的时候因当时有命令禁止和尚午后外出，贾岛作诗发牢骚，被韩愈发现才华，并成为"苦吟诗人"。后来受教于韩愈，并还俗参加科举，但累举不中第。唐文宗的时候被排挤，贬做长江主簿。唐武宗会昌年初由普州司仓参军改任司户，未任病逝。
⑤ 参见郭素华：《从李洞的诗歌创作看晚唐苦吟诗风》，《美与时代》（下），2007年第8期，第112页。

图 2-16　贾岛画像①

此外，李洞与吴融的诗文交往，虽有相互称赏的成分，但也展现出吴融的心胸豁达，能够提携和奖掖后进。吴融能够"以百篇示洞"，最终"不怨所鄙，而善其所许"，精神气度实在难得。据吴汝煜编的《唐五代人交往诗索引》一书中的考证，吴融与李洞并无诗文唱和、赠答，不详其故。

十、吴融与韦彖的交往

关于吴融与韦彖的关系，《唐摭言》卷五"切磋"条②载，"羊

---

① 引自（清）顾沅辑录，孔莲卿绘像：《古圣贤像传略》卷八（唐　五代），清道光十年（1830年）刊刻。
② 参见姜汉椿校注：《唐摭言校注》，上海社会科学院出版社2003年版，第105—106页。

绍素①夏课有《画狗马难为功赋》，其实取'画狗马难于画鬼神'之意也，投表兄吴子华。子华览之，谓绍素曰：'吾子此赋未嘉。赋题无鬼神，而赋中言鬼神，子盍为《画狗马难于画鬼神赋》，即善矣'。绍素未及改易，子华一夕成于腹笥。有进士韦彖，池州九华人，始以赋卷谒子华。子华闻之，甚喜。彖居数日，贡一篇于子华，其破题曰：'有丹青二人：一则矜能于狗马，一则夸妙于鬼神'。子华大奇之，遂焚所著，而绍素竟不能以己下之。其年，子华为彖取府元"。所记有神话色彩，韦彖未见吴融之赋，为何能知"有丹青二人：一则矜能于狗马，一则夸妙于鬼神"，所言正命中吴融与其表弟之事，似有神助，于是吴融大奇之，以为高人，并焚所著，甚为恭敬，羊绍素则不明所由。吴融日后为韦彖在府试争得第一名发挥了作用。《江南通志》卷一百六十七"池州府"条，"张乔，秋浦人，与弟霞俱有诗名。乔咸通中京兆试，《月中桂》诗为时传诵，大顺初登第，后避乱栖隐九华以终，时同邑韦彖以能赋名，尝游京师。学士吴融奇其才，荐之。亦归隐九华卒"，亦简要记述了此事，均可见吴融的重才、赏才与荐才。

据《唐五代文学编年史·晚唐卷》中"唐昭宗乾宁元年十月"②条载，"吴融本年在京任侍御史。约此时前后，羊绍素、韦彖曾向

---

① 据《唐才子传》卷十"王毂"条载，"乾宁五年，羊绍素榜进士"。据《唐才子传校笺》，"徐松《登科记考》卷二四系毂乾宁五年（898年）进士，是年状元羊绍素"，参见傅璇琮主编：《唐才子传校笺》（第四册），中华书局1990年版，第359页。

② 参见傅璇琮主编，吴在庆、傅璇琮著：《唐五代文学编年史·晚唐卷》，辽海出版社1998年版，第854页。

其行卷,融曾与二人商订文字,并荐象为京兆府府元"。另"按《唐摭言》卷二《府元落》条载,韦象乾宁二年以府元落第,则其为吴融以府元荐之事当在乾宁元年。"①

十一、吴融与许昼的交往

关于吴融与许昼的关系,《唐摭言》卷三"慈恩寺题名游赏赋咏杂纪"条②载,"许昼者,睢阳人也,薄攻五字诗。天复四年,大驾东幸,驻跸甘棠。昼于此际及第"。《唐摭言》卷十一"恶分疏"条③载,"宋人许昼,闽人黄遘,遘尝宰滑州卫南,与昼声迹不疏。光化三年,二人俱近事,遘谤昼尝笞背矣。昼性卞急,时内翰吴融侍郎,西铨独孤损侍郎,皆昼知己,一旦昼造二君子自辩,因袒而视之。二公皆掩袂而入。昼、遘其年俱落"。

吴融作为许昼的好友,本应该对许昼加以提赏照顾,然而许昼受到黄遘的诬陷后,显得脾气急躁,遂到吴融和独孤损处申辩。吴融和独孤损毕竟同为侍郎,不想看到许昼光着背自证清白,便遮住眼睛回避。许昼的辩解是急迫的,但亦有失礼之处,从此事可以看出吴融对晚辈品行的重视。

---

① 参见傅璇琮主编,吴在庆、傅璇琮著:《唐五代文学编年史·晚唐卷》,辽海出版社1998年版,第855页。
② 参见姜汉椿校注:《唐摭言校注》,上海社会科学院出版社2003年版,第76至77页。
③ 参见姜汉椿校注:《唐摭言校注》,上海社会科学院出版社2003年版,第228至229页。

十二、吴融与皮日休①的交往

关于吴融与皮日休的交往，《全唐诗》卷六百八十七中所载吴融的《和皮博士赴上京观中修灵（宝）斋赠威仪尊师兼见寄》及《高侍御话及皮博士池中白莲因成一章寄博士兼奉呈》两诗与皮日休有关。皮博士即太常博士皮日休，他曾于唐昭宗乾宁四年（897年）任太常博士，吴融此二诗概作于此年九月②。又，此年五月皮日休与吴融等同游浙东，但《唐摭言》《北梦琐言》及后世典籍均没有记述有关二人交往的情况，不详其故。据《唐五代人交往诗索引》，也未见有皮日休寄吴融之诗，两人交往的证据只有以上吴融寄赠皮日休的两首诗。

十三、吴融与齐己③的交往

关于吴融与齐己的交往，宋代周密撰的《浩然斋雅谈》卷上载，"唐僧齐己，有《白莲集》，为《风骚旨格》。所与游者吴融、郑

---

① 皮日休（约838—883年），晚唐文学家。字袭美，一字逸少，汉族，复州竟陵（今湖北天门）人。曾居住在鹿门山，道号鹿门子，又号间气布衣、醉吟先生、醉士等。皮日休是晚唐著名诗人、文学家，与陆龟蒙齐名，世称"皮陆"。咸通八年（867年）进士及第，在唐时历任苏州军事判官（《吴越备史》）、著作佐郎、太常博士、毗陵副使。后参加黄巢起义，或言"陷巢贼中"（《唐才子传》），任翰林学士，起义失败后不知所踪。皮日休诗文兼有奇朴二态，且多为同情民间疾苦之作，被鲁迅赞誉为唐末"一塌糊涂的泥塘里的光彩和锋芒"。《新唐书·艺文志》录有《皮日休集》《皮子》《皮氏鹿门家钞》多部，皮日休是唐代著名文学家，对于社会民生有深刻的洞察和思考。
② 参见傅璇琮主编，吴在庆、傅璇琮著：《唐五代文学编年史·晚唐卷》，辽海出版社1998年版，第621页。
③ 据《唐才子传》卷九，"齐己，长沙人。早失怙恃，七岁颖悟，为大沩山寺司牧"。参见孙映逵校注：《唐才子传校注》，中国社会科学出版社1991年版，第842页。

谷皆晚唐人也"。

从年龄上讲，齐己小吴融十余岁，笔者所检索的相关史籍中未发现有两人交往的具体记述。

另据《唐摭言》卷五"切磋"条①载，"……有王图，工词赋，投卷凡旬月，融既见之，殊不言图之臧否，但问图曰：'更曾得卢休信否？何坚卧不起，惜哉！融所得，不知也！'休，图之中表，长于八韵，向与子华同砚席，晚年抛废，归镜中别墅"，"……将行，太常博士戴司颜②以诗赠行。略曰：'远来朝凤阙，归去恋元侯。'时吴子华任中谏，司颜仰公之名，志在属和，以为从约之资。融览之，拊掌大笑曰：'遮阿师更不要见，便把拽出得！'其承奉如此矣"③。相关记载显示，吴融与卢休、王图、戴司颜等人亦有过交往，其中王图多以文章投献吴融，卢休曾与吴融同砚席，戴司颜则久仰吴融大名并愿与吴融唱和。

至此，笔者将目前已知文献方面所能搜集到的吴融与同时代诗人的交往做了一个简要勾勒，基本上可以廓清吴融在当时诗坛上的地位和形象，也可以感受到吴融的为人处世之道和诗歌风韵才华等。

---

① 参见姜汉椿校注，《唐摭言校注》，上海社会科学院出版社2003年版，第106页。
② 据《唐才子传》卷九，"司颜，大顺元年，杨赞禹榜进士及第，与王驾同袍。有诗名"。参见孙映逵校注：《唐才子传校注》，中国社会科学出版社1991年版，第869页。
③ 参见姜汉椿校注：《唐摭言校注》，上海社会科学院出版社2003年版，第106页。

第三节　吴融的文、赋与书法

唐代是中国历史上诗歌创作的黄金时代，也是中国历史上书法艺术发展的盛世。"书法至唐，自欧、虞、柳、薛振起衰陋，故一时词人墨客，落笔便有佳处"（《宣和书谱》）。唐代诗人善书、书家善诗，诗人之多，书家之众，都是空前的，一人而兼诗人书家者比比皆是。《古今图书集成·理学汇编·字学典·书家部》载录唐代书法家六百四十多人，唐代的著名诗人几乎全包括在其中了。唐代诗人喜爱书法，欣赏评论书法，直接参加书法创作，把诗人的才情气质注入到书法作品中，沟通了诗歌、书法的艺术境界，丰富了书法艺术的内涵，提高了书法的艺术表现力。而诗歌，特别是那些题壁之作，又常借书法之美，加强其感染力量，收珠联璧合、相映辉发之效。[①]

首先，李白、杜甫、白居易三人无不善书。杜甫"于楷、隶、行、草无不工"（陶宗仪《书史会要》），"内阁见子美亲书《赠卫八处士诗》，字甚怪伟"（胡严语，引自《杜诗笺注》）。李白"字思高笔逸"（裴敬《李白墓志》），"玄宗命白为宫中行乐诗，二人张朱丝栏于前，白取笔抒思，十篇立就，笔迹遒利，凤跱龙拿"（孟棨《本事诗》）。"尝作行书有'乘兴踏月，西入酒家，不觉人物两忘，身在世外'一帖，字画尤飘逸"（《宣和书谱》）。"李白在开

[①] 裴芹：《漫说唐代诗人和书法》，《文史知识》1988年第3期。

元、天宝间不以能书传,今其行草不减古人"(黄庭坚《黄山谷题跋》)。而白居易则"书不名世,然投笔皆契绳矩,时有佳趣"(黄伯思《东观余论》),"《丰年》、《洛下》两帖与夫杂诗,笔势翩翩,……不失书家法度,作行书妙处与时流相后先,盖胸中渊著,流出笔下,便过人数等"(《宣和书谱》)。

其次,王维、元稹、柳宗元、贾岛、杜牧、李商隐、李贺等人,书法也各有造诣。唐代的王维"工草、隶,善画,名盛于开元、天宝间"(《新唐书》列传第一百二十七),"书画特臻其妙,笔踪措思,参于造化"(《旧唐书》列传第一百四十·文苑下),"诗入国风,笔超神迹"(窦臮《述书赋》),"右丞工草、隶,以善书名于开元、天宝间"(陶宗仪《书史会要》)。元稹的"楷字盖自有风流蕴藉,挟才子之气而动人眉睫。要之诗中有笔,笔中有诗,而心画使之然耳"(《宣和书谱》)。柳宗元亦"善书,当时重其书,湖湘以南士人皆学之"(赵璘《因话录》)。贾岛则"善攻笔法,得钟、张之奥"(苏绛《贾公墓铭》)。杜牧亦"作行草,气格雄健,与其文章相表里"(《宣和书谱》),"牧之书《张好好诗》深得六朝人风韵,颜、柳以后,若温飞卿与牧之,亦名家也"(董其昌《容台集》)。李商隐"四六稿草,笔画虽真,亦本非用意,然字体妍媚,意气飞动,亦可尚也"(《宣和书谱》)。李贺"能苦吟疾书"(李商隐《樊南文集》),"手笔精捷"(僧适之《金壶记》)。"唐代诗人的书法观总的来说,和他们的诗歌创作观有相通之处,以诗论书"[①],

---

① 参见王万岭:《唐代诗人的书法观及对后人的影响》,《书法之友》1995年第5期。

吴融在这方面也表现突出。

下面首先来看吴融的文和赋。

一、吴融的文、赋

律赋，起于六朝，兴于唐朝，以声律和谐、对偶工整为特色。唐以赋取士，制题新巧，立韵险难，要求音韵协调，对偶工整。如胡应麟《诗薮》中讲，"唐以诗赋声律取士，于韵学宜无弗精"①。唐代的进士行卷之风，对文学发展起到了较大的推动作用，这一点程千帆先生的《唐代进士行卷与文学》一书中已经讲得较为透彻，但程千帆先生着重讲的是传奇在温卷或行卷中的产生发展，对于律赋则没有太多涉及。其实唐人行卷用传奇的并不是太多，而用赋的却很多。②

"抒情小赋始于汉末，兴盛于魏晋六朝，因处于文学的醒觉时期，小赋得到了充分的发展，其代表作是曹植的《洛神赋》。而文赋是出现于中晚唐至宋代的赋体，具有不同于其他赋体的散文化特点，其代表作为杜牧的《阿房宫赋》。"③

---

① 参见（明）胡应麟撰：《诗薮·外编卷三·唐上》，上海古籍出版社1958年版，第182页。
② 参见汪小洋、孔庆茂：《论律赋的文学性》，《江苏广播电视大学学报》2003年第1期。
③ 参见苏美静：《汉代小赋与唐代文赋异同———以曹植〈洛神赋〉、杜牧〈阿房宫赋〉为例》，《剑南文学》2015年11月上半月版。

图 2-17　杜牧画像①

关于吴融的文赋，《唐摭言》卷五"切磋"条②中载，"吴融，广明、中和之际，久负屈声；虽未擢科第，同人多赘谒之如先达"。另有《唐摭言》卷五"切磋"条载，"羊绍素……"③，时人多以赋投谒子华，可见吴融在当时文赋界的声誉和地位。宋代的洪迈在其《黄文江赋》中说，"晚唐士人作律赋，多以古事为题，寓悲伤之旨，如吴融、徐寅诸人是也"。吴融更以浩大之才力，"游刃颇攻骚雅"，晚年"俄刻成诏"之事又助其远播名气，《全唐文》收

---

① 引自（清）顾沅辑录，孔莲卿绘像：《古圣贤像传略》卷八（唐 五代），清道光十年（1830年）刊刻。
② 参见姜汉椿校注：《唐摭言校注》，上海社会科学院出版社2003年版，第108页。
③ 参见本章第二节"十、吴融与韦彖的交往"。

其文、赋共十六篇①，具体篇目如下：

序跋一篇。即《禅月集序》，另见于《文苑英华》卷七百一十四《诗集三》。

诏令六篇。《李茂贞封岐王加尚书令制》，另见于《文苑英华》卷四百五十一《制书四·异姓王制》；《授孙德昭安南都护充清江军节度使制》②收录于《文苑英华》卷四百五十八《制书十一·节镇七》；《授王抟中书侍郎同中书门下平章事判户部制》收录于《文苑英华》卷四百五十《制书三·命相三》；《授王行审鄜州节度使制》收录于《文苑英华》卷四百五十八《制书十一·节镇七》；《授孙储秦州节度使制》收录于《文苑英华》卷四百五十八《制书十一·节镇七》；《授刘崇望东川节度使制》③收录于《文苑英华》卷四百五十八《制书十一·节镇七》。宋代王尧臣等编的《崇文总目》卷十二，记有"吴融制诰一卷（阙）"。

碑志一篇。《唐左监门卫将军宋匡业碑》（唐吴融撰　阎湘书　光化元年）收录于《宝刻丛编》卷七《陕西永兴军路一·京兆府上》。

奏议（表）三篇。《代王大夫请追赐方干等及第疏》，未见收录于其他著作；《贺西内嘉莲表》，未见收录于其他著作；《上元

---

① 参见董诰等编：《全唐文》（第九册），中华书局影印1983年版，第8636至8644页。
② 据《唐五代文学编年史·晚唐卷》，该诏令写于唐昭宗光化四年（901年）正月。参见傅璇琮等撰：《唐五代文学编年史·晚唐卷》，辽海出版社1998年版，第925页。
③ 据《唐五代文学编年史·晚唐卷》，该诏令写于唐昭宗乾宁五年（898年）正月。参见傅璇琮等撰：《唐五代文学编年史·晚唐卷》，辽海出版社1998年版，第901页。

青词》①,收录于《文苑英华》卷四百七十二《铁券文·青词》。

辞赋②四篇。《古瓦砚赋》,收录于《文房四谱》卷三《砚谱·四之辞赋》,《砚笺》卷四《古赋》;《沃焦山赋》,收录于《文苑英华》卷三十《地类六》,《纬略》卷七《沃焦》,《玉芝堂谈荟》卷二十三《沃焦山》;《览晋光上人草书想贺监赋》,收录于《书苑菁华》卷二十《杂著》;《戴逵③破琴赋》,未见收录于其他。其中《沃焦山赋》被收录次数最多。

哀祭一篇。《奠陆龟蒙文》,未见收录于其他著作。

二、吴融的书法及书法理论

吴融的书法在唐代享有较高地位,据宋人所编的《宣和书谱》④

---

① 据李肇《翰林志》,"凡太清宫道观荐告词文用青藤纸,朱字,谓之青词"。参见李肇:《翰林志》,四库全书本。后遂为一种文体。元代王恽的《玉堂嘉话》卷四中说:"青词主意,不过谢罪、禳灾、保佑平安而已。"参见王恽撰:《玉堂嘉话》,四库全书本。
② 据(宋)洪迈《容斋随笔》中说,吴融之赋"多以古事为题,寓悲伤之旨"。参见洪迈著:《容斋随笔》四笔卷七"黄文江赋",上海古籍出版社1978年版。
③ 据《晋书》,"戴逵,字安道,谯国人也。少博学,好谈论,善属文,能鼓琴,工书画。其余巧艺,靡不毕综。……太宰武陵王晞,闻其善鼓琴,使人召之,逵对使者破琴,曰:'戴安道不为王门伶人'。晞怒,乃更引其兄述,述闻命欣然拥琴而往,逵后徙居会稽之剡县。性高洁,常以礼度自处,深以放达为非道"。参见房玄龄等著:《晋书·卷九十四·列传第六十四》,中华书局1974年版。
④ 《宣和书谱》,北宋徽宗宣和年间由官方主持编撰的宫廷所藏书法作品的著录著作。全书20卷,著录宣和时御府所藏历代法书墨迹,包括197人的1344件作品,按帝王及书体分类设卷。每种书体前有叙论,述及各种书体的渊源和发展,依次为书法家小传、评论,最后列御府所藏作品目录。体例精善,评论精审,资料丰富。

卷十“行书四”记载，“送䛒光序”云，“……求其作草书歌，痛论古人笔意，至于行书字画称是，则知其留心于翰墨间，复不浅耳！观其书自可以意得也！今御府所藏五：行书博士帖，草书付虬帖，正书赠䛒光送别诗、赠䛒光草书歌二”。清代王士祯的《分甘余话》卷四中载，“愚按《宣和书谱》，唐诗人善书者，贺知章、李白、张籍、白居易、许浑、司空图、吴融、韩偓、杜牧而不载温飞卿，然余从他处见李商隐书亦绝妙，知唐人无不工书者，特为诗所掩耳”。由清人王士祯的判断可知，吴融善书且可以位于知名唐代诗人之列。

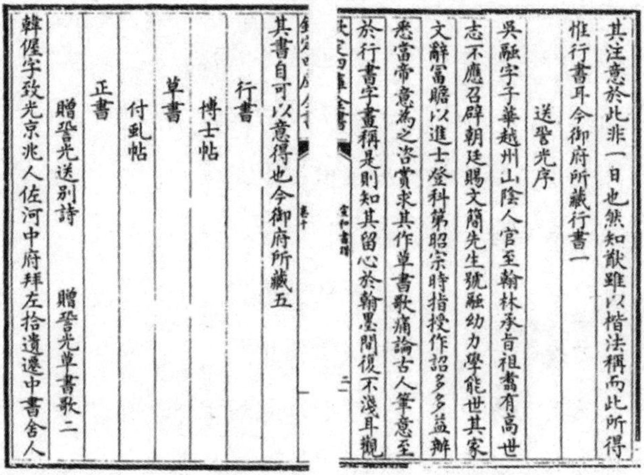
其注意於此非一日也然知戲雖以楷法稱而此所得
惟行書耳今御府所藏行書一
送䛒光序
吳融字子華越州山陰人官至翰林承旨祖嵩有高世
志不應召辟朝廷賜文簡先生號融幼力學能世其家
文辭富贍以進士登科第昭宗時指授作詔多多益辦
悉當帝意為之咨賞求其作草書歌痛論古人筆意至
於行書字畫稱是則知其留心於翰墨間復不淺耳觀
其書自可以意得也今御府所藏五
行書
博士帖
草書
付虬帖
正書
贈䛒光送別詩　贈䛒光草書歌二
韓偓字致光京兆人佐河中府拜左拾遺遷中書舍人

图 2–18　钦定四库全书本《宣和书谱》卷十行书四唐“吴融”条书影

另据《宣和书谱》记载，吴融的书法作品中得以流传的共有五篇。此外，吴融还通过对书画的鉴赏、评论，及自己的创作实践来阐释书论主张。《宣和书谱》卷十九《草书七·唐·释䛒光》载，“释亚光，江南人也。潜心草字，名重一时。吴融赠其歌曰'忽然飞动更惊人，一声霹雳龙蛇活'。司空图亦为之歌曰'看师逸迹两师宜，高适歌行李白诗'。当时称美着于篇籍者，不可胜数。苟非研精覃思，讵能至是耶"？宋代释赞宁的《宋高僧传·后唐明州国宁寺亚光传》载，"释亚光，字登封，永嘉人也，……长于草隶，……有朝贤赠歌诗，吴内翰融、罗江东隐等五十家，仅成一集"。以上所指吴融歌诗即《赠亚光上人草书歌》[①]，其歌云：

> 篆书朴，隶书俗，草圣贵在无羁束。
> 江南有僧名亚光，紫毫一管能颠狂。
> 人家好壁试挥拂，瞬目已流三五行。
> 摘如钩，挑如拨，斜如掌，回如斡。
> 又如夏禹锁淮神，波底出来手正拔。
> 又如朱亥锤晋鄙，袖中抬起腕欲脱。
> 有时软萦盈，一穗秋云曳空阔。
> 有时瘦巉岩，百尺枯松露槎枿。
> 忽然飞动更惊人，一声霹雳龙蛇活。
> 稽山贺老昔所传，又闻能者惟张颠。
> 上人致功应不下，其奈飘飘沧海边。

---

① 据《唐五代文学编年史》"唐昭宗乾宁四年六月"载，"草书僧亚光归永嘉，……同时送行者有宰相崔远、吴融，罗隐时在江东，亦有诗送之"，"吴融、罗隐送诗亦均此时所赋"。参见傅璇琮主编，吴在庆、傅璇琮著：《唐五代文学编年史·晚唐卷》，辽海出版社1998年版，第889—890页。

可中一入天子国，络素裁缣洒毫墨。

不系知之与不知，须言一字千金值。

这首诗的表达明白晓畅，先写对篆书和隶书的总体评价，再写聱光草书的引人与过人之处，并总结了其书法"能颠狂"和"无羁束"的显著特点。接着，吴融讲聱光常草书于立壁，并且笔法娴熟，如行云流水，瞬间可得。继而，吴融用形象的比喻来阐释其笔法中"摘""挑""斜""回"的美感，将其描绘为身轻如燕的功夫高手。接下来，吴融则以拟人化手法继续阐其用笔的高妙之处，有时如秋云飘逸，有时如枯松萧瑟，笔画时疾时缓，疾时笔端飞动如电闪雷鸣、龙蛇狂舞。结尾处，吴融对聱光在书法界地位做出了评定，并进而联系到他的人生遭际。吴融欣赏聱光草书的气势与变化，该品评遣句精细、周密，且用语活泛，不失雅趣。这与吴融自身从事书法创作且精研妙理有很大关系，吴融本人行书、草书、正书均擅。

三、其他

据元代陶宗仪的《辍耕录》卷八中讲，"作画只是个理字最紧要，吴融诗云'良工善得丹青理'"。明代彭大翼的《山堂肆考》，其卷一百六十六"远淡近浓"中也记载了吴融的《画山水歌》，其歌云：

良工善得丹青理，辄向茅茨画山水。

地角移来方寸间，天涯写在笔锋里。

> 日不落兮月长生，花片片兮水泠泠。
>
> 经年蝴蝶飞不去，累岁桃花结不成。
>
> 一片石，数株松，远又淡，近又浓。
>
> 不出门庭三五步，坐见江山千万重。

吴融通过对山水画的鉴赏来阐释其中的"远近淡浓"之理，并表达了"诗画同法"的看法。吴融用诗歌的形式巧妙地表达了中国山水画的理趣，也让我们不难理解吴融自己在作诗时较为讲求画面感，并力求字句生动扑面。宋代的苏轼曾说："诗画本一律，天工与清新。"（《属鄢陵王主簿所画折枝》）清代的沈宗骞亦说："画与诗，皆士人陶写性情之事；故凡可入诗者，皆可入画。"（《芥舟学画编·避俗》）不少著名的诗篇中也经常出现画面感极强的诗句，甚至直接可以由画家来依照字句挥墨重现。"……山川日月、星云江河、荒墓废墟、颓壁断墙，野花衰草，鸥鹭狐兔、野庙孤台，枯井败苑，一切表现时空巨大反差的意象，都应一一呈现在读者眼前，而这些意象都是名词性词语。名词性相对应词语的并置，正好是律诗对仗的特点。苏轼称王维'诗中有画，画中有诗'，其中一个方面就是指王维诗的画面并置产生静态的画面感，赋予以叙述的、时间的、流动的诗歌一种绘画方能产生的美学效果。"[①]这样的诗画融合，一方面来源于特定情境下作者的特别关注与细心体悟，另一方面也来自于诗人对画面感的巧妙安排和合理

---

① 田耕宇：《论晚唐怀古诗终极关怀的形成及审美表现》，《陕西师范大学学报（哲学社会科学版）》2000年第4期。

建构，最终使其艺术构象完美地呈现出来。这其中最关键的，是诗人在画面中倾注了对自然环境和人文社会的真挚情感。

图 2-19　王维画像[①]

"良工善得丹青理"作为《画山水歌》的首句，便成了吴融对于中国山水画创作和鉴赏的标志性观点，即"技艺高超的人善于融会贯通作画的道理"。吴融又通过对山水画的赏析，描述了山水画在立意、笔法、造型方面的独特性，阐释了山水画的美感所在及品鉴奥秘。

---

① 引自（清）顾沅辑录，孔莲卿绘像：《古圣贤像传略》卷七（唐），清道光十年（1830年）刊刻。

第三章　吴融诗歌的特色分析

　　与盛唐、中唐的意志的、说理的诗不同,晚唐的诗是情绪的、感伤的、耽美的,使人感到这是齐梁诗歌在历史上的重演。但是,晚唐诗不是齐梁诗歌的简单复活:齐梁诗语言运用不自由,而晚唐诗则用词自由灵活,这正是盛唐所取得的诗歌自由在另一方面的表现。晚唐诗歌之所以能长久为人祖述和爱好,也正是因为这一点。晚唐尊重纤细的情绪,促使另一种新的文学样式成长起来,那就是歌曲文学"词"。①

　　吴融的诗作,"清雅可人,为晚唐翘楚"②。诗中那种醉人的或者是悯人的景色,如今大部分都还可以清晰可见,可谓见景探古意,品句若斟茗。但吴融又不是一个专职的山水诗人,而是一个将生活深深融入诗歌的性情中人。他诗歌中流露的感情,虽多是一己私情,却毫无做作矫饰,而是本真和本色的流露。作为唐代的一位"才力浩大"③的诗人,他或许不逢盛时,只能感叹山河易逝,以大才

---

① [日]吉川幸次郎著,陈顺智、徐少舟译:《中国文学史》,四川人民出版社1987年版,第119—120页。
② 胡遂:《佛教与晚唐诗》,东方出版社2005年版,第142页。
③ 胡应麟在其《诗薮》中讲,"今人于唐专论格不论才,于近则专论才不论格,皆中无定见,而任耳之过也"。参见胡应麟撰:《诗薮》,上海古籍出版社1958年版。

绘小景。他入朝做官两进两出、跌宕起伏,却很少表现出气馁和绝望。

"知人论世"是诗歌评价的重要法则,而对于吴融诗歌的评价,历代各有褒贬,代表性的观点有:

> 有唐翰林学士、兵部侍郎吴融……先师(按指贯休)长谓吾门人曰:"吴公文藻赡远,学海渊深……"。(昙域《禅月集后序》)
>
> 子华才力浩大,八面受敌,以八韵著称,游刃颇攻骚雅。(《唐摭言》)
>
> 融学自力,富辞调。(《新唐书》卷二百三·列传第一百二十八·文艺下)
>
> 唐末七言律,韩致光为第一……次即吴子华,亦推高唱。(《读雪山房唐诗序例》)
>
> 吴融近体亦有情致。(《围炉诗话》)
>
> 温飞卿、吴承旨、韦蜀相诸公七律,圆朗妍逸,风调有余,以之献酬群心,可使一座倾倒。若欲厉风节,以格韵相高,号令风云,摧坚陷阵,须更上一层楼也。(《退余丛话》)
>
> 融诗音节谐雅,犹有中唐遗风……在天祐诸诗人中,闲远不及司空图,沉挚不及罗隐,繁复不及皮日休,奇僻不及周朴,然其余作者,实罕与雁行。(《四库全书总目·别集类四》)

以上,笔者例举了七种相对具有代表性的观点,这些评价基本公允,然犹未能客观、理性、全面、准确地解析出吴融诗歌的全部特色。品读吴融的诗歌,最先感受到的不是"才力浩大",而是体物观情的精到细致。笔者认为，吴融的诗歌在唐代诗人中可谓达到了极应受到重视的水平，其诗作多可读可歌，易于吟诵。其诗歌的声律运用也十分纯熟，情感上亦细腻朗俊，并描摹了凄清荒疏的风物系统，也有沉稳持重的个性风貌和孤静闲愁的处世基调。

从诗歌所呈现的风物来讲，吴融的诗多写春花秋草、逝水流云，透着伤感和闲愁情绪，显然不似杜牧诗风的俊爽峭健、风华流美，也不同于李商隐等人的"深情绵邈"，更与同时的韩偓有着较大的差异。"吴融的诗工细深婉接近于韩偓，但不似韩诗秾丽精密，而显得要疏淡凄切一些"①，因此笔者认为，不能完全将吴融简单划为温李一派，对吴融做更为精细的研究，对其文本做更为细致的品评，有助于从旧说的窠臼束缚中解脱出来，并以今天的新标准来给予新定位。据此，笔者认为，吴融的诗风与当时的时代环境和个人仕途遭际是相符的，也是生动丰富且深沉隽永的。

第一节　历代诗论著作对于吴融诗歌的评价

诗话于何昉乎？赓歌纪于虞书，六义详于古序，孔孟论言，别申远旨，春秋赋答，都属断章。三代尚已。汉魏而降，作者渐多，遂成一家言，洵是骚人之利器，艺苑之轮扁也。②

---

① 刘人杰主编：《中国文学史》（第三卷），中国对外翻译出版公司1999年版，第1271页。

② （清）何文焕辑：《历代诗话·原序》，中华书局1981年版。

一、对吴融的诗作持褒奖态度者[①]

"晚唐诗歌的评价随着多维度研究的出现,有了深刻的变化。除去对晚唐前期代表作家许浑、杜牧、李商隐、温庭筠等人的重新认识外,对晚唐时期代表作家吴融、韩冬郎、司空图,以及皮日休、杜荀鹤、聂夷中、罗隐、韦庄等也重新进行了评价。"[②] 也即,一些新的研究成果催生了对以往认为的相对不够著名的晚唐诗人的评价的认知松动,唐诗评论的空气较以往更加自由。

宋代王铚撰的《四六话》序中讲,"逮至晚唐,薛逢、宋言及吴融出于场屋,然后曲尽其妙,然但山川草木雪风花月,或以古之故实为景题赋,于人物情态为无余地,若夫礼乐刑政典章文物之体,略未备也"。关于吴融的文赋,第一章中已有论述,而"曲尽其妙"是讲吴融文赋的主要风格为声律谐雅,这恐怕也是将吴融诗集取名为《唐英歌诗》的重要原因。吴融另一个出众的才能便是描情摹态,能够方方面面、无不周到,且简备精当。同时,该序中也指出吴融在文章体制上涉猎不够广泛,像"礼乐、刑政、典章、文物"等方面的文章写得相对较少,这也是一个事实。吴融的才能主要体现在文学情感抒发方面,但咏物诗方面,吴融也写有《古瓦砚赋》《古锦裾六韵》等,另又有多首哀吊古迹的诗,如《金陵怀古》《题延寿坊东南角古池》等。因此,笔者认为不应多苛求吴融在文章体制上面面俱到,关键是其在已涉足的领域能够写出精品,写活写透。就其文赋的分类,笔者在第一章已有提及。

---

① 所谓褒奖、贬低与稍有偏颇者,只据评论的主要方面加以界定。
② 田耕宇:《晚唐诗歌否定评价的当代反思》,《四川大学学报(哲学社会科学版)》2002年第4期。

第三章　吴融诗歌的特色分析

五代孙光宪撰的《北梦琐言》卷四"吴侍郎文笔"条[①]载,"唐吴融侍郎策名后,曾依相国太尉韦公昭度,以文笔求知。每起草先呈,皆不称旨。吴乃祈掌武亲密,俾达其诚。且曰:'某幸得齿在宾次,唯以文字受眷。虽愧荒拙,敢不著力。未闻惬当,反甚忧惧。'掌武笑曰:'吴校书诚是艺士,每有见请,自是吴家文字,非干老夫。'由是改之,果惬上公之意也。散版出官,寓于江陵,为僧贯休撰诗序,以唐来唯元、白、休师而已。又《祭陆龟蒙文》,即云:'海内文章,止鲁望而已'。自相矛盾,于时不免识者所讥"。

这段记述对吴融的评价主要集中在两个方面,一是讲他的虚心求教。吴融对于文章的写作要求相当严谨,可以说"唯艺是进",尤其讲究文笔的锤炼。此外,吴融在书法上亦能有所建树,正说明吴融能够融会贯通,同时又可见"为人捉刀代笔,还要模仿他人文字语气,实非易事"[②],非"才力浩大"而难为。具体来看,上文的主要观点中,还有一个是讲他在评价诗文时所显示出的矛盾,即在为贯休撰的序中称贯休和元稹、白居易可以等而视之。吴融在《禅月集序》中讲"厥后,白乐天为讽刺五十篇,亦一时之奇逸极言。昔张为作诗图五层,以白氏为广大教化主,不错矣。……太白乐天既殁,可嗣其美者,非上人而谁?"在祭陆龟蒙的文章中,吴融也称陆的文章名冠天下。孙光宪据此说吴融的观点"自相矛盾,于时不免识者所讥"。综合看来,这似乎并不存在矛盾。那么,推崇元白和推崇陆龟蒙是否存在矛盾呢?

首先,要弄清元白风格和陆龟蒙风格的异同。金代的元好问在

---

① (五代)孙光宪撰,贾二强校:《北梦琐言》,中华书局2002年版,第80页。
② 吴丽娱著:《唐礼摭遗——中古书仪研究》,商务印书馆2002年版,第128页。

其《论诗三十首》第十九首中讲"万古幽人在涧阿,百年孤愤竟如何?无人说与天随子,春草输赢较几多",他借用陆龟蒙的《自遣诗三十首》之二十四中的"恐随春草斗输赢",来批评陆龟蒙等隐士其生活虽在晚唐社会动荡时代,却不作忧国感愤之辞而徒兴春草输赢之叹。笔者认为,陆龟蒙像古代许多隐士一样,并非真正忘怀世事,他也写过一些讽刺现实的作品,如《新沙》《筑城池》《记稻鼠》等。文学史著作中多将陆龟蒙的风格定义为"避世心态与淡泊情思",的确,晚唐不少文人在时代的衰飒气氛中走向了明哲保身的退隐之路,创作的诗句也多表现出一种避世心态和淡泊情思。

图 3-1　元好问画像[①]

综上,吴融先作祭文后作集序,其间间隔了十五年,且中间又

[①] 引自(清)顾沅辑录,孔莲卿绘像:《古圣贤像传略》卷十二(金元),清道光十年(1830年)刊刻。

经历了坎坷的仕宦生涯，对于人生浮沉亦有了更为深沉的认知。因此，吴融在其不同年龄段的评诗论人之语，理应有所升华，并呈现出演进状态。再者，对文学作品与风格的品评，也见仁见智，好有千般、坏有万般，不能用当今文学史著作的定位眼光来推测古人之间的亲疏褒贬，更不建议在静态文字表述中固化古人的文学面孔。笔者认为，孙光宪对吴融的解读，显然缺乏深切的个人生活阅历体验与纵向的个人人生轨迹层面的观照，极有可能是存在偏见的。

> 郑都官海棠诗"秾丽最宜新着雨，妖娆全在欲开时"，欧公谓其格卑。郑诗如"睡轻可忍风敲竹，饮散那逢月在花"，格卑甚矣！《复斋漫录》云"近世陈去非尝用"。郑意云"海棠默默要诗催，日暮紫绵无数开。欲识此花奇绝处，明朝有雨试重来"。余谓去非格力，犹去郑诗未远，岂如吴融"云绽霞铺锦水头，占春颜色最风流。若教更近天街种，马上多逢醉五侯"。唐人虽从事苦吟，题赋此花，要须放些风措，不近寒乞。坡公诗"东风袅袅泛崇光，香雾空蒙月转廊。只恐夜深花睡去，故烧银烛照红妆"。不为事使，居然可爱。
>
> （陶宗仪《说郛》卷二十下）

《说郛》中对吴融的海棠诗句有趋于隐晦的称赞。吴融有《海棠》二首，其一云"太尉园林两树春，年年奔走探花人。今来独倚荆山看，回首长安落战尘"，其二云"云绽霞铺锦水头，占春颜色最风流。若教更近天街种，马上多逢醉五侯"。两首海棠诗的落笔收笔有所差异，笔调亦不一，其一饱含着战争的沧桑，其二则清丽洒脱和高远一些。可以说，一首诗在地上，另一首则在天上，这也展示了吴融的咏花诗的两种重要风格。

"风俗习惯与时代精神对于群众和对于艺术家是相同的。艺术家不是孤立的。"[①]笔者认为，文学批评中，评价者批评的过程实则是寻找知音的过程，评价者自身的民族阶级、学养学力、交际境遇、心情心态等都会影响对诗人诗作的认定和品评，应该且必然会存在差异甚至争议。又比如，三国时期魏曹丕的《典论·论文》中曾说，"文人相轻，自古而然"，文学批评旨在求同存异、互学互鉴，而不能沦为逞才妒学、指桑骂槐的工具。因此，笔者提倡不应为了批评而批评，要跟批评者交朋友。交了朋友，也就有了更多通畅交流的可能性，也才能获得更多真实有效的信息，也才更能帮助评价者做更为精准的判断。因此，文学批评中的褒奖赞誉之辞，也实为难能可贵。具体品评中，对事不对人，论理不扣帽也是一种评论的美德。文人之间，通过对于诗句的指摘，进而实现文学的交流互赏，进而砥砺自己的创作，也可谓文坛之幸。

二、对吴融的诗作持贬斥态度者

对文学作品的价值认定，受限于阶级、民族、经历、性格、学力等多重因素，一些对吴融诗作持贬斥态度的诗评家，其根据自己独特的内外因交互要素，构建了一个似乎能够自圆其说的言论生态

---

① [法]丹纳：《艺术哲学》，人民文学出版社1981年版，第37页。

体系，且认为自己的表述和评价是更接近完全公允和最有价值的。"从唐末到五四运动前，否定晚唐诗者，大多文学观念偏颇、偏执、保守和陈腐，他们观点的错误是十分明显的。五四运动到70年代后期对晚唐诗歌持否定评价的失误，主要是在借用西方文艺思想来评价古代中国文学时，未经科学地审视东西方文化的差异和古今文化的差异造成的。"① 可以说，在对待晚唐诗歌的问题上，一直存在着较为尖锐且对立的观点，褒贬之词相攻，这样一种"伪"研究氛围，也使得对晚唐诗歌的评价出现了极不稳定甚至具有颠覆感的情况。

宋代的刘克庄在其《后村诗话》续集卷二②中说，"韩致光、吴子华，皆唐末词臣。位望通显，虽国蹙主辱，而赋咏倡和不辍，存于集者不过流连光景之语。如感时伤事之作，绝未一见，当时公卿大臣，往往皆如此"。关于吴融与韩偓的交往唱和，本书第二章中已经提到，兹不赘述。但对于吴融诗歌多"流连光景"而不是"感时伤事"的评价，则是失于片面的。吴融的《彭门用兵后经汴路三首》《金桥感事》等佳作，以及《卖花翁》《废宅》等都是"感时伤事"之作。现以《彭门用兵后经汴路三首》为例，试分析其与时政的结合方式以及对于时局的看法。

周啸天主编的《唐诗鉴赏辞典补编》③一书中认为，"文德元年（888年），王建攻彭州（今四川彭县），复掠西川十二州，贡

---

① 田耕宇：《晚唐诗歌否定评价的当代反思》，《四川大学学报（哲学社会科学版）》2002年第4期。
② 刘克庄撰，王秀梅点校：《后村诗话》，中华书局1983年版，第107—108页。
③ 参见周啸天主编：《唐诗鉴赏辞典补编》，四川文艺出版社1990年版，第715页。

赋中绝，朝廷派韦昭度招讨西蜀，昭度辟诗人吴融为掌书记同赴任。昭宗大顺二年（891年），韦昭度讨蜀无功，复受王建胁迫而返京，吴融亦出川，并沿隋修建的汴河回浙江绍兴家园。诗人既目睹西川兵燹，一路东来，又见中原一带'风吹白草人行少，月落空城鬼啸长'的惨状，感慨万端，写下这组七律"。而傅璇琮主编的《唐五代文学编年史·晚唐卷》一书中"唐懿宗咸通十年九月"[①]条，认为"吴融本年于平定徐州庞勋兵乱后途经汴路，目睹战后山河萧条残破景象，感慨悲伤，赋诗抒怀"，并认为此三首诗当作于此年九月。（另张艳辉《吴融年谱（简编）》亦参照此说）但二说对于"彭门用兵"的解释不一，笔者认为后者更为可信。

吴融的《彭门用兵后经汴路三首》一诗，诗云：

其一

　　长亭一望一徘徊，千里关河百战来。

　　细柳旧营犹锁月，祁连新冢已封苔。

　　霜凋绿野愁无际，烧接黄云惨不开。

　　若比江南更牢落，子山词赋莫兴哀。

其二

　　隋堤风物已凄凉，堤下仍多旧战场。

　　金镞有苔人拾得，芦花无主鸟衔将。

　　秋声暗促河声急，野色遥连日色黄。

　　独上寒城正愁绝，戍鼙惊起雁行行。

[①] 参见傅璇琮主编，吴在庆、傅璇琮著：《唐五代文学编年史·晚唐卷》，辽海出版社1998年版，第553页。

第三章 吴融诗歌的特色分析

其三

　　铁马云旗梦渺茫，东来无处不堪伤。
　　风吹白草人行少，月落空城鬼啸长。
　　一自纷争惊宇宙，可怜萧索绝烟光。
　　曾为塞北闲游客，辽水天山未断肠。

全诗围绕"彭门"一地展开，彭门即今天的徐州，自古为兵家必争之地，故有"百战"之说。西汉时期的战场多在"细柳""祁连"西片一带，而今却移向"彭门"东片一带，极言战事之多，"烧接黄云惨不开"即描述了此种意象①。"愁无际"和"惨不开"既是写景又是写人，和其二的"隋堤风物已凄凉"以及其三中的"风吹白草行人少"形成呼应。其二中的"金镞有苔人拾得"有"断戟沉沙铁未销，自将磨洗认前朝"之意，谓箭头生锈，且染上青苔，行路之人并不难拾到。而地面上也是芦花飘荡坠落，从芦荡中偶尔飞出的水鸟，或衔着芦花飞向新巢。动物方面，晚秋的鸟虫叫声短促而有力，大概是想表达对秋天的留恋。声响方面，草木摇曳，风波暗起，河流湍急，各种声音夹杂在一起乱人心魄。环顾四周，野色荒疏，光景惨淡，茫茫苍苍，心生无限悲凉。最后两句移步换景，诗人独登孤城，满眼的隋堤悲凉不堪，蓦然间，远处争战的鼙鼓又隐约可闻，不禁更生失路落魄之悲叹，本已在芦荡深处栖息的雁群也似乎被这声声战鼓吵得无法安眠，又不得不群起远走，另寻新巢。诗人感觉自己也像被战鼓惊飞

---

① 参见孙琴安著：《唐诗与政治》，上海人民出版社2003年版，第305页。

无法着陆的大雁一样，不知归途在何方，亦不知何处能享受安宁？

"晚唐怀古诗中写得最为杰出的，当是诗作里既无作者一己之身世悲叹，亦无个别历史事件结局的兴趣，而充满着由一个历史事件所代表的无数历史事件所包容的生命哲理，以及创作主体成为对象主体，进入生命哲理的反思之中，由此使接受主体看不到一首怀古诗的现实关怀的具体内容是什么，只体味到一种对生命的终极关怀之情。"① 综观以上组诗三首，诗人怀古伤今，自叹时局衰落，表达了相似的惨景和同样的感伤，而眼下，旧的战争刚刚停歇，新的战事又紧锣密鼓，大兵压阵、恐慌不断，诗人正有一种穷途末路的悲伤，因此诗中的用典较为豪迈凄清。

另如《金桥感事》，诗云：

太行和雪叠晴空，二月春郊尚朔风。
饮马早闻临渭北，射雕今欲过山东。
百年徒有伊川叹，五利宁无魏绛功。
日暮长亭正愁绝，哀笳一曲戍烟中。

这是一首政治抒情诗。清代钱牧斋的《唐诗鼓吹评注》谓：此诗"指孙揆败于沙陀之事。"沙陀，以族名代称藩镇李克用。唐昭宗大顺元年（890），李克用进据邢、洺、磁三州，昭宗不顾多数大臣的反对，采纳了宰相张浚等人发兵讨李的主张。由于对形势估

---

① 田耕宇：《论晚唐怀古诗终极关怀的形成及审美表现》，《陕西师范大学学报（哲学社会科学版）》2000年第4期。

计不足，结果征讨失利，且三战三败。同时，张浚的副手孙揆，也在这年九月被李克用破潞州（今山西长治西南）时所杀。进而，李克用的军队乘胜纵兵焚掠了晋、绛、河中一带，其军队所过之地，百姓家破人亡、赤地千里。大顺二年（891）春正月，昭宗被迫罢了张浚等人，二月又不得不为李克用加官晋爵。诗人吴融此时正在潞州金桥，有感于此，写下了这首诗。

图 3-2　孙揆画像①

　　诗一开头就把太行山的景色描摹得雄伟壮美：皑皑白雪覆盖着巍巍太行，重峦叠嶂，山峰高耸，背后映衬着晴朗的天空。红日、白雪、蓝天，画面清丽、色彩鲜明，古意悠悠、宛若浮雕。此时，时令已

---

① 引自（清）顾沅辑录，孔莲卿绘像：《古圣贤像传略》卷八（唐 五代），清道光十年（1830年）刊刻。

是早春二月，莽莽郊原依然是北风狂舞，怎一个寒意料峭。一个"尚"字，用得极妙，写出了诗人当时的心境和感触。可想当时目之所见，体之所感，寒意仍然袭人，春意仍然遥远。景色之美和气候之寒，更衬出诗人心中的悲凉与前路的渺茫。这两句为下面的"感事"奠定了基调，渲染了气氛。

领、颈两联，一连串用了四个历史典故，集中委婉且含蓄地表达了诗人对当时政治形势的忧思和感叹。

"饮马"，是用《左传》中的典故。公元前579年，晋楚战争中，楚军曾骄横狂妄，并扬言要"饮马于河（黄河）而归"，这里用来比喻李克用有"饮马于河"的军事野心。因为李克用的军队早在中和三年（883）与黄巢作战时，就曾打进过帝都长安，故说"饮马早闻临渭北"。"射雕"，是用了北齐斛律光射落雕鸟的典故。"雕"是一种鸷鸟，猛健善飞，不易射得。这里用斛律光的英勇善射，暗喻实力强大的李克用将要采取大规模军事行动。"山东"指太行山以东地区，这句是说李克用的军队正蓄谋打过太行山。

颈联笔锋一转，由述古喻今进而抒感言怀。诗人没有直抒胸臆，而是借用典故来委婉表达。"百年"一句使用了周朝辛有的典故。周平王迁都洛阳时，大夫辛有在伊水附近看到一个披发的人在野外祭祀。披发是戎族的风俗习惯，辛有据此预言这地方必将沦为戎人居住。辛有死后，戎人果然迁居于伊水之滨。用此典是说诗人在藩镇割据的混战中，预感到唐王朝必将灭亡。他不可能直陈其事、诅咒圣上，但又难掩大势已去，回天乏力的心伤，所以用辛有的典故，隐晦地抒发对国家命运的沉重忧虑。然而，辛有的预言生前无人理睐，死后却备受赞叹，但这又有什么用呢？诗人的静澈心灵与肺腑忧思，泻于毫端。尽管个人不能挽狂澜于既倒，但诗人仍希望皇上采用古时魏绛的方法，以期收到"五利"之功。魏绛是春秋时晋悼公的大夫。古晋国的所在地大部分在山西，此地是一个汉、戎杂居的地方，不同民族间经常发生争斗和战乱。魏绛曾建议用"和戎"的方式解决矛盾，他认为"和戎"有"五利"，晋悼公采用了魏绛的主张，因此收到了"修民事，田以时"的良好效果。这两句，实际上是通过对魏绛的肯定，来婉转地批判唐王朝对李克用的用兵，认为以"和"为贵，以退为进，也不算下策。如果没有使用魏绛那样的计策也能收到"五利"的效果，却是更好的。

用典，是古典诗词中常用的一种形象化的文学手法。一首诗中过多地用典，往往会使得诗意晦涩难明、古奥难懂。这首《金桥感事》虽连用数典，却不令人难懂。诗人正是在曲折变化的典故取材中，贴切地表达了难以直言之隐旨，把抽象的感情变得形象化、具体化了，题旨亦因之更为突出、鲜明。

尾联"日暮长亭正愁绝，哀筝一曲戍烟中"两句，以情景交融之笔结束全诗。夕阳西沉、长亭遥对，哀筝一曲、戍烟四起，在这般惨破凄凉的环境中，一位"惊时感事俱无奈"（见其《重阳日荆州作》）的诗人，独自忧愁、感伤到无以复加。胡笳，是一种乐器，通过声调变换可以表达喜怒哀乐等不同的感情。这里用"哀"字摹状胡笳之声，不仅把客观世界的声音同诗人主观世界的感情有机地串通起来，还暗示这次战争的失败必将给百姓带来更大的灾难和挥之难去的苦难。"戍烟"，是指戍楼的烽烟，这种烟雾与在太平盛世缭绕的炊烟全然不同，它给人一种动乱不安的愁绪，恍如无处安放的战争幽灵。这二句十四字，把情、景、事，声、色、形，熔铸于一炉，真是极尽精炼概括之能事。①

元代辛文房的《唐才子传》卷八②中曾评价吴融的诗风"为诗靡丽有余，而雅重不足"，态度虽温和，却明显失当。笔者认为，吴融的诗歌既不靡丽又不乏雅重，具体分析见下节。明代王祎撰的《王忠文集》卷五《序·练伯上诗序》中讲，"视开元遂不逮至其季年，朱庆余、项子迁、郑守愚、杜彦夫、吴子华辈，悉纤弱鄙陋，而无足观矣"。另，明代胡震亨的《唐音癸签》卷八③中讲，"吴子华（融）诗亦太松浅，与郑都官同一衰体，未易置优劣"。

综合起来，以上几说都将吴融诗歌的格调定为"纤弱鄙陋"和"松浅"。笔者认为，这些评价多出于臆断，又未能加以举证，不知依据何在？另，笔者认为，将多个风格不一、遭际各异的诗人放在一起品评的做法，并不严谨，诸如将吴融与韩偓放在一起品鉴者，评语亦多有失当之处。

元代方回的《瀛奎律髓》卷七《风怀类·五言》于韩偓《幽窗》诗后评价说，"致光笔端甚高，唐之将亡与吴融诗律皆不全似晚唐，善用事极忠愤……"。这一表述主要指出了两点，一是说吴融和韩偓的诗与晚唐其他诗人的诗风格迥乎不同，二是讲二人作诗"善用

---

① 参见邓光礼释评：《唐诗鉴赏辞典》，上海辞书出版社1983年版，第1337—1338页。
② 参见孙映逵校注：《唐才子传校注》，中国社会科学出版社1991年版，第858页。
③ 参见胡震亨：《唐音癸签》（卷八），上海古籍出版社1981年版，第80页。

事，极忠愤"，但此评价又与刘克庄《后村诗话》之"绝无感时伤事之作"的评价大相径庭。"忠愤"，则说明心有朝廷。相比之下，笔者认为方回之说更为公允，但吴融的诗用事既不密集也不显著，"善用"之评价，当出自慧眼和妙思。

明代安磐撰的《颐山诗话》中讲，"吴融'经年蝴蝶飞不去，累岁桃花结不成'，此学究语也"！明代彭大翼的《山堂肆考》卷一百六十六"远淡近浓"条，也摘录了吴融的《画山水歌》①。吴融此诗并不是专写情趣，而是要阐明书画之理。吴融品画精微，能够得丹青之理，此语不事巧饰，虽略带"学究"之气，但也极具画面感，并意在表达山水画法意境，不可与纯粹写景状物的诗相提并论。

三、对吴融诗作的品评稍有偏颇者

刘克庄的《后村诗话》新集卷四②中讲，"吴子华诗五言合作绝少，七言佳者不减致光。致光以忤朱三贬窜，子华诗有《南迁》七绝，未知所坐何罪，以诗意度之，岂其坐致光之党耶！"此句大意是讲吴融的五言诗多不合法度，不如其七言诗写得更好。

据笔者考证，吴融共作了五言诗87首，其中绝句11首，律诗47首，杂韵29首。清代刘熙载的《艺概·词曲概》中说，"齐梁小赋，唐末小诗，五代小词，虽小却好，虽好却小。盖所谓'风云气少，儿女情长'也"。吴融的五言诗中亦有出色者，如其《杏花》六韵，颇显情致。笔者认为，吴融的五律中亦不乏佳作，但较其七律稍显

---

① 参见本书第二章第三节"三、其他"。
② （宋）刘克庄撰，王秀梅点校：《后村诗话》，中华书局1983年版，第214页。

逊色。

如其《题豪家故池》一诗，诗云：

> 岁久无泉引，春来仰雨流。
> 萍枯黏朽槛，沙浅露沉舟。
> 照影人何在？持竿客寄游。
> 翛然兴废外，回首谢眠鸥。

"仰"字用得传神！既是人对雨的仰望，又是池对雨的盼望。"黏"字暗示已是久旱无雨，浮萍已死并枯结在栏杆之上，"朽槛"和"沉舟"正点出了故池的豪门之气。战争的缘故，主人或是搬迁逃亡了，或是已经死于战争，诗人独自来此凭吊，并发出了"人何在"的疑问。"客"是诗人自称，一路上疮痍满目，诗人"持竿寄游"路过此地，稍稍休息疲惫的身躯，却又惹得心事重重。尾句，看到还在此处安家欲休息的鸥鸟，也不愿意惊扰它们，希望它们能够安居于此。世事沧桑，多少豪宅大院，几经兴废易主，繁华都有时限，此亦人生感喟。作为咏怀之作，该诗言辞简练、词义浅显，却也茫然萧索，能够景中寓情、情景交融，通过景象的变化来揭示时代的变迁和人世的变化。"五律要求古拙端庄，排律要求才大气雄。晚唐人对五言律与排律虽说能驾轻就熟，然时代审美偏向用七言律、绝迂回曲折、含蓄委婉的美学特质，来表现幽约细微、思精虑细的心绪情致。尤其是七律比五律每句多了两个词的表现功能，在中间两联的意象并置方面,更显出其特有的效果。"[①] 吴融可在五律、排律和七律诸体中做到自由切换、自在抒写,即所谓"驾轻就熟"。

再如其五言排律《赋雪》,诗云:

一夜阴风度,平明颢气交。
未知融结判,唯见混茫包。
路莫藏行迹,林难出树梢。
气应封兽穴,险必堕禽巢。
影密灯回照,声繁竹送敲。
玩宜苏让点,餐称蜜勺抄。
结冻防鱼跃,黏沙费马跑。
炉寒资爇荻,屋暖赖编茅。
远不分山叠,低宜失地坳。
阑干高百尺,新霁若为抛。

此诗先写雪的形成,正是阴风来袭、气温骤降、大雪初落,而后雪花铺天盖地。一个"包"字用得传神!下雪之后,周围妙趣顿生,脚印一串串儿,树梢皆一色。诗人又是远望,又是仰望,先后描写了道路、树林、兽穴和禽巢等四处比较明显的景致。"应"和"必"带有想象的成分,其景未必为诗人亲眼所见,但也是合乎情理的推想。诗人落笔的角度新鲜,雪水化掉会结成冰,有的雪花会直接变

---

① 田耕宇:《论晚唐怀古诗终极关怀的形成及审美表现》,《陕西师范大学学报(哲学社会科学版)》2000年第4期。

成冰，因不能融于平滑的冰面，才给人"结冻""黏沙"的印象。屋子内外都需要御寒措施，屋内人需要生炉点火取暖，房屋的外墙及屋顶需要茅草席子来铺盖，这就是雪带给人的生活的乐趣和不便。雪又给人带来错觉，远近高低都被一场雪改变了印象。所谓高处不高低处不低，远处不远近处不近，昔日的高低起伏、错落有致的景象都变成了一片茫然。云雪一色，雪后初晴，日头刚刚露出头来，就好像从百尺高楼上抛出去的一样，"抛"字也别具心意，不仅将当时的场景巧妙地联系在一起，而且将这种情景写活。吴融出生在江南，早年很少见过雪。该诗读来新奇有趣，且对仗工整骈俪，诗人在描写中稍稍展开铺陈，并试图赋予新意，展现了丰富的艺术美感。

另吴融的《岐下闻杜鹃》一诗也是五言，诗云：

化去蛮乡北，飞来渭水西。
为多亡国恨，不忍故山啼。
怨已惊秦凤，灵应识汉鸡。
数声烟漠漠，余思草萋萋。
楼迥波无际，林昏日又低。
如何不肠断，家近五云溪。

首句写诗人足迹所到之处，常听得杜鹃之声不绝于耳，"化"字有出神入化之感，表明足迹所到之处，不知不觉，杜鹃也声声跟随。次句大概是有感于时事，同时也暗用屈原投江之典，表明此时国家大势已去，空有才学不得重用，这满山遍野的啼叫，又有几人细细聆听？第三句写与同是飞禽的凤和鸡相对比，杜鹃是特别的，虽没有前两者的洒脱与飘逸，但却是理解人的怨恨的，所以它是通人性的。这里拿秦凤和汉鸡来类比，是想说杜鹃同样也是一种非同凡响的鸟儿，它似乎能够暗接神灵，声声表达人世间的哀苦，且别有一番风味。第四句写景，此时烟雾茫茫、惨叫声声、稗草萋萋，杜鹃却无枝可依。荒凉凄冷之中，杜鹃叫声更加凄惨。第五句写诗人站在阁楼的栏杆处凝望远方，波波细浪涌向天边，虽然没有李白"黄河之水天上来，奔流到海不复回"的气势，也在静谧中展现出了一种时空渺茫之感。诗人顿时联系到自身的处境，楼建在高处，下面树林郁郁葱葱、或疏或密、不甚明朗，这时黄昏已至，夕阳渐渐隐去，眼前的景色更加昏暗。诗人心中倍加惆怅，且这种惆怅迅速升级，因为联想到自己漂泊在外，居无定所，宦游无方。吴融是浙江绍兴人，因此说自己家近五云溪。吴融由杜鹃的声声啼叫，引发出重重感怀，最后是思乡切切。诗人表达的是在无着无落下的无可奈何，出门求仕却屡不如意，难免思乡心切。

如此情意深切的五言佳作，在吴融诗集中亦为数不少，在此不多枚举。

四、对《四库全书总目提要》中有关吴融评价[①]的解析

由清代永瑢和纪昀主编的《四库全书总目提要》，作为大型解题书目，共分四部、四十四类、六十七个子目。收入《四库全书》

---

① 评价参见本书第二章第一节"一、吴融的身世及生平"。

的著作共计3461种、79307卷，未收入《四库全书》的著作6793种、93551卷作为附录呈现。至于评价作家，"先列作者之爵里，以论世知人；次考本书之得失，权众说之异同；以及文字增删、篇帙分合，皆详为定辨，巨细不遗；而人品学术之醇疵、国纪朝章之法戒，亦未尝不各昭彰瘅，用着惩戒"①。笔者认为，传统的"知人论世"的方法有其天然的局限性，概因作者和评价者之间隔朝隔代，生活环境、成长经历、学识涵养与交际境遇不同，无法做到真正的推己及人和彻查细究，不能实现"面对面"对话，就难免形成一面之词。

"'知人论世'最早出自孟子，在文学评论中是指在阅读、理解、分析文学作品时要了解和把握作者的思想、经历和时代背景。诚然，'知人论世'本身是存在合理性的。正所谓'一代有一代之文学'，一个人的思想、经历和所处的环境一定会在其文学创作中有所投射。但是，这种投射本身并没有其必然性和确定性。也就是说，这种投射只是文学作品的充分不必要条件而已。"②从文献典籍中梳理各种评价，作为重要参考，是一种强化和加深对诗人诗作印象的快捷路径，这也类似于一个"体检"的过程。如果诗人本身的人品较为端正，在生活背景和时代环境基本相似的情况下，还应该考察具体的家庭情况和人生轨迹。此外，无法被彻底复原的千差万别的生存环境，也可能掩盖了些许我们本应同情、理解诗人的证据和理由。

一种环境能造就一个伟大的典型，而不可能同时造就两个，谁

---

① （清）永瑢：《四库全书总目》（上下），中华书局1987年版。
② 张墨君：《论"知人论世"和"文如其人"的局限》，《名作欣赏》2018年第24期。

能成为这个典型,是综合因素作用的结果。况且,有些典型是被强推硬选出来的,于是评价一个人应该将其尽可能还原,应该将人和文在一定程度区别对待,尤其是对那些"面相模糊"的诗人,品评的主要依据还是看"文"。一些针对古人的评价的再争辩总是不得定论,笔者认为,在史料缺失和证据链条不足的情况下,后人评价前人还是要做到慎之又慎,争取"不污古人"。笔者亦认为,一些争论的起因并不是古人本身存在什么问题,而恰恰是研究者们根据自身的体验,主观臆断了某些模糊的事实并进而得出了偏颇的结论。

以研究古人为业的人,首先是要带着关怀和爱,深入到他们的作品中去,先"知"文而后再"论"文,千万莫要自视清高,以为自己的智商和手段技术超过古人,就可以随意判断和指责。研究者尤其应该摆正心态、放下成见,有一说一。"虽然苏轼'文如其人'的明确提出比孟子的'知人论世'要晚许多,但很显然,肯定文章与作者的联系是'知人论世'的前提。正是由于类似'文如其人'的观点大为流行,所以世人在欣赏和品评文学作品时往往要去了解作者的相关情况,而了解作者自身的状况又离不开当时的时代背景,这就使得'文如其人'和'知人论世'成了逻辑链上紧密相扣的两环。由于'文如其人'是'知人论世'的逻辑前提,所以要分析二者的局限需要先从'文如其人'入手。"[①] 对于编选者也是一样,笔者认为,后人并不必然是要通过研究工作来和古人计较什么得失,后人的言论对于早已作古的诗人来讲,并不如他们在活着的时候那么能激起

---

① 张墨君:《论"知人论世"和"文如其人"的局限》,《名作欣赏》2018年第24期。

话题讨论欲并具有某种杀伤力,因为文字一直摆在那里,品评者需要自己去调整心态和更换角度。从创作主体来说,他们也多具有人格与身份的复杂性,而性格方面的复杂性,以及写作动机的不纯粹性,往往带来表述的不完整性和作品流播的不彻底性和不连贯性。

此外,接受主体由于自身原因对作者的理解也会存在差异,传统观念和思维模式对于接受者的接受也存在影响。[①]诗人的作品存世,能够有一部分被后人记住并喜欢,便是对他的成就最好的见证。与其用尖刻挑剔的文字来简单定义善恶美丑以及是非曲直,不如将古人再次邀请来,作为自己的"座上宾",与其心照不宣地开展精神对话。笔者不建议将古人作为自己手中牵线的可以随意摆弄的玩偶,抑或是当作自己的政治表达工具加以利用。因为那样做,必将丧失掉自己的真性情,绑架文学、绑架诗人,必定会离文学本身越来越远。

依上文,那么吴融的诗歌成就是否比韩偓要大呢?笔者认为,韩偓的气度风范可能加速了他的诗歌的流传,尤其是韩偓在十岁时即作诗送与李商隐,并曾得到李商隐的赏识,李商隐也曾夸赞韩偓"桐花万里丹山路,雏凤清于老凤声"。而且韩偓在人生早年就有了《香奁集》这样"率性"的香艳诗集,更能助其传播诗名。可以说,韩偓在人格上是"精壮"的,在诗风上是"绮艳"的。

相比之下,吴融则要平淡得多,他并没有什么豪言壮语,也没有冲锋陷阵,更多的是叹息、是挽留、是伤逝,他用自己的心灵默默地感受周围的一切,细腻而深刻。对于不如意,任何时刻,都不

---

① 张墨君,《论"知人论世"和"文如其人"的局限》,《名作欣赏》2018年第24期。

应止于愤愤不平。笔者认为，在兵荒马乱的年代，无数生命都在脆弱状态和摇摆之中，保全生命和"活着就好"未尝不是一种处世态度，毕竟芸芸众生中激进者少，图小安求小富者多。如果真的要讲道理，保存实力，"活着便是硬道理"，有人才有一切。当然，诗人也并不是没有抱负国家、驰骋沙场、捣平战乱的志向，可现实是诗人并没有强有力的外部支撑，其他条件也并不具备，甚至连皇帝的位子都摇摇欲坠，一位文臣所能做到的，恐怕比武将要少得多。在这种情势下，空喊口号也容易伤及自身，与其仕进无路、空自嗟叹，不如退居青山、静观其变。据此，笔者认为，对吴融胆小怕事、心胸狭窄的指责是臆断的和偏颇的。

"知人不易，论世更难。所以当拿到一个文学作品时，读者更应该先从文本出发，潜心分析感悟，不随意臆想，也不主动夸大。在独立思考之后再用'文如其人'和'知人论世'的方法加以适当的比照，得出自己的看法和结论。而不应该像现在的教学和大部分人的阅读习惯那样，先把时代背景和人物性格拿出来，之后再去看文本，并且一味地将'文如其人'和'知人论世'当作金科玉律，使得分析作品和审美体验过程本末倒置，产生消极的影响。由此可见，只有正视'文如其人'和'知人论世'的局限性，才能有助于我们更好、更客观、更有价值和生命力地去欣赏和分析文学作品。"[1]一个人有一个人的脾气禀性，自然也有一个人的境遇和遭际。为官上，吴融虽不如韩偓纯忠亮节，但亦为"铁中铮铮"者。笔者认为

---

[1] 张墨君：《论"知人论世"和"文如其人"的局限》，《名作欣赏》2018年第24期。

吴融对朝廷的忠心是没有问题的,李调元在其《雨村诗话》卷下中说"晚唐人品最高洁,以司空图为第一。唐室凌夷,不食而卒,忠烈之义,千载如生。吴融亦不事异姓,大义凛然"[1],吴融自己也说"皇恩自抱丹心报"(《闻李翰林游池上有寄》)。另"昭宗反正,御南阙,群臣称贺,融最先至"等事例也都说明了吴融贬谪前后都没有改变对朝廷的忠心,只是过分忧虑似显得不够坚定,但也绝非是逃兵走卒心态。另于其《风雨吟》《金桥感事》等诗中,也可见其心忧国难,慨叹国运。

乾宁三年七月,李茂贞[2]逼近京师,烧毁宫殿。唐昭宗则播迁华州。吴融作《渚宫立春书怀》《和严谏议萧山庙十韵》等诗,可见其此时心念朝廷,所谓"向日心须在",对于当时时局也充满焦虑和期待。[3]

中唐诗风的代表白居易、元稹,其风格是"感伤闲适",如《长恨歌》《琵琶行》之调。中唐诗人对自我感情的重视超过了盛唐。盛唐人高扬性情,对于日常情感不免看得较淡,而中唐诗人则向自我内心收缩,对自己的情感生活较为关注。[4]

---

[1] 参见张艳辉:《论吴融的诗兼论晚唐士人仕、隐、逸的离合》,硕士学位论文,西北师范大学2004年。
[2] 李茂贞(856—924年),原名宋文通,字正臣,深州博野(今河北蠡县)人。唐末至五代时期藩镇、军阀,官至凤翔、陇右节度使,封岐王。
[3] 参见方坚铭:《韦昭度之死与吴融的诗歌创作》,《西南交通大学学报》2004年第3期。
[4] 郭英德、过常宝著:《中国古代文学史》,四川人民出版社2003年版,第490页。

图 3-3　元稹画像[①]

《唐音癸签》卷十一引《诗谱》云："唐诗须分三节看，盛唐主辞情，中唐主辞意，晚唐主辞律。"那么，吴融的中唐遗风从哪里体现呢？白居易诗歌的主体是讽喻诗、感伤诗、闲适诗、酬唱诗等。而吴融除了讽喻诗外，写作最多的也正是酬唱、感伤和闲适诗，笔者将在本章第二节的诗歌题材分类中加以分析论证。

吴融的一部分诗中表现出了浑融疏淡的意境，如"吟处远峰横落照，定中黄叶下青苔"（《酬僧》），"阑珊半局和微醉，花落中庭树影移"（《山居即事四首》）。再如其《楚事》等诗则表现出了感伤的情怀，其《楚事》云"悲秋应亦抵伤春，屈宋当年并楚臣。何

[①] 引自（清）顾沅辑录，孔莲卿绘像：《古圣贤像传略》卷八（唐 五代），清道光十年（1830年）刊刻。

事从来好时节,只将惆怅付词人"。(屈原《招魂》云:"湛湛江水兮上有枫,目极千里伤春心。"宋玉《九辩》云:"悲哉秋之为气也,萧瑟兮草木摇落而变衰。")悲秋、伤春之情在吴融笔下都得到了很好的抒发,甚至伤春的成分还要稍多一些。春天和秋天对于诗人来说是最多愁善感的时节,吴融的时令观也特别强烈,描摹相关物候的词汇也使用较多。春天是寒冷的结束,秋天是寒冷的开始,吴融把悲秋和伤春联系在了一起,并引入了屈宋情结,意在表达自己在物候交替下的无比惆怅之感。至于吴融晚年,伤感、沉郁之作更是成了主要风格。

"晚唐后期,衰世末俗,唐王朝处于崩溃的边缘。社会动荡,人人自危,面对国家危难、个人不幸的双重痛苦,个体生命如何选择人生道路,在人生坐标系上确定人生定位,是非常重要的。"① 唐末,政局悲剧幕幕上演,吴融久困其中、身病心倦,经常感觉到痛苦、压抑甚至恐惧,如其《废宅》《红白牡丹》等诗,感情真挚,但思绪沉重、层层感伤。(另参见本章第二节中对吴融诗歌闲适风格的详细论述)于此,笔者推断吴融的"中唐遗风"在很大程度上是对白居易诗风的传承。吴融在其《禅月集序》中推崇白居易的"讽谏五十篇",称其为"一时之奇逸极言"。吴融自己写作的讽喻诗句相对不多,诗句如"今朝陌上相非者,曾此歌钟几醉同"(《无题》),全诗如《华清宫二首》(四郊飞雪、渔阳烽火),《金陵怀古》《隋堤》等,都有一定程度的讽喻色彩,但吴融表达更多的是"惊时感事俱无奈"(《重阳日荆州作》),在这一点上吴融与白居易是不同的。

---

① 张彩霞:《乱世中的人生选择——试论唐末士人的政治参与》,《徐州教育学院学报》2000年第1期。

这也不同于晚唐李商隐的"深情绵邈",同样是表现自我的主观感受,同样是细腻的情感体验和复杂的人生感喟,李商隐写得较为朦胧迷离、复杂迂曲。李商隐的个性情感特征也更加浓厚,他往往将诗歌的背景隐去,给人造成遥深难测的印象,而吴融的诗就平直了许多,他的诗大部分缘事而发、本情而起、见景而抒,做到了"眼前景即心中事"(吴融共作"即事"诗八首,李商隐作三首,韩偓无"即事"诗),诗歌完全成为了自己生活的一部分,实现了"无缝对接"。在词藻上,吴李二人也有很多的相似之处,即秾丽精工、天然纯净,二人都善于炼字,对语言的形象性和韵律感都有较高的要求。比如李商隐的"蜡照半笼金翡翠,麝熏微度绣芙蓉"(《无题四首》其一),恰如吴融的"殷鲜一半霞分绮,洁澈旁边月点波"(《红白牡丹》),但二者的具体笔触还是有明显差异的。

显然,如果没有晚唐之前鼎立的多元意识形态,就没有此后三位一体的宋明理学,而晚唐正处在这样一个前后相交的过渡阶段。此时更多的诗人正在自觉或不自觉地向着同一个目标靠拢,在长期以来多元裂变的诗歌表层之下,正逐渐形成一种新的审美理想。正如未来的宋明理学有着崇尚人格、开拓心性的内部转向一样,此时的大部分诗人也在实现着由外向内的审美转型,一种长于抒情、偏于写意、善于表现、贵于朦胧的新的审美理想正在崛起和生成。这种优美、朦胧的审美趣味尤其鲜明地表现在杜牧等人以咏史、爱情为歌唱主题的诗篇上。[1]

---

[1] 李红春:《宗教哲学影响下的晚唐诗歌》,《中国文化研究》2009年第4期。

就无题诗而言，吴融只有四首，即《无题》和《和韩致光侍郎无题三首十四韵》，实为两首。同样，韩偓也只有三首与吴融和作的无题诗，吴韩两人都较少写作无题诗，而李商隐共作了十六首无题诗。就用典来讲，李商隐用典较多，用典的方法也很多，并有"獭祭鱼"的称号。相比之下，吴融的典故则基本上较为平常，没有太过冷僻的。吴融的用典主要集中在诸如古代一些著名的侠义豪杰之士，如严子陵、徐孝克、何逊、豫让、臧洪、江总等。具体来看，文臣武将都有，且大部分为纯忠亮节之士，特别常用的是屈宋典故和子规传说，也多作为精神向往和人格激励之用。

吴融用典最多的一首诗是《偶题》，诗云：

贱子曾尘国士知，登门倒屣忆当时。
西州酤尽看花酒，东阁编成咏雪诗。
莫道精灵无伯有，寻闻任侠报爰丝。
乌衣旧宅犹能认，粉竹金松一两枝。

这首诗几乎句句用典。首先，"国士"出自《战国策·赵策一》，曰："豫让曰：'智伯以国士遇臣，臣故国士报之。'"此诗中的国士指吴融，指韦昭度曾以对待"国士"的态度来对待吴融，吴融因此深感知遇之恩。"登门"出自《后汉书·李膺传》，传曰："士有被其容接者，名为登龙门。""倒屣"出自《魏志·王粲传》，传曰："蔡邕才学显着，贵重朝廷，常车骑填巷，宾酒盈坐，闻粲在门，倒屣迎之，曰：'此王公孙也，有异才，吾不如也。'"首联谓吴融在地位微贱之时,曾蒙受韦昭度的厚遇,如今又回忆起韦昭度当时礼贤下士的殷切场面。次联"东阁"用公孙弘之典。《汉书·公孙弘传》:"时上方兴功业,娄举贤良。公孙弘自见为举首,起徒步,数年至宰相封侯,于是起客馆,开东阁以延贤人,与参谋议。"颔联谓吴融回忆自己曾和韦昭度在西州看花喝酒,有过很好的交往,并且在韦昭度招纳贤士的地方一起唱和诗歌,吴融还把这些诗歌编成了集子,并取名"咏雪诗"。颈联之"伯有"指春秋时郑大夫良霄,该人字伯有。《左传·昭公七年》谓伯有死后曾作祟,这里用作厉鬼的代称。"爱丝"出自《汉书·袁盎传》,传曰:"盎字丝,为吴相时,从史盗私盎侍儿,盎知之弗泄,遇之如故,人有告从史言:'君知尔与侍者通',乃亡归。盎驱自追之,遂以侍者赐之,复为从史。即袁盎使吴,见守,从史适为守盎校尉司马,夜引袁盎起曰:'君可以去矣,臣故为从史盗侍儿者'"。"任侠"出自《史记·孟尝君列传》,传曰:"孟尝君招致天下任侠,奸人入薛中盖六万余家矣。"颈联意为不要说亡灵中能够作祟的厉鬼,韦昭度被人所害,死后不能合眼,不久就会看到有人为韦昭度复仇。"乌衣巷"出自《宋书·谢弘微传》,传曰:"谢混风格高峻,少所交纳,唯与族子灵运、瞻、曜、弘微并以文义赏会。尝共宴处,居在乌衣巷,故谓之乌衣之游,混五言诗所云'昔为乌衣游,戚戚皆亲侄'者也。其外虽复高流时誉,莫敢造门"。《世说新语·雅量》:"王公(王导)曰:'……吾角巾径还乌衣,何所稍严。'"此处喻指韦昭度的居处,谓吴融来到韦昭度旧居,还能认得出种种旧日陈迹,因此对韦昭度更加怀念。"金松"出自李德裕《金松赋》序,序曰:"余游广陵,忽睹奇木,翠叶金实，灿有光，访其名曰金松"。尾联谓吴融又重新来到了韦昭度的家院，虽故地犹在，但场景已经败落不堪，用粉竹、金松借指韦昭度曾经何等受重用，其居所在当时也何其辉煌。

图3-4 唐剑南道北部蜀州益州区域图①

此诗频繁用典，意在表达诗人的忠愤情怀。吴融在景福、乾宁年间曾受到韦昭度的青睐与器重，并有东阁唱和之事，他在这首诗中表达了对当时交往唱和的追忆，同时也感念了韦昭度对自己的知遇之恩，以及痛悼之情和复仇之愿。韦昭度死于乾宁二年五月的邠、歧、华三镇兵联合入京的事件中，吴融也因此受到了牵连，遭到"坐

---

① 谭其骧主编：《中国历史地图集》（第五册），中国地图出版社1982年版。

累去官"。从龙纪元年吴融及第到乾宁二年韦昭度被杀，这期间的五六年时间里，吴融一直投靠在韦昭度身边，成为他讨蜀的幕吏，并任掌书记，景福中又任中谏（即补阙，从七品上）。乾宁元年左右，吴融又累迁侍御史（从六品下）。在这段官职上升的岁月里，韦昭度也基本上是受到昭宗的信任和倚重的。可想而知，吴融在韦昭度的庇护下，官职屡升，仕途较为顺利。①

据元代的方回说："此乃感恩之言，必为某人为朱温之徒所杀，而未有能报之者也。"此诗也是其怨愤的巅峰之作，高步瀛的《唐宋诗举要》评曰："慷慨激烈，生气凛然，此公亦侠士也"②。

再者，吴、韩二人都擅作七律。人称，"善学少陵七律者，终唐之世，惟李义山一人。胎息在神骨之间，不在形貌。"（管世铭《读雪山房唐诗凡例》）则是说李商隐的七律诗句式灵活，运词巧妙，得杜甫七律之神骨。"唐代七言律诗创作在初唐尚属草创，盛唐成熟，到晚唐方臻完善，据施子愉先生对《全唐诗》存诗一卷以上的诗人七律创作统计，初、盛、中、晚唐的七律数量分别有72首、300首、1848首、3683首，清人袁枚《随园诗话》卷6也明确地剖析了有唐一代律诗的发展状况，认为晚唐七律大备。"③而吴融所作的七律也颇多佳篇。

司空图的"二十四诗品"即：雄浑、冲淡、纤秾、沉着、高古、

---

① 方坚铭：《韦昭度之死与吴融的诗歌创作》，《西南交通大学学报》2004年第3期。
② 陈伯海主编：《唐诗汇评》（中册），浙江教育出版社1995年版，第2893页。
③ 田耕宇：《论晚唐怀古诗终极关怀的形成及审美表现》，《陕西师范大学学报（哲学社会科学版）》2000年第4期。

典雅、洗炼、劲健、绮丽、自然、含蓄、豪放、精神、缜密、疏野、清奇、委曲、实境、悲慨、形容、超诣、飘逸、旷达、流动。大概《四库全书总目提要》中的评价，就司空图的二十四诗品来讲，可以确切地理解为：豪放不如司空图，沉着不如罗隐，缜密不如皮日休，清奇不如周朴①。

从表面上看来，晚唐诗歌在总体上出现的这种优美趣味似乎又走上了南朝求缛丽、重雕琢的老路，仿佛是在恢复那种浅吟低唱、刻意求工的形式主义文风。其实并非如此。历史的发展总是螺旋式上升的，此时的优美已经扬弃了六朝的绮靡，增加了内在的韵致。这种韵致不仅作为诗情流露于诗人的笔端，而且也成为哲思在司空图那里得到理论层面的表述，因此也就有了"文外之旨"与"韵外之致"等对诗歌境界的更高要求。②

再就司空图的"二十四诗品"来对照，吴融的诗歌很难说具有某种特别明显的风格，而常常是几种风格揉杂在一起。有某种强烈的个性，才会随之产生某种鲜明的风格。考察吴融的履历，吴融为人处世常标举传统中正，急人危难，处理具体问题时又讲求不温不火、不卑不亢，因此其诗中有"绿林野步，落日气清。脱巾独步，

---

① 周朴（？—878年），字见素，一作太朴，福州长乐人，一说吴兴（今湖州）人，卒于唐僖宗乾符五年。工于诗，无功名之念，隐居嵩山，寄食寺庙中当居士，常与山僧钓叟相往还。与诗僧贯休、方干、李频为诗友。周朴，唐末诗人，生性喜欢吟诗，尤其喜欢苦涩的诗风。
② 李红春：《宗教哲学影响下的晚唐诗歌》，《中国文化研究》2009年第4期。

时闻鸟声。海风碧云，夜渚月明"之沉着，如"见多邻犬遥相认，来惯幽禽近不惊。"(《书怀》)有"落花无言，人淡如菊"的典雅，如"惆怅撷芳人散尽，满园烟露蝶高飞。"(《秋园》)有"俯拾即是，不取诸邻。幽人空山，过雨采苹。薄言情悟，悠悠天均"之自然，如"门倚山根重藓破，磬敲石面碎云生。"(《寄僧》)有"生气远出，不着死灰"之精神，如"蛱蝶狂飞掠芳草，鸳鸯熟睡翘暖沙。"(《闲望》)有"倘然适意，岂必有为"之疏野，如"雨细几逢耕犊去，日斜时见钓人回。"(《题延寿坊东南角古池》)有"晴涧之曲，碧松之阴"之实境，如"晓含仙掌三清露，晚上宫墙百雉阴。"(《和陆拾遗题谏院松》)有"风云变态，花草精神"之形容，如"冻开河水奔浑急，雪洗条山错落寒。"(《登鹳雀楼》)各种精神与品格巧妙地融汇于多篇诗作之中，很难一概而论这些诗歌究竟具有什么样纯粹的诗风。笔者也认为，尊重这样一种原生态的文学风貌，也就是尊重诗人的沧桑坎坷又含英咀华的人生，能够将这些情境和情怀用优美的诗句和铿锵的韵律表现出来，就是"才力浩大"。

第二节　吴融诗歌的分类及概貌

　　甚矣，诗之盛于唐也！其体，则三、四、五言，六、七杂言，乐府、歌行、近体、绝句，靡弗备矣。其格，则高卑、远近、浅深、巨细、精粗、巧拙、强弱，靡弗具矣。其调，则飘逸、雄浑、沉深、博大、绮丽、幽闲、新奇、猥衰，靡弗诣矣。其人，则帝王、将相、朝士、布衣、童子、妇人、缁流、羽客，靡弗预矣。[①]

一、关于"唐英歌诗"及"歌诗"一词

　　吴融的诗集名曰《唐英歌诗》，不知此名起自何时？唐人中以"歌诗"命名诗集者，除吴融外，亦有李贺的《李贺歌诗编》。"诗的四声与乐的五音是相对应的，讲究声律的诗，更加便于入乐，特别是那些调子固定的乐曲，对入乐的诗在韵律上提出了明确的要求。在永明体基础上发展起来的近体诗，正好适应了入乐传唱的要求，而成为唐代歌诗的最基本形式。"[②]

[①] （明）胡应麟：《诗薮·外编卷三·唐上》，上海古籍出版社1958年版，第163页。

[②] 吴相洲：《论初唐近体诗律的形成与歌诗入乐的关系》，《首都师范大学学报（社会科学版）》2000年第2期。

图 3-5 李贺画像①

　　吴融有七首歌行，包括《太湖石歌》《赠方干处士歌》《李周弹筝歌（淮南韦太尉席上赠）》《赠管光上人草书歌》《赠李长史歌》《赠广利大师歌》以及《风雨吟》，"数诗皆七言古，颇有特色，乃此时期少有之诗体"②，以及杂曲歌辞《古离别》一首，《水调》一首，另有《画山水歌》。

　　"唱词演唱要求达到字正腔圆，而要达到这一效果，对每个字都要处理得当。这时，诗的音韵直接影响到演唱，诗人们在诗的创作时，必须在声律上做些准备。中国古代的诗词曲的格律，在很大

---

① 引自（清）顾沉辑录，孔莲卿绘像：《古圣贤像传略》卷八（唐 五代），清道光十年（1830年）刊刻。
② 参见傅璇琮主编，吴在庆、傅璇琮著：《唐五代文学编年史·晚唐卷》"唐僖宗光启四年"，辽海出版社1998年版，第786—787页。

程度上就是为了便于歌唱而设置的。近体诗就是如此,它既讲平仄,又讲韵脚,句式的长短和多少都有规定,无疑为歌唱提供了很大的方便。"[1]另,"歌"字在吴融诗集文本中共出现17次,如"近来兼解作歌诗,言语明快有气骨"(《赠广利大师歌》)中出现的用法当为吴融的"歌诗"的本意。

吴融在《禅月集序》中讲,"且歌与诗其道一也。然诗之所拘,悉无之足得放意。取非常语非常意,又尽则为善矣。国朝能为歌为诗者不少,独李太白为称首,盖气骨高举,不失颂美讽刺之道焉。厥后白乐天《讽谏》五十篇,开一时奇逸极言。昔张为作《诗图》五层,以白氏为广德大教化主,不错矣。至后李长吉以降,皆以刻削峻拔飞动文彩为第一流。有下笔不在洞房蛾眉,神仙诡怪之间,则掷之不顾。迩来相学文学者,靡漫浸淫,困不知变。呜呼!亦风俗使然也",可见吴融对诗歌的融通之道有自己的见解,并且推举李白之诗歌成就。然而对此也有不同见解,田耕宇认为"这段话是典型的以诗歌为教化工具,要求诗歌颂美讽刺,否则就不足取的代表。'洞房蛾眉'是晚唐诗一大特色,本身就写过《赋得欲晓看妆面》一类艳情诗的吴融,却要鞭挞这种作品。由此看出文人创作与批评之间,即生活情趣、审美理想与其伦理观念之间已经出现抵牾"[2],针对此说,笔者认为在深层理解诗人方面,应深切观照,是否出现

---

[1] 吴相洲:《论初唐近体诗律的形成与歌诗入乐的关系》,《首都师范大学学报(社会科学版)》2000年第2期。
[2] 田耕宇:《晚唐诗歌否定评价的当代反思》,《四川大学学报(哲学社会科学版)》2002年第4期。

了抵牾,应该遵循"多数原则",不能仅凭数量仅占百分之一的某类诗作,而去对占诗作数量百分之九十九的诗风的主体风格进行消解。笔者认为艳情诗不是吴融的强项,他也不以此来争名立世。

吴融在《禅月集序》中又讲,"沙门贯休,本江南人,幼得苦空理,落发于东阳金华山,机神颖秀,雅善歌诗",也是指此意,"丙辰余蒙恩诏归与上人别,袖出歌诗草一本,曰'西岳集',以为尽矣"!以上便是吴融自身对"歌诗"一词的使用。

综合分析吴融使用"歌诗"一词的情况,可知在吴融的文学意识中,"歌诗"并无特别涵义,基本可以看作是对于"诗歌"的一种惯用称谓。笔者又统计,《全唐诗》中"歌诗"一共出现了22次,相对于四万多首唐诗来讲,该词的出现频率并不高。又据笔者统计,使用"歌诗"一词最多的当属白居易,共4次,分别是:

君兮君兮愿听此,欲开壅蔽达人情,先向歌诗求讽刺。(《采诗官·监前王乱亡之由也》)

有侄始六岁,字之为阿龟。有女生三年,其名曰罗儿。一始学笑语,一能诵歌诗。(《弄龟罗》)

黄金印绶悬腰底,白雪歌诗落笔头。(《赠楚州郭使君》)

我亦定中观宿命,多生债负是歌诗。(《病中诗十五首·自解》)

白居易的前两种用法与民间百姓有很大的关系,即讲求人人能诵,而后两种则是一般"诗歌"的意思。

另唐代的羊士谔①有"至今犹有东山妓,长使歌诗被管弦"(《客有自渠州来说常谏议使君故事,怅然成咏》),韦庄②有"我有歌诗一千首,磨砻山岳罗星斗"(《乞彩笺歌》)。从唐人的普遍用法来看,"歌诗"当有两种涵义。首先,确实有一部分作品近似于词或者歌谣,并与音乐关系密切,但这部分作品的比例相对较低。其次,最常见的用法与音乐的关系并不大,如宋代洪迈的《容斋随笔》卷二"唐诗无讳避"条③中讲,"唐人歌诗,其于先世及当时事,直辞咏寄,略无避讳",其所用的"歌诗"一词亦是普通涵义。究竟"诗""歌诗""词"三者之间有何种表意关系?笔者认为应辩证地看待"歌诗"本身的双层涵义,这也是理解吴融《唐英歌诗》的关键。赵敏俐主编《中国古代歌诗研究——从〈诗经〉到元曲的

---

① 羊士谔(约762—819年),泰安泰山(今山东)人。贞元元年礼部侍郎鲍防下进士。顺宗时,累至宣歙巡官,为王叔文所恶,贬汀州宁化尉。元和初,宰相李吉甫知奖,擢为监察御史,掌制诰。后以与窦群、吕温等诬论宰执,出为资州刺史。士谔工诗,妙造梁《选》,作皆典重。与韩梓材同在越州,亦以文翰称。著集有《墨池编》《晁公武郡斋读书志》。
② 韦庄(约836—910年),字端己,长安杜陵(今中国陕西省西安市附近)人,晚唐诗人、词人,五代时前蜀宰相。文昌右相韦待价七世孙、苏州刺史韦应物四世孙。韦庄工诗,与温庭筠同为"花间派"代表作家,并称"温韦"。其诗多以伤时、感旧、离情、怀古为主题;其律诗圆稳整赡、音调浏亮,绝句情致深婉、包蕴丰厚,发人深思;其诗多写自身的生活体验和上层社会之冶游享乐生活及离情别绪,善用白描手法,词风清丽。所著长诗《秦妇吟》反映战乱中妇女的不幸遭遇,在当时颇负盛名,与《孔雀东南飞》《木兰诗》并称"乐府三绝"。有《浣花集》十卷,后人又辑其词作为《浣花词》。《全唐诗》录其诗三百一十六首。
③ (宋)洪迈著:《容斋随笔》(上),上海古籍出版社1978年版,第236页。

艺术生产史》①一书，其中关于唐代的部分由吴相洲②先生执笔，该书后记中称，"歌诗是指可以配乐演唱的诗歌，它在古代文学中占有重要地位。从《诗三百》到元曲，是中国古代歌诗形态发展的一个完整过程"，这里强调的是可以"配乐演唱"。

综上可见，吴相洲先生认为"歌诗"只有一种涵义。笔者推测为吴融的诗集起名为"歌诗"者，亦是因为察觉吴融部分诗歌所具有的可歌性，但"歌诗"一词的双重涵义仍是不容忽视的，亦不排除歌唱形式与规范的失传，从而带来了单一的扁平化认识，正如当今的"歌咏"一词一样。

"随着中晚唐以来逐渐庞大的市民阶层对文化的需求，时令小唱的深入时人之心，由诗，特别是五、七言绝句，向词的过渡，使小诗更加柔美婉转，这是一股不可遏制的文学发展潮流。困不知变的儒家诗论者面对这种入俗的变化，不仅不知所措，而且十分恼怒。

---

① 参见赵敏俐主编：《中国古代歌诗研究——从〈诗经〉到元曲的艺术生产史》，北京大学出版社2005年版。
② 另见《唐诗创作与歌诗传唱关系研究》，吴相洲著，北京大学出版社2004年版。据吴相洲先生此书引言注一中讲："'歌诗'一名，最早见于《左传·襄公十六年》，云：'歌诗必类'，意指诗歌演唱。《墨子·公孟篇》：'诵诗三百，弦诗三百，歌诗三百，舞诗三百'中含义相同。到汉代演变成对歌词的一种通称。《汉书·艺文志》'诗赋五类'最后一类就是'歌诗'。唐人仍沿用这种称呼，……但任半塘先生认为：'歌诗'仅用于肉声，不包含器乐之声，其义较狭；'声诗'云云，则兼赅乐与容二者之声。——此其大别也。我认为用'歌诗'作为入乐入舞的诗的通用的称呼还是比较合适的"。而该书第五章"晚唐'才子'词人的歌诗创作"中较多提到温庭筠、李商隐、杜牧、裴諴、张祜、薛能，而对集名"歌诗"，又"才力浩大"的吴融只字未提，不详其故。

于是由诗及人，对晚唐诗人进行人品指责。他们希望晚唐人继续沿着李白、杜甫、韩愈的歌行体和古诗风格的道路走下去，但是，文学总是由自身的规律支配而发展的，人为地去改变它，往往是无济于事的。"① 笔者亦认同这种诗歌发展观，任何诗风的变化和过渡都必然有着某些综合因素的汇集，究竟怎么变也都不是一两个人可以左右的。笔者认为，吴融对于后代词的贡献，也主要在于他写作了大量的歌诗。

综观这些歌诗，有的形式较为整齐，有的则较自由，但以整齐的居多。据笔者统计，吴融写有七首歌行，三首杂言，其诗中有多首是有关歌舞题材的诗，这也证明吴融是熟悉音乐的。具体诗句如"始似五更残月里，凄凄切切清露蝉。又如石罅堆叶下，泠泠沥沥苍崖泉。鸿门玉斗初向地，织女金梭飞上天。有时上苑繁花发，有时太液秋波阔。当头独坐揽一声，满座好风生拂拂。"（《李周弹筝歌（淮南韦太尉席上赠）》），"贯珠一夜奏累累，尽是荀家旧教词"（《闻歌》）等诗句，都生动传神，气韵潇洒，五感通灵。另如其"来时风，去时雨，萧萧飒飒春江浦。欹欹侧侧海门帆，轧轧哑哑洞庭橹"（《江行》），也颇有可歌性。吴融的某些诗作中确实能够散发出词的神韵，但究竟如何界定这部分作品，也还有待进一步深究。

---

① 田耕宇：《晚唐诗歌否定评价的当代反思》，《四川大学学报（哲学社会科学版）》2002年第4期。

二、吴融诗歌的题材分类统计分析

表 3-1 吴融诗歌题材分类列表[①]

总类	细类	性质	数量	对象	数量	小计	中计	总计
酬唱赠答诗	赠答类	面赠送别	13	僧人	15	51	70	284
		面赠相逢	3	同僚	29			
		寄赠	21	亲友	7			
		献赠权要	9					
		情景面赠	5					
	酬唱类			同僚	14	17		
				僧人	1			
				未名	2			
	应制类		2			2		
咏物写景诗	自然景观类	自然现象	9			15	65	
		山水景观	6					
	植物类	花卉	16			24		
		树木	6					
		其他	2					
	动物类	飞禽	12			19		
		走兽	3					
		其他	4					
	其他类		7			7		

---

① 说明：

a 此表根据诗题的意思，据首要关键词依次排序，诗题和内容有时会有一些出入，但比例不大，应该在百分之十以内。本数据权作数据衡量，不作为严格意义上的题材标准分类结果。

b 此分类未出现一题同属两类的现象，据其主要特征，酌情只划归一类。

c 居处类一般要在诗题中出现确切地名，如"江行"则化为感怀诗而不是居处诗。

d "微雨"划为感怀诗，"梅雨"则划为写景诗。

e "东归望华山"算作人文景观类，而不算作自然景观类，判断标准根据诗的内容，有无重要的人事纠缠和情感寄托。

f "和韩致光侍郎无题三首十四韵"实为艳情诗，但这里算作唱和诗。

g 组诗据题目进行划分，有单独诗题的划为多首，同题组则看作一首。

（续表）

总类	细类	性质	数量	对象	数量	小计	中计	总计
居处诗	途中类		21			46		
	居住类		24					
感怀诗	一般类	一般闲适	10			40	65	284
		因地感怀	9					
		因事感怀	12					
		因时感怀	9					
	杂合类	因时因地	6			19		
		因事因地	8					
		因时因事	5					
	其他类	男女之情	3			6		
		个人之情	3					
人文及咏史诗	人物类		3			33		
	人文景观类		21					
	咏史类		9					
其他类			5			5		

由上表统计可知，吴融诗作最多的题材为酬唱赠答诗，但这些诗作多不是简单地酬唱赠答，而是多有兴寄。据吴汝煜《唐五代人交往诗索引》一书的统计，吴融共有赠41人的57首诗，占其诗歌总数的20%（其中组诗算作一首）。另外因"酬僧""送僧归日本国""山居喜友人相访"等无确定受赠对象的诗作，十余首的数量偏差即源于此因。另，共有4人（韩偓、黄滔、陆龟蒙、贯休）寄赠吴融的诗7首，也是本研究的重要参考。相比之下，吴融的酬唱赠答诗中，赠人与受赠比例相差较为悬殊。

在吴融所寄赠的诗人对象中，僧人占有相当大的比重，甚至多过了其他类型的亲友，这说明吴融多出入山寺密林，并时常有离群索居的生活状态。但吴融所寄的僧人多没有留下名姓，有姓名者只有贯休和广利大师二人最为有名，这两人也都是在诗歌或书法上达到很高造诣的人物。

下面将吴融所寄的人物及所寄数量列表于下。

表3-2 吴融所寄人物及所寄数量列表

所寄对象	数量
赵崇①	4
薛贻矩②	4（其中组诗两首）
韩偓	4（其中组诗三首）
李晔③	3
贯休	3
高骈④、广利、皮日休、杨侍卿、郑仁规⑤	2

从吴融所寄人物的身份来看，其人际交往圈子并不狭窄，这些寄赠也反映出吴融仕途的奔波劳苦，即很多时候身不由己，不能够和一位好友长时间在一起共事，只能惜别并以酬唱赠答；另一方面，

---

① 据《北梦琐言》卷五"中书蕃人事"条，"近代吴融侍郎乃赵崇大夫门生"。参见孙光宪撰，贾二强校：《北梦琐言》，中华书局2002年版，第97页。
② 据《新五代史》卷三十五《唐六臣传》，"薛贻矩，字熙用，河东闻喜人也。仕唐为兵部侍郎、翰林学士承旨……太祖即位，拜贻矩中书侍郎、同中书门下平章事，累拜司空。贻矩为梁相五年，卒，赠侍中"。参见欧阳修撰，徐无党注：《新五代史》，中华书局1974年版，第379页。
③ 唐昭宗李晔（867—904年），原名杰，又名敏，是唐朝第十九位皇帝（去武则天以外，889—904年在位），在位16年，享年38岁。他是唐懿宗第七子，唐僖宗弟。葬于和陵，死后谥号为圣穆景文孝皇帝。
④ 据《旧唐书·列传第一百三十二》"高骈"条，"高骈，字千里，幽州人。祖崇文，元和初功臣，封南平王"，参见刘昫等撰：《旧唐书》，中华书局1975年5月第1版，第4703页。
⑤ 据《旧唐书·列传第一百二十六》"郑肃"条："仁规累迁拾遗、补阙、尚书郎、湖州刺史、尚书郎知制诰，正拜中书舍人，卒。"参见刘昫等撰：《旧唐书》，中华书局1975年版，第4573—4574页。

也反映出当时时局混乱,吴融的仕宦沉浮是随着大气候的变化而变化。上至皇帝在内,人人都有朝不保夕、难以安身的窘境,所经历过的时人都染上了浓重的乱世悲哀。这种情况下,一个突出表现就是送亲别友之作颇多,尤其是送人"归隐"和"退居",如吴融有《送广利大师东归》《送许校书》《送于员外归隐蓝田》《宪丞裴公上洛退居有寄二首》《送弟东归》《送知古上人》《送策上人》等诗。另外,笔者观察也发现,吴融写赠别的诗远远多于写相逢的诗。

三、吴融诗歌的体裁分类①

表 3-3 吴融诗歌体裁分类列表

类型	五言		七言	歌行	杂言	小计
绝句	11		84			95
律诗	47		119			166
多韵	三韵	1		7	3	多韵29 歌行7 杂言3
	六韵	9				
	十韵	8				
	十四韵	5				
	十六韵	1				
	二十六韵	1				
	三十韵	2				
	三十二韵	1				
	四十韵	1				
	小计	29				
总计	87		203	7	3	300

注:组诗数量为12组,阌乡寓居十首算作十首。

---

① 据《全唐诗外编》,吴融另有"《西昌新亭》句'暖漾鱼遗子,晴游鹿引麛'(《唐诗纪事》五十八李洞)"。参见王重民、孙望、童养年辑录:《全唐诗外编》,中华书局1982年版,第537页。按:此句最早当出于《唐摭言》卷十"海叙不遇"条,参见本书第二章第二节"九、吴融与李洞的交往"。

"诗歌具体类型研究在晚唐之所以能成为一个比较热门的话题,一个不可避免的原因是在文学创作的衰微时期,类型性的作品必然会引起创作者的兴趣:因为类型作品总会有较为固定的程式,即使创作者才力有限,也可以在类似于填字谜的游戏中从容不迫地完成。"[1]综观吴融的各体诗作,从数量上来看,七律最多,同时七律也是吴融写得最有深度和特色的,相对来讲,其五言诗略有逊色。"七律与绝句等诗体在晚唐逐渐成熟,进而成为比较有代表性的诗歌体式——而这两种诗歌体式,也在唐宋诗的过渡中起了重要的衔接作用。但是,诗体却是一个极为复杂的问题:唐代诗人在写作时的诗体感受,在语言方式已经断裂的今天,已很难真正领悟到唐人在选择某种诗体进行创作时的内在约束。"[2]吴融的诗歌体裁的总体特点是七言多于五言,律诗多于绝句,并兼作歌行体和杂言诗。这些题材诗歌多讲求用韵,也可以为吴融诗歌的"声律谐雅"提供一个证据。

第三节　吴融诗歌的风物系统及显著特色

　　一个时期的文学,总是凝结着特定的社会心理和人生感受,

---

[1] 陶庆梅:《新时期晚唐诗歌研究述评》,《南京师大学报(社会科学版)》1999年第4期。
[2] 陶庆梅:《新时期晚唐诗歌研究述评》,《南京师大学报(社会科学版)》1999年第4期。

积淀着特定的民族精神和价值观念。而这种种心理、感受、精神，又是蕴含在文学语言、形象的深层。只有在了解、熟悉当时的时代环境、历史状况、社会风气和创作主体的身世遭遇、情感心态的基础上，化身于作品当中，像作者那样，设身处地体验、感受作品中所表现的情感志趣，才能够洞察、领会文学史中的心灵史。[①]

据笔者统计，吴融的诗歌中出现过的主要地名有[②]：松江（5）、富春（4）、岐下（4）、汴（3）、荆州（3）、渚宫（3）、湖州（3）、金陵（3）、峡州（2）、简州（2）、洛阳（2）、丹阳（2）、西陵（1）、越州（1）、淮口（1）、邓城（1）、汉州（1）、雪溪（1）、华州（1）、昭应（1）、阌乡（1）。综合来看，吴融关注最多的还是水乡，对于山城的关注则稍微少了一些。从入诗地名的分布来看，主要集中在三大区域，吴越（即吴融的家乡及附近）和秦（王权之地）、楚（谪官流浪之地），其中秦楚之地是吴融最常过往的栖身之所和长久的精神家园。因此，也可以说，江南藏有吴融童年及青年时代的诗情画意的梦想和孜孜不倦的事业追求，京城有诗人的进退仕宦之门与官场浮沉之梦，荆楚有诗人浪漫清幽的洒脱之迹和寄情山水之思。综之，三个区域饱含着三种不同的风格，都令吴融魂牵梦萦，吴融也常常是在此地而思念彼地。

[①] 王兆鹏著：《宋南渡词人群体研究》，台北文津出版社1993年版，第11—12页。
[②] 括号内为出现次数。

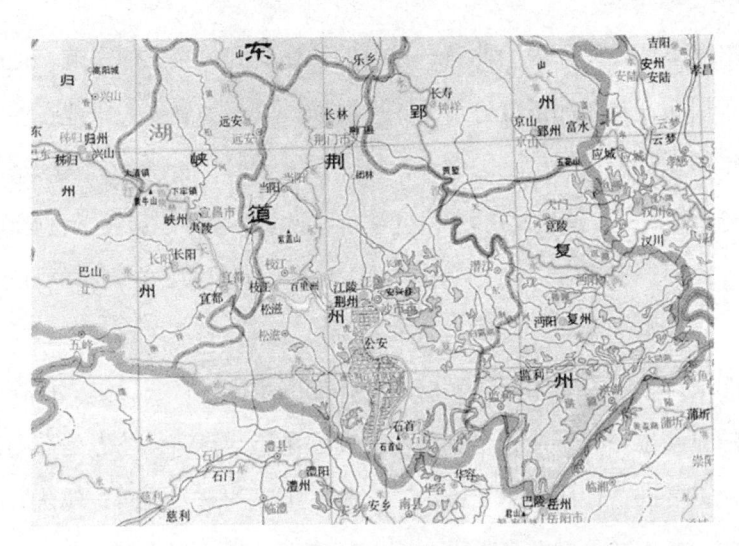

图3-6　唐代山南东道荆州峡州复州区域图①

"不可否认的是，晚唐的儒家文人仍然没有完全熄灭其批判现实的意愿，甚至某些诗也是以批判为旨归的。如陆龟蒙、罗隐、皮日休、杜荀鹤、聂夷中等正是以悲天悯人的儒家情怀记述了征夫、怨妇、走卒、农夫等不同人物所经历的悲苦生活和非人磨难，并向造成苦难的时局发出了呼喊。"②描摹现实和批判现实是诗歌的重要功能，在没有其他存录手段的晚唐，一首首饱含深情和挚感的诗歌，一支支刺贪刺虐和表达衷肠的妙笔，就是今人了解当时社会状况的有力证据。

吴融诗歌创作的重心在人生阶段的后期，即乾宁二年（895年）

---

① 谭其骧主编：《中国历史地图集》（第五册），中国地图出版社1982年版。
② 李红春：《宗教哲学影响下的晚唐诗歌》，《中国文化研究》2009年第4期。

韦昭度事件之后。因为此事,吴融的仕途受到了极大的影响,他被贬官荆南,并在那里度过了一年半时间。对于吴融来说,他在乾宁二年初夏"流浪荆南"的途中,主要是被惊惧、悲愤和庆幸的情绪所笼罩,如其《宿青云驿》《南迁途中作七首·渡汉江初尝鳊鱼有作》及《武关》等诗作,就表现出这样一种复杂的情绪。在荆南的日子,他的心绪渐渐平静,主要是通过自身的调适,加强对周围生活及环境的适应,并且开始寻找新的寄托,进一步进行自我反思。他在荆南的时期也完成了两种不同人生维度的调节与自适,首先是在朝廷和地方之间,他认同了地方,其次是在历史和现实之间,他认同了历史。其中,吴融的身份也一度由朝士过渡到地方幕僚,即进入成汭幕府①。

"晚唐最大的社会问题是中央政权的崩溃,由此也就派生出一系列子命题——中央政权凝聚力与向心力的削弱,使得地方藩镇势力引起文人的关注,'入幕'于是成为一种比较普遍的生存方式;而由于晚唐南方幕府的吸引力大大超过了北方幕府,'地域性'的问题从而也就凸显了出来;中唐文人坚持的'儒学革新'也就在上两个条件的约束下失去了它原有的理论价值,在'地域性'的基础上探寻晚唐文人的宗教选择也是思考唐末文人与文学的重要理论背

---

① 对后期的分析参见方坚铭:《韦昭度之死与吴融的诗歌创作》,《西南交通大学学报》2004年第3期。另《唐才子传校笺》载,"据《新唐书》卷一九〇、《旧五代史》卷十七《成汭传》及《通鉴》等载,成汭于文德元年(888年)四月据荆南,唐朝廷授为节度使,光化二年(899年)加中书令,天复三年(903年)五月败死"。参见傅璇琮主编:《唐才子传校笺》(第四册),中华书局1990年版,第430页。

景。"① 成汭对吴融的各个方面都比较照顾，吴融亦对他感恩戴德，并写有《赴阙次留献荆南成相公三十韵》，该诗可见吴融对成汭的感情真挚。全诗如下：

> 分阃兼文德，持衡有武功。
> 荆南知独去，海内更谁同。
> （首句总写成汭出任封疆大吏，地位显赫，他文武双全，有胆有识，独当一面，抱负远大。）
> 拔地孤峰秀，当天一鹗雄。
> 云生五色笔，月吐六钧弓。
> （继续对成汭加以赞美，夸其才情出众、勇猛过人，是天地造化的杰出人才。）
> 骨格凌秋笋，心源见底空。
> 神清餐沆瀣，气逸饮洪濛。
> （赞美成汭身轻体健，为人坦荡，有天地自然之灵气。）
> 临事成奇策，全身仗至忠。
> 解鞍欺李广，煮弩笑臧洪。
> （赞美成汭机智聪明、忠义果敢，并用李广、臧洪之典衬托他的有勇有谋。）
> 往昔逢多难，来兹故统戎。
> 卓旗云梦泽，扑火细腰宫。

---

① 陶庆梅：《新时期晚唐诗歌研究述评》，《南京师大学报（社会科学版）》1999年第4期。

（回忆成汭曾南征北战，九死一生，立下过汗马功劳。）

铲土楼台构，连江雉堞笼。

似平铺掌上，疑涌出壶中。

（回想当初征战、创业之艰难，但成汭领导有方，发展神速。）

岂是劳人力，宁因役鬼工。

本遗三户在，今匝万家通。

（写成汭招聚流亡百姓，练习士伍，休养生息，安国利民。）

画舸横青雀，危樯列彩虹。

席飞巫峡雨，袖拂宋亭风。

（写成汭安据一方后，所在地方富裕发达，生活精彩壮丽。）

场广盘球子，池闲引钓筒。

礼贤金璧贱，照物雪霜融。

（写成汭幕府的局面改观，且大有可为，他以礼招贤，广施恩德，惠及众生。）

酒满梁尘动，棋残漏滴终。

俭常资澹静，贵绝恃穹崇。

（写成汭发达之后的富裕与安逸。正如《旧五代史》[①]云："是时荆州经巨盗之后，居民才一十七家。汭抚辑凋残，励精为理，通商训农，勤于惠养，比及末年，仅及万户。"又能持俭尚静，承托天命。）

---

① 参见薛居正等撰：《旧五代史·梁书·列传七》"成汭"条，中华书局1976年版，第229页。

第三章 吴融诗歌的特色分析

唯要臣诚显,那求帝渥隆。
甘棠名异奭,大树姓非冯。
（写成汭重用懿才、自谋发展,但不求皇恩隆重。虽然他不是召公奭,但他对老百姓非常仁爱,且政绩显著。虽然他不是东汉的开国名将冯异,但他对于国家来说就是一棵大树。）
自念为迁客,方谐谒上公。
痛知遭止棘,频叹委飘蓬。
（吴融写自己为仕途所累,并被贬逐出京,今投靠成汭,方得短暂安定,进而感慨多年行止无常,漂泊不定。）
借宅诛茅绿,分围指粟红。
只惭燕馆盛,宁觉阮途穷。
（写吴融受到成汭的礼遇,但是还是觉得成汭府中人才济济,惭愧自己未能全报知遇之恩。）
浼汗沾明主,沧浪别钓翁。
去曾忧塞马,归欲逐边鸿。
（写自己幸得成汭重新赏识,复有用武之地,也愿意告别之前的闲适生活。但此去心事悠悠,仍不知祸福。）
积感深于海,衔恩重极嵩。
行行柳门路,回首下离东。
（吴融再次表达对成汭的谢恩,并用山高和海深来衬托无以言表的感激。）

通观全诗,字字真切又条理清晰。通过全诗,可以基本理清吴融与成汭的关系，并能够了解当时荆南一带的民为生状况及社会环境。吴融诗中赞美成汭的成分稍重，但因其为谢知遇之恩，故也不难理解。至于成汭的人品功绩，历史也自有评说。这首诗长三十韵，是吴融诗歌中较长的一首，该诗用事用典自然顺畅，对仗工整，较能体现吴融的才情。

另外，吴融此时也结识了诗僧贯休，并与其有深入交往（第一章有详细论述）。可以说，吴融遇到贯休后，自己顿生清凉洒脱之感，"自觉尘缨顿潇洒，南行不复问沧浪"（《南迁途中作七首·访贯休上人》）。此时，吴融还在荆楚的历史文化和风流人物中寻找性情相似的寄托，如屈宋、湘妃等。楚骚屈魂不断在他脑海里浮现，此时他写有《楚事》《荆州寓居抒怀》《秋日渚宫即事》等诗作，在这些作品中，湘妃、屈原、子规、杜鹃花等充满怨愤和冤屈的意象得以凸显，他也在这种精神交往中得到了极大的安慰。

乾宁三年（896年）七月，李茂贞逼近京师，并焚烧宫殿。唐昭宗出逃并播迁华州，吴融作了《渚宫立春抒怀》《和严谏议萧山庙十韵》（旧说常闻箫管之声，因而得名，次韵）诸诗，可见其心不忘朝廷，又如其《重阳日荆州作》，也抒发了类似情感。至乾宁三年冬天，吴融又被召入朝中，开始了短暂的朝廷生活，他担任中书舍人、翰林学士，此间写作了一定数量的制诰，也有不少唱和之作。

通过对吴融后期诗歌及其仕宦、心路历程的简要勾勒，再加上前两章中对吴融身世和人际交往的概括与提炼，笔者认为，吴融正是唐末典型的正统文人，他没有掩饰自己的喜怒哀乐，也没有对世事避重就轻，他生活得实实在在，清醒而知天命。

第三章 吴融诗歌的特色分析

内在的才学、性格与外在的光景、遭际相碰撞、相反应，使吴融诗歌呈现出了一些显著的特点：一是清①、细、净；二是荒、愁、闲；三是简备精当、声律谐雅。下面笔者试图以诗歌的字频统计为始，并结合对其代表诗作的分析鉴赏，来论证吴融诗歌的上述特色。

吴融笔下的自然景色系统包括四季、四时、气候、节日、山水、地名等。生命形态系统包括人物（当世百姓、历史人物）、动物（飞禽、走兽、其他）、植物（花草、树木、果实）等。外物形制系统包括建筑、器物等。状态系统又包括颜色系统以及情感系统等。各系统之间相互揉杂、相互涵化，呈现出上下贯通、浑然一体的形态。现笔者对自然、感情、生命三大系统加以解析。

一、自然系统：春寒秋冷黄昏暗，绿凋红谢爱秋风

首先，吴融诗歌写温度的词汇中，"寒""冷""凉"等字出现的比率要远远超过了写"暖""热""温"等字。同样，写凄冷的诗句的比率也远远多于写温暖的，而且比例相当悬殊。（参见附录二）

吴融写凄冷的诗句如"雪露南山慘慘寒"（《雪后过昭应》），"寒猿应客吟"（《题越州法华寺》），"潮落寒沙鸟下频"（《富春》），"独上寒城正愁绝"（《彭门用兵后经汴路三首》其二），"柳寒难吐絮"（《汴上晚泊》），"天阶澹澹寒"（《早发潼关》）等，诸多诗

---

① 明代胡应麟在《诗薮》中讲，"诗最可贵者清，然有格清，有调清，有思清，有才清。……清者，超凡绝俗之谓，非专于枯寂闲淡之谓也"。参见胡应麟撰：《诗薮》，上海古籍出版社1958年版，第185页。

句中，寒梅、寒水、寒烟、寒香、寒渚、寒鸦、寒柏等意象屡屡出现。寒冷大致可以分为秋寒、冬寒和春寒，吴融所写的多为春秋之寒。"前人评晚唐诗'衰杀'或'衰飒'，大多就指晚唐怀古诗中常出现的意象。诸如暮色、残阳、荒殿、古墓、乱坟又昏鸦、古原、野风、冷月、孤庙、飞萤、空壕、幽苔、枯树、恨血等。"① 下面的这首《无题》，正是写秋寒中的世态之思，更显得凄冷清疏，诗云：

> 万态千端一瞬中，沁园芜没仵秋风。
> 鸡鹟夜警池塘冷，蝙蝠昼飞楼阁空。
> 粉貌早闻残洛市，箫声犹自傍秦宫。
> 今朝陌上相非者，曾此歌钟几醉同。

首句是对于时间飞逝的感慨，世态变幻无常，恍惚一转眼就成了现在的格局。昔日公主的园林也变成了荒芜、清静，少人来往的荒园，这时的秋风也似乎无情地吹过。诗人伫立于此，不禁感时伤今。园林虽在，但夜晚寂静无声，也没有灯火，池鹭却警觉不眠，池塘四周更是毫无生气，诗人顿觉寒气袭人。清晨，蝙蝠从梁栋间飞出，到了夜晚才回来休憩，整个白日里楼阁都没有一点动静，寂静得可怕。公主、才人们都已经随着战争的烟火，不知流落到何处，正如白居易的《上阳白发人》"同时采择百余人，零落年深残此身"以及"耿耿残灯背壁影，萧萧暗雨打窗声"，宫女零落失宠，朝廷

---

① 田耕宇：《论晚唐怀古诗终极关怀的形成及审美表现》，《陕西师范大学学报（哲学社会科学版）》2000年第4期。

亦混乱不堪。诗人又想起了那些曾经争权夺利的大臣们,他们之前在这个园子里闻歌观舞、欢笑一时,也曾称兄道弟、俨若至亲,而今国难当头,他们却独断专行、搅乱朝政。

吴融共有四首无题诗,另外三首是《和韩致光侍郎无题三首十四韵》,也可见吴融并非自发去创作无题诗。另,此无题也非彼无题。笔者猜测,大概吴融作此诗时,心境复杂、郁郁寡欢,愁怀不得舒展,只得静静以"无题"自抒。"今朝陌上相非者,曾此歌钟几醉同"两句,揭示出了群臣献策不得要领,醉生梦死又无力报国。最终,人去楼空,烟散园寂,好不凄凉。在这些诗句中,风物的荒疏和世情的凄冷在字字句句交织中呈现。

其次,吴融诗歌写颜色的词汇中,多以冷色调为主,但也清丽可人。(参见附录二)"唐代咏物诗的设色能力很强。唐代咏物诗所表现的色彩种类是相当丰富的。描绘色彩的词汇相当繁富,大大超过了前代。据不完全统计,有红、橙、黄、绿、青、蓝、紫、黑、白、朱、苍、素、丹、排、粉、皑、斑、碧、翠、黛、皓、褐、灰、绛、皎、金、银、燕、墨、彤、胭脂等。另外,还有表示复色、同类色、类似色的词语,如橙绿、紫绿、橙紫、暗红、深红、浅红、粉红、淡红、红紫、橙红、紫红、红橙等。"① 而对于吴融来说,诗中的颜色主要来自于对植物生命色彩的描摹,如"春红始谢又秋红"(《送杜鹃花》)也有对于景物的描写,如"霞低水远碧翻红,一棹无边落照中"(《江行》)。吴融对颜色变换是敏感的,即能敏锐捕捉

---

① 兰天:《试论唐代咏物诗的艺术成就》,《湖南大学私会科学学报》1995年第1期。

到颜色的细微变化,如"粉薄红轻掩敛羞,花中占断得风流"(《杏花》),"霏霏漠漠暗和春,幂翠凝红色更新"(《春雨》)等诗句。

现以红色为例,试作分析。值得指出的是,吴融诗歌中所指的"红"并不与"红颜"有很大关系,因为"红颜"一词只出现过一次,即"单影可堪明月照,红颜无奈落花催"(《上阳宫辞》),表述中也不见一点脂粉气息。此外,吴融诗歌中的"红"也不与"红尘"有很大关系,如"略避红尘小宴开"(《浐水席上献座主侍郎》),"偶同人去红尘外,正值僧归落照时"(《游华州飞泉亭》),所要表达的都是避离红尘,而非留恋红尘。此外,吴融也善于将红白两色做对比使用,从而达到诗中有画、赏心悦目的艺术效果,如"几程村饭添盂白,何处山花照衲红"(《送知古上人》),"白波无际落红蕖"(《禁直偶书》),"杏花向日红匀脸,云带环山白系腰"(《和张舍人》)等句。可见,红白两种颜色在吴融的笔下变得饶有韵味,欣然可爱。另从"白樱桃熟每先赏,红芍药开长有诗"(《赠李长史歌》)两句,也可见吴融对樱桃和芍药的喜爱。"有日晴来云衬白,几时吹落叶浮红"(《秋池》),吴融更是借助一池秋水来感叹自然的美妙。以上诗句的颜色描写是清丽的,情态是静谧的。

再如《忘忧花》一诗,诗云:

繁红落尽始凄凉,直道忘忧也未忘。
数朵殷红似春在,春愁特此系人肠。

此诗虽短小易诵,忧愁之意却也绵绵不绝。诗人笔下,春花秋月最关情。"忘忧花"又是个好听又有诗意的名字,多少人以为它真的能消解人的忧愁,观后却依然忧愁点点,挥散不去。

  再次,吴融诗歌写时间的词汇中,其惯用的词汇也很容易让人联想到他的孤寂。(参见附录二)比如,每当夜晚来临,吴融并不会去想男女私情,而是有时孤愤,有时释然。吴融常常是深夜不寐、卧听风雨,抑或月下独坐、心与天接。诗人常心事重重,且长年在外漂泊,难以好好休养劳累困顿的身心,却是形销骨立,将精力情感销尽在一个个忧郁难眠的愁思之夜。而白日里的游走,似乎又都是为了夜晚诗思的发酵做准备,如其《中夜闻啼禽》一诗,诗云:

  漠漠苍苍未五更,宿禽何处两三声。
  若非西涧回波触,即是南塘急雨惊。
  金屋独眠堪寄恨,商陵永诀更牵情。
  此时归梦随肠断,半壁残灯闪闪明。

  中夜即半夜,半夜听闻鸣禽啼叫,引发诗人思绪,但这首诗却减少了悲伤的成分,不像另几首杜鹃诗中对杜鹃彻夜长啼的描绘,本诗是写三声两声、断断续续,重在展现意境。颔联写诗人辗转难寐,正有闲情可以猜想鸟儿鸣叫的缘由。莫非是因为白日里受到了惊吓?颈联中诗人继续猜想,并展开了丰富的联想,引用两则典故来继续推测是不是因为儿女之情而彻夜清啼?诗人由对鸟儿的猜测联想到自身的处境。尾联又回到现实中,诗人寝室屋壁上的蜡烛将要燃尽，烛光一闪一闪、忽明忽暗，令诗人诗绪恍惚、若梦若醒。

有时，吴融也在夜间抒发自己的释然情怀，如其《寓言》一诗，诗云：

> 非明非暗胧胧月，不暖不寒慢慢风。
> 独卧空床好天气，平生闲事到心中。

非明非暗、不暖不寒的情境是难得的，这种舒适的情境，正可以让人感受闲适的身心，即"中和之美"最得人心。从前两句来看，诗人心事悠悠，月亮和微风都很能牵动情思。"闲事"对于吴融来说，是挥之不去的，所谓才下眉头、又上心头。此诗虽简短，却可以成为其闲适诗的代表作之一。诗中表达的心境如此舒缓，且没有流露出一丝悲情与伤感，如此笔调在吴融的诗集中是极少的。

春天和秋天对于诗人来说是最多愁善感的，这一点在吴融的诗中也体现得特别明显，吴融的时令观特别强烈，且易受环境变化的影响。究其原因，笔者认为，一部分是由于吴融是南方人，他对冬天缺少儿时的记忆。吴融写得最多的是寒冷，是凉意，而这种寒更多的是心寒，冷更多的是凄冷，而不是冰冷。春天是寒冷的结束，秋天是寒冷的开始，物候的变化似乎演绎着人世的更迭。一些诗评说吴融"流连光景"，似证据不足，因吴融自己曾说"自怜情为多忧动，不为西风白露吟"（《秋日感怀》），"何事从来好时节，只将惆怅付词人"（《楚事》），所谓"生年不满百，常怀千岁忧"。

在吴融眼里，春夏秋冬四季是分明的，但他对四季的关注和兴寄也是不平均分配的。相关诗句如"始怜春草细霏霏,不觉秋来绿渐稀。"(《秋园》)"后浦春风随兴去,南塘秋雨有时眠。"(《忆钓舟》)"春红始谢又秋红,息国亡来入楚宫。"(《送杜鹃花》)"悲秋应亦抵伤春,屈宋当年并楚臣。"(《楚事》)"无限黄花衬黄叶,可须春月始伤心。"(《阌乡寓居十首·木塔偶题》)春和秋在吴融眼里充满着情致转接和时光感叹。春天里,吴融表现最多的情感是寂寞,如"花残春寂寂,月落漏丁丁"(《个人三十韵》),"一院无人春寂寂,九原何处草萋萋"(《和人有感》),"自从身与沧浪别,长被春教寂寞归"(《东归次瀛上》)。吴融也总是很敏感地察觉到秋天的到来,如"一叶飘然夕照沈,世间何事不经心"(《秋日感事》),"江天暑气自凉清,物候须知一雨成"(《秋事》),"惆怅眼前多少事,落花明月满宫秋"(《华清宫四首》其三)。

再如其《叶落》一诗,诗云:

红影飘来翠影微,一辞林表不知归。
伴愁无色烟犹在,替恨成啼露未晞。
若逐水流应万里,莫因风起便孤飞。
楚郊千树秋声急,日暮纷纷惹客衣。

全诗透露出一种深切的沧桑感,一种物换星移、潜移默化的自然界的生态变化之感。在烟和露的笼罩下,秋天的落叶并不显得落寞,反而诗人却赋予了寄托,就是应该有坚定的志向,不要被眼前的"流言蜚语"所迷惑,要有"鹏程万里"之志。诗的最后两句,视角又回到了自然界中,"千树"和"纷纷"展现出了宏阔的场面,浓浓的秋意在无边的落叶中苍茫呈现。

同时,吴融的心胸也是宽广的。在他笔下,山水都是饱含丰富情感的客体。他在模山范水的同时常自抒胸襟,在山水间移步换景、驰骋诗思,可谓诗中有画。如《溪边》一诗,诗云:

溪边花满枝,百鸟带香飞。
下有一白鹭,日斜翘石矶。

此诗寥寥二十字,描绘了一幅动静相称、繁简对比、群孤自适的有机画面!"满枝"和"百鸟"都是生命力旺盛的体现,画面十分地繁闹。但簇拥的枝头下面是潺潺的溪水,争飞的群鸟扇起阵阵花香,视角也逐渐扬起。三四句陡转,白鹭比起其他灵动的鸟儿,自然显得呆笨一些,但是它亦是有生气的,一个"翘"字,将其姿态传神地表现了出来。

另如《忆钓舟》一诗中的"青山卜隐枕潺湲,一叶垂纶几溯沿"两句,在山水相伴的行船画面中,河沿上一叶钓舟泰然自若,清晰可见。再如其《彭门用兵后经汴路三首》其二中说,"秋声暗促河声急,野色遥连日色黄",声色并茂,将画面以光影的形式立体呈现出来,起到了很好的气氛渲染效果。如其《秋夕楼居》中说,"月里青山淡如画,露中黄叶飒然秋",对于月亮的描摹简洁生动,对于秋夜的刻画更是一笔传神。如其《阌乡寓居十首·清溪》中说,"清溪见底露苍苔,密竹垂藤锁不开",画面中景物疏密相间,或清朗或幽闭,对比鲜明。如其《新雁》中说,"数声飘去和秋色,一字横来背晚晖",画面清新可感,"飘去"写出了高飞大雁的寂静柔美,仿佛与秋天的万物交融在了一起,"背晚晖"更是对灰暗色调的"热处理",让人想到了秋日的和谐与宁静,造物的伟大与神奇。如其《秋树》中说,"晓烟散去阴全薄,明月临来影半空",表意亦朦胧疏落,宋代范晞文评其"或许其有摹写之工"①。

由上面的分析,可以看到吴融的诗歌在凄冷清疏的意蕴中兼有情致,充分做到了情景交融,且不落俗套。

二、情感系统:悲凉萧瑟怯朝天,厚朴忠淳恋苍生

九世纪六十年代以后,农民起义不断爆发,至八十年代中叶,各地起义虽然平息,但这时的唐帝国已是千疮百孔,风雨飘摇了。这一时代变化给文人士大夫又一次沉重打击。……面对着这种巨变,感受着这种时代的衰飒气氛,他们或从沉痛中抬起头来,企图挽救时世;或者在悲哀里低下头去,走向明哲保身的退隐之路;也有不少人在这两者之间徘徊,对时世变化感到伤感和痛楚,却缺乏勇气站起来,只是在那里发发感慨。②

就笔者所感受到的吴融的诗风及人品来讲,他并不属于上面三

---

① 丁福保辑:《历代诗话续编》(上册),中华书局1983年版,第430页。
② 章培恒、骆玉明:《中国文学史》(中),复旦大学出版社2004年版,第253页。

种中的一种，而是另有所属，即他虽然倍感伤感和痛楚，却不沉沦。吴融有"昭宗反正，御南阙，群臣称贺，融最先至。于时左右欢骇，帝有指授，叠十许稿，融跪作诏，少选成，语当意详"之举，可见其为诗作文不是简单地"发发感慨"。

首先，来看吴融所使用的情感词汇。（具体词频可参见附录二）吴融使用的忧愁、孤独、闲残等字眼儿占据了全部感情词汇的绝大部分。诗评家们判定的吴融诗歌的情感基调，也正可以从这里得到印证。吴融自己在诗中也说"世间何事不经心"（《秋日感怀》），即他的敏感与经心似乎无处不在。再如诗句"月好频移座，风轻莫闭门。"（《花村六韵》），"万态千端一瞬中，沁园芜没伫秋风"（《无题》），"不能尘土争闲事，且放神形学散仙"（《谷口寓居偶题》），"繁华自古皆相似，金谷荒园土一堆"（《题延寿坊东南角古池》），"不用登临足感伤，古来今往尽茫茫"（《过邓城县作》）等，读来都觉得悲凉萧瑟。导致情感的悲凉萧瑟的原因是多种多样的，但"善感"常导致"多愁"，愁也是众多情感中最易触动诗情的一种。

"困"与"愁"是吴融表达最多的两种感情，愁绪是吴融的重要诗情来源。忧愁的诱因有很多种，如别离、失恋、离异、灾祸、战乱、死亡、孤立等，所谓"惆怅眼前多少事"（《华清宫》其三），"月不长圆花易落"（《情》），"人欲归时不得归"（《忆街西所居》）。忧愁也可以表现为忧郁、悲愁、怨愤，并充满对生命的体察和关照。

吴融的日常情怀总被忧愁包围着，但最多的状态却是娴静的，触动他的身边景物也多是荒残的。诗人所亲历的是死多于生、饥多于饱，残缺多于完美，不如意多过遂心。但诗人很少表达真正的绝望，像"哭""哀""困"这样的词汇在吴融诗歌中并不常见。从题目上来看，集中体现最多的还有"闲"，如"斋居闲若水，百念已能降"。如"愁黛不开山浅浅，离心长在草萋萋"（《玉女庙》），"关月几时干客泪，戍烟终日起乡愁"（《坤维军前寄江南弟兄》），"日暮长亭正愁绝，哀筝一曲戍烟中"（《金桥感事》），"山犹带雪霏霏恨，柳未禁寒冉冉愁"（《关西驿亭即事》），"端然拖愁坐，万感丛于心"（《风雨吟》）等诗句。但，又是什么原因导致如此多的忧愁侵入到吴融的内心呢？或许是景物的萧瑟，或许是世态的悲凉。

愁恨又有很多种，如写仕宦，前有李商隐的"万里相逢欢复泣，凤巢西隔九重门"（《赠刘司户》），后有王禹偁的"无端燕子欺人睡，故落春泥污彩笺"（《春居杂兴》）；如写羁縻，前有骆宾王的"不堪玄鬓影，来对白头吟"（《在狱咏蝉》），后有元好问的"细水浮花归别涧，断云含雨入孤村"（《淮右》）；如写亡国，前有李煜的"小楼昨夜又东风，故国不堪回首月明中"（《虞美人》），杜牧的"商女不知亡国恨，隔江犹唱后庭花"（《泊秦淮》），后有陆游的"死去原知万事空，但悲不见九州同"（《示儿》）。如写千古怨，前有贾岛的"身死声名在，多应万古传"（《哭孟郊》），后有纳兰性德的"料也觉人间无味，不及夜台尘土隔，冷清清、一片埋愁地"（《金缕曲》）。林林总总，都是人间况味。

据笔者观察，吴融所写的忧愁多是一己私愁，而忧愁的缘由多是时乱境迁、报国无门，是无可奈何中寻不着出路，只得漂泊流浪的愁，是支离破碎的愁，是愁心、愁眼对愁景。

吴融还有一种重要情感状态就是"伤心",诗句如"春心渐伤尽,何处有高楼"(《途中》),"目以高须极,心因静更伤"(《湖州溪楼书献郑员外》),"已带伤春病,如何更异乡"(《途次淮口》),"无限黄花衬黄叶,可须春月始伤心"《阌乡寓居十首·木塔偶题》)等。春伤秋悲虽是诗人们的普遍情愫,但身陷晚唐惨淡局面的吴融,他的春伤秋悲似乎更加动人心魄、惹人思考、招人悲悯,正所谓"无端遇著伤心事,赢得凄凉索漠归"(《上巳日》)。

吴融很少有一题之下成诗数十首的情况,所以他的诗歌写景状物多不令人感到空虚无聊。其组诗中诗作数量最多的两组为"阌乡寓居十首"以及"南迁途中七首",且每一首前又各自有诗题。这说明吴融作诗的思路相对清晰,没有急于就章或骋才之嫌。进一步说,诗人作诗的态度是严谨的,有时也表现出洒脱释然的情怀,如其《书怀》一诗,诗云:

> 傍岩依树结檐楹,夏物萧疏景更清。
> 滩响忽高何处雨,松阴自转远山晴。
> 见多邻犬遥相认,来惯幽禽近不惊。
> 争得便夸饶胜事,九衢尘里免劳生。

此诗先写傍山造屋、倚树成门、夏景清丽,让人心情爽朗。之后又写雨入清溪流响增,人在松下乘凉荫。颈联写邻犬能通人性,多次见面便能熟悉,常在幽径上走,路边高林里栖息的鸟儿也不会被惊跑。尾联反过来写街市喧扰劳顿,以衬托隐居处的好处。这首诗是吴融早年隐居茅山时所作,金圣叹认为"须知此为九衢尘里,受劳不过,酒醒梦觉,无端设想。言如幸得有庐如此,真是快活无量也。看他满心满意,先写出'夏更清'三字,且不论人间何处有此快活境,只据其才动笔便早说至此,便知亦是世上第一怕夏人。……三四忽雨忽晴,撰景灵幻,桑经郦注,必真有之。……五六正写山中忘机,反写是九衢多惧也。七八又自随笔迅扫,言何敢便说真有此处,但得免在此间已足。言外可见九衢犬吠禽惊,殆有不可胜道者也"①。笔者认为此诗正是写诗人隐居茅山时的悠然洒脱、恣意畅快,并不似金圣叹所讲是出于"酒醒梦觉,无端设想"而作。宋代范晞文的《对床夜语》卷三②讲,"吴融'见多邻犬遥相认,来惯幽禽近不惊'与雍陶③'初归山犬翻惊主,久别江鸥却避人'之句同","见多"与"初归","来惯"与"久别"确实有异曲同工之妙。

到了唐末,由于政治愈加黑暗腐败,苛捐杂税压得百姓喘不过气来,再加上连年征战,兵荒马乱,官吏贪暴,广大民众的生活愈加痛苦贫困,很多农民几乎都在死亡线上挣扎。这种情况引起了相当一部分诗人的注意,涌现出了一批非常注重关心民生疾苦的诗人,像曹邺、于濆、聂夷中、杜荀鹤、皮日休、陆龟蒙等,客观上都继承了杜甫、白居易批判现实、针砭时弊

---

① (清)金圣叹编,曹方人、周锡山标点:《贯华堂选批唐才子诗》,江苏古籍出版社1986年版,第466至467页。
② 丁福保辑:《历代诗话续编》(上册),中华书局1983年版,第430页。
③ 雍陶,字国钧,成都(今四川成都)人,晚唐诗人。生卒年不详,约公元834年前后在世。工于词赋。主要作品有《题君山》《城西访友人别墅》等。

的诗风。①

司空图、吴融、王驾等诗人，他们均在朝中为官，有的官位较高，政治上忠于唐王朝，命运息息相关，有的唐灭亡前后退隐，后来以身相殉（如司空图）。这些人与曾经为官，但地位较低的写实诗人如曹邺、于濆和皮日休、陆龟蒙、杜荀鹤等人作品中所反映的情绪和风格也不一样。②

如果说李商隐、杜牧、许浑等人的个别诗篇还仅是亡国之音的前奏，那么到了韩偓、韦庄、刘沧等唐末诗人的诗中，亡国之音已经成为他们诗歌的主旋律了。③

吴融恰恰是这个时期较为特殊的诗人，他没有花大量笔墨去写民生疾苦，也没有传奏出亡国之音。虽然上面提到的两种诗歌创作倾向代表着主流，且和政治有相当密切的联系，但吴融的表现正可以说明在晚唐士人中还存在着的第三种倾向，那就是民生疾苦只是隐约可见，苍凉卑索又无可奈何，这也是真实情境和心绪的反映。

在唐末，只要是关心时政或政治意识比较强的诗人，都会写到一些亡国之恨，抒发一些亡国之情和故国之思，……一大批唐末诗人的诗中，不同程度地都存在着这方面的作品，散发出各种各样的衰世之感和亡国之音，并如实纪录了易代之际诗

---

① 孙琴安：《唐诗与政治》，上海人民出版社2003年版，第274页。
② 毛水清：《隋唐五代文学史》，广西人民出版社2003年版，第511页。
③ 孙琴安：《唐诗与政治》，上海人民出版社2003年版，第291页。

第三章　吴融诗歌的特色分析

人们普遍存在的政治情绪和复杂心情。①

诗评家对于吴融的批评很多来自于他不关心民间疾苦，不关注流离失所的下层劳动人民，但笔者认为对吴融的指责多数是横向对比中衍生的苛求和逻辑上的想当然。笔者认为吴融不但有描写战乱和政治动荡的诗（如《彭门用兵后经汴路》三首②、《金桥感事》等），也有一些反映下层人民现实生活的诗（如《商人》《卖花翁》《还俗尼》等）。现试分析其《卖花翁》一诗，诗云：

> 和烟和露一丛花，担入宫城许史家。
> 惆怅东风无处说，不教闲地着春花。

诗的开端写花朵刚刚被采摘下来时，缀着清露，无比鲜丽。豪门贵族们住在宫城以内，宫城里哪里能盛产这样艳丽的花朵？盛开的花朵虽然美丽，但卖花翁自己也无心细赏，而是送到宫城内供大人们把玩，以便卖个好价钱，想到这里诗人心中无限惆怅和伤感。这花朵本是人间的美好之物，是供普通人驻足观赏的，可每每要把最鲜艳的花朵送到宫中，普通大众来来往往却看不到繁花似锦的景象，这都是豪门们的"罪恶"啊！"不教"，暗示了豪门的霸道，也隐含着诗人的愤怒。他们没有对花朵的生长提供任何的呵护关怀，却成了春色的主人，拥有着赏玩的权利。诗中最后一句蕴涵着尖锐

---

① 孙琴安：《唐诗与政治》，上海人民出版社2003年版，第305页。
② 对于此诗的分析参见本书第三章第一节"二、对吴融的诗作持贬斥态度者"。

的讽刺，比白居易《买花》的"一丛深色花，十户中人赋"又有了新的深度。综合来看，两诗题材相同，吴融却不蹈前人窠臼，自出手眼、别立新意。在表现形式上，吴融此诗也不同于白居易的平铺直叙，而是以更加精炼、更委婉的笔法曲折达意，以小见大，充分体现了绝句样式的灵活性。①

另如《商人》一诗，诗云：

> 百尺竿头五两斜，此生何处不为家？
> 北抛衡岳南过雁，朝发襄阳暮看花。
> 蹭蹬也应无陆地，团圆应觉有天涯。
> 随风逐浪年年别，却笑如期八月槎。

首句写高高的桅杆上，测风器上的羽毛已被吹斜，商人们风餐露宿、四海为家。颔联的"抛"字传神！写出了商人们脚步急促，今一地明一程，如过客匆匆，无暇驻足游览祖国大好河山。颈联表现了一种时空交错感，前句写空间上的变幻，后句写时间上的变迁。商人们漂无定所，与家人少有团圆之日，他们为何这般辛酸与无情？只因为要赚取那养家糊口的食粮。商人们在诗人心目中是能够舍家远游、四海为家的人，他们走南闯北、风餐露宿，时常决然离别，触发了诗人的敏感，诗人又感叹商人如此的果敢与坚毅！据此诗的风格推测，此诗当作于吴融早年，或在及第之前薄游江浙之际。诗

---

① 陈伯海注评：《唐诗鉴赏辞典》，上海辞书出版社1983年版，第1336页。

人赞叹商人的不顾一切、勇往直前,他们常不辞而别,又不邀而至,展现出与诗人宦游完全不同的形象。这样的形象在诗人吴融心中也形成了强烈的反差,诗人也愿意以细腻之笔,将其特别之处表现出来。

吴融自身的生活也是略带清苦的,且晚年疾病缠身,闲情逸致逐渐少了许多。作为一个文人,吴融如何展示他的才华,表达他的闲适呢?吴融最经常定格的生活状态就是在夜里静思或在黄昏独步。根据诗歌内容,吴融应不尚饮茶,因全诗只出现一次"茶"字。相比之下,吴融却多写"沽酒""压酒",笔者又认为吴融亦不尚饮酒,如其诗句"岁暮长安客,相逢酒一杯"(《长安逢故人》),"携筇深去不知处,几叹山阿隔酒家"(《野步》),"徘徊尽日难成别,更待黄昏对酒瓯"(《杏花》),"万事已为春弃置,百忧须赖酒医治"(《游华州飞泉亭》)等。吴融全部诗歌中提到"酒"字仅十六处,真正写到饮酒也只有几处,且吴融基本没有醉意的表达。可以说,虽然借酒起兴,但吴融却始终是一个清醒理智的文人,不像李白那样有着潇洒的诗酒人生。吴融也是一个非常讲究礼法的人,因此他多受到晚辈尊重。他写闲情逸兴也不带潇洒游戏成分,这也不同于皮陆二人。吴融亦很少关注日常和身边的器具,其咏器物的诗也只有寥寥几首,如"鲛绡""槎""古锦裾六韵(锦上有鹦鹉、鹤,陆处士有序)""败帘六韵"等,但仍可以作为吴融诗歌品性格调的一个注解。

吴融描写战争的诗篇也为数不少。诗句如"日暮鸟归人散尽,野风吹起纸钱灰"(《野庙》),通过描写庙里烧香后的野灰飞扬来暗示亡者众多。"风吹白草人行少,月落空城鬼啸长"(《彭门用兵后经汴路三首》其三),通过路上行人、城里月落来写战争撕杀之后的冷寂。"金镞有苔人拾得,芦花无主鸟衔将"(同前,其二),通过战场上的遗迹来断知战争的惨烈。"长亭一望一徘徊,千里关河百战来"(同前,其一),"饮马早闻临渭北,射雕今欲过山东"(《金桥感事》),"不独凄凉眼前事,咸阳一火便成原"(《废宅》)等诗句都是直接或间接描写兵乱。当然,吴融很少直接描写战争的过程以及战争的胜败,而是以常人的视角来表现哀伤与无奈,也有的是以臣子的身份来表示对战事的密切关注。诗句如"唯怀避地逃多难,不羡朝天卧直庐。记得街西邻舍否,投荒南去五千余"(《和峡州冯使君题所居》),显示吴融能结交冯使君这样的朋友,并且通过诗歌来赞赏他的举动,说明两人有志趣相投之处。该诗写战争造成的背井离乡,集中写自己的乡里乡亲,他们成群结队向南逃难,可见战争的残酷和破坏的严重。同样,吴融也经常在一些寄赠的诗中提及战事,并表达对战争的看法,如"二年征战剑山秋,家在松江白浪头。关月几时干客泪,戍烟终日起乡愁"(《坤维军前寄江南弟兄》),"天地尘昏九鼎危,大貂曾出武侯师。一心忠赤山河见,百战功名日月知"(《敷水有丐者云是马侍中诸孙,悯而有赠》),"战鼙鸣未已,瓶屦抵何乡"(《送僧南游》)等诗句。这些诗句也显示吴融所交结的多是刚毅勇猛、忠贞不贰之士,所写均不离爱国主题。

结合吴融对于百姓疾苦的体察和对战事的感触,更可以看出其在情感上的厚朴忠淳。怀古鉴古、大势已去,最终的悲凉萧瑟也是在所难免的。

三、生命系统：诗僧有道常来往，大千无泪亦闲愁

据元人辛文房《唐才子传》记载，有唐一代隐逸终老的诗人46人，而晚唐就有26人。……而这些隐士或准隐士们，又大多数是栖心于佛禅的。……晚唐时代，由于战乱频仍，武夫专权，文人尤其是广大生活在社会中下层的出身寒微的读书士子，基本上都处在一种边缘人的位置。因此，隐逸对于他们来说，就常常是一种无可奈何的选择。① 及第前曾有过断断续续的较长隐居生活者。这一部分诗人有马戴、项斯、皮日休、曹松、许棠、张乔、吴融、杜荀鹤等。②

笔者在吴融的诗中没有发现其有及时行乐的思想。诗人对于世态人情的态度最终止于无可奈何和悲叹惋惜，即所谓"无机因事发，有涕为时流"。

据笔者统计，吴融的酬唱赠答诗中，酬寄同僚的诗有43首，酬寄僧人的有16首，后者占诗作总数的5%。从此比例可以看出，吴融常在官场与僧门之间徘徊游走。笔者认为，佛教对吴融的生命确实有一些影响，但这种影响并不大。

在晚唐时代，因着佛教在社会上的盛行，在酬赠诗创作方面也越来越增加了涉佛涉僧内容。……这其中的原因，一方面

---

① 胡遂著：《佛教与晚唐诗》，东方出版社2005年版，第138页。
② 胡遂著：《佛教与晚唐诗》，东方出版社2005年版，第140页。

当然是自中晚唐以来，佛门中的诗僧人数越来越多，他们与文人们的交往也越来越密切；另一方面则是文人的倾心向佛也达到了前所未有的高潮。……这些诗的内容包括赠僧、寄僧、送僧、忆僧、寻僧、访僧、参僧、谒僧、吊僧以及与僧人酬唱应和等。①

综观与吴融交往的诸僧人，其与吴融的关系或师或友，如"吾师既续惠休才，况值高秋万象开"（《酬僧》），"不得从师去，殷勤谢草堂"（《送僧南游》），"僧中难得静，静得是吾师"（《寄尚颜师》），"三十年前识师初，正见把笔学草书"（《赠广利大师歌》）等诗句，表明在吴融眼中一些僧人既格调清雅又富有才华，与他们交往令人倍感趣味相投，也容易悟得人生妙理。

如其《送僧归破山寺》一诗，诗云：

万里指吴山，高秋杖锡还。
别来双阙老，归去片云闲。
师在有无外，我婴尘土间。
居然本相别，不要惨离颜。

诗人对于高僧们"能够将有与无、去与往、红尘城阙与山野林泉以及聚合与别离、悲伤与欢乐等世相法执予以超越、不生分别计较之心的高度赞扬"②，正印证了佛心向善之理。

---

① 胡遂著：《佛教与晚唐诗》，东方出版社2005年版，第262页。
② 胡遂著：《佛教与晚唐诗》，东方出版社2005年版，第277页。

与吴融交往唱和的诗僧往往都有较强的人格魅力,吴融也经常受益于他们的点拨。

> 关于晚唐文人与佛教结缘的原因,大致说来有这么几个因缘:一是时代走向所致。……几乎在每一个封建末世或者动乱衰微的时代,人们都有向佛教中寻找出路的迹象。二是此期社会动乱,官场倾轧,军阀混战,为儒已经基本无用,既无法治世,也无法治心。……三是佛教在晚唐武宗发动"会昌法难"之前势力已经极为高涨。……四是在晚唐科举选拔制度的严酷重压之下,广大不遇难达、身处下层的知识分子已经陷入难以解脱的生存困境。他们不得不另寻精神出路,另找安身立命之处将自己救拔出来。①

但吴融始终没有表现出强烈的宗教意识,笔者认为主要原因是吴融受传统儒家文化的浸染,仕途之心还未完全断绝。

"晚唐佛教虽然因'武宗灭佛'事件遭受了重创,但由于此后的皇帝大多佞佛,佛教力量也就得到了迅速地恢复。继武宗之后的宣宗因与武宗之间的个人恩怨而一改前朝的做法,大力弘扬佛教,致使佛教势力在很短的时间内几乎又达到了灭佛以前的水平。此后的懿宗皇帝佞佛更深,他常常在皇宫大内设讲席,自唱经题,手录梵文。还经常跑到佛寺里谈经问道,施与无度。不仅如此,他在咸

---

① 胡遂著:《佛教与晚唐诗》,东方出版社2005年版,第3页。

通十四年（873年）还导演了另一次规模巨大的礼迎佛骨闹剧。"[①] 佛教在晚唐中出现了与政权关系的跌宕起伏，尤其是统治者与佛教的关系调适不够平稳，大冷大热下，佛教在一些诗人的内心中呈现或明或暗、游定不定的状态。就吴融来说，他近四十岁才中进士，说明其青年时还是很看重功名的，虽隐居茅山，也实际上是为仕进做铺垫。

吴融在其《祝风三十二韵》后半部分中写道：

> 余仍轗轲者，进趋年二纪。
> 秋不安一食，春不闲一晷。
> 肠回为多别，骨瘦因积毁。
> 咳唾莫逢人，揶揄空睹鬼。
> 中又值干戈，遑遑常转徙。
> 故隐茅山西，今来笠泽涘。
> 荒者不复寻，葺者还有以。
> 将正陶令巾，又盖姜肱被。
> 不敢务有馀，有馀必骄鄙。
> 所期免假丐，假丐多惭耻。
> 骄鄙既不生，惭耻更能弭。
> 自可致逍遥，无妨阅经史。
> 吁余将四十，满望只如此。
> 干泽尚多难，学稼兹复尔。

[①] 李红春：《宗教哲学影响下的晚唐诗歌》，《中国文化研究》2009年第4期。

第三章 吴融诗歌的特色分析

> 穷达虽系命,祸福生所履。
> 天不饥死余,飘风当自止。

诗人回忆了自己二十余年的仕途奔波经历,曾寝食难安,遍尝生活艰辛,由于不明稼穑之道,以至于难以果腹。诗人又感慨人情冷暖,但还是要保全脸面,不轻易示弱,恰似一副穷愁潦倒的模样!虽然生活拮据,但诗人也自有解决的办法,"自可致逍遥,无妨阅经史",学习是常道,及第才心安,诗人的志向仍在仕途。虽然诗中充满了对人生的感悟和慨叹,但诗人没有透露出从佛教中寻求解脱的思想。

吴融被贬官荆南之后,与贯休有一年多的交往[①]时光,这时的吴融对人生有了一些新的看法,如"自觉尘缨顿潇洒,南行不复问沧浪"(《南迁途中作七首·访贯休上人》),又如"世上浮沈应念我,笔端飞动只降君"(《寄贯休上人》),"尘缨"和"浮沉"都是对入世后进退迁贬的总结和怀想。笔者认为,吴融与贯休的交往可以看成吴融与其他所有诗僧交往的一个范本。另外,吴融与诗僧的交往,也不同于与李洞、方干、马戴等人的交往。

通过诗歌用词统计分析,笔者认为在吴融眼中,其敬佩的历史人物主要为屈原、宋玉。吴融的咏史怀古诗数量不多,主要有《陈琳墓》《宋玉宅》《经苻坚墓》《金陵怀古》《豫让》《过渑池书事》《楚事》《华清宫二首》《华清宫四首》等。此外,吴融还通过对子规的描摹,多次怀念屈原,如"剑阁西南远凤台,蜀魂何事此飞来"

---

① 参见本书第二章第二节 "二、吴融与贯休的交往"。

(《岐下闻子规》),"悲秋应亦抵伤春,屈宋当年并楚臣"(《楚事》),"应嗟独上浔阳客,排比椒浆奠楚魂"(《溪翁》),"若待清湘葬鱼了,总然招得不堪招"(《寄友人》),"迎愁敛黛一声分,吊屈江边日暮闻"(《荆南席上闻歌》),"已吟何逊恨,还赋屈平情"(《府试赋得雨夜帝里闻猿声》)等诗句。吴融长期徒有旷才而不得擢升,身处乱世而难受重用,薄游荆楚时如此怀想屈原,也正是由于此因。

  如果说,诗歌中的一往情深、含蓄蕴藉来自于儒家的社会信念,诗歌的冲虚浑融、流转飘逸来自于道家的自然观念,那么诗歌中的超旷空灵、虚幻意识则来自于佛家的人生宇宙观念。它们是杂糅的,又是一体的,这种有机的杂糅就构成了晚唐咏史诗无穷的韵味、特有的伤感。①

  吴融诗歌对于现实事物的关注,都不是出于散漫无心和信手拈来。他对于动物、植物的描摹,正是他转移注意力的做法,其中吴融的咏物诗写得较为出色。"……自先秦汉魏经齐梁,直到隋代,所有咏物诗作累计起来也不过721首。但唐代仅仅一个朝代,咏物诗的数量就远远地超过了以前历代总和。从《全唐诗》观之,其中咏物诗作多达5961首。再加上中华书局1993年版陈尚君辑校的《全唐诗补编》中的728首咏物诗,总数就增加至6689首。也就是说,

---

① 李红春:《宗教哲学影响下的晚唐诗歌》,《中国文化研究》2009年第4期。

《全唐诗》中,差不多每八首九首中就有一首诗为咏物之作。其数量之巨确实是空前惊人的,唐代咏物诗的创作,自初唐历盛唐中唐直到晚唐,数量呈直线上升趋势。"[①] 咏物诗的选材一般较为普遍,身边大小物体均可,诗人与被咏之物近距离相对,或四周环视,或俯仰身躯,调动五官官能,寻求共鸣与通感。"吴融最善咏物。他的咏物诗往往运笔精细,巧于铺陈,用事而不留痕迹,寄情深厚,可说是师义山而又有独造。"[②]

吴融自己也说"松竹健来惟欠语,蕙兰衰去始多情"(《秋事》),笔者认为其对仗之工,不减老杜!"松竹"和"蕙兰"既可以指现实中的两种植物,用拟人手法来寄托情怀,也可以理解为是对自己身世变化的形象比拟。诗人年轻的时候,不能够上书直谏,而年老之后又体弱多病,所以秋日里便由松竹和蕙兰引得百感交集。再如"黄梅雨细幂长洲,柳密花疏水慢流"(《寄殿院高侍御》),"如烟如梦争寻得,溪柳回头万万丝"(《上巳日花下闲看》),"自与莺为地,不教花作媒。细应和雨断,轻只爱风裁"(《咏柳》)等诗句,情思细腻,行云流水,可谓万物皆有情,诗人更多情。综之,吴融对于自然与生命投入了较多的感情,不管是人还是物,正如吴融自己所说"一叶飘然夕照沉,世间何事不经心"(《秋日感怀》)。因此,旅人看雁,游子闻猿般的触物惊怀,虽都充满诗情画意,也都难以达情尽意。

[①] 兰甲云:《简论唐代咏物诗发展轨迹》,《中国文学研究》1995年第2期。
[②] 刘人杰:《中国文学史》(第三卷),中国对外翻译出版公司1999年版,第1270页。

经过内容爬梳，笔者认为，吴融对于子规、猿、莺这三种动物是有特别观照的。吴融共有六首以杜鹃（子规、思归乐）为题的诗，分别是《岐下闻子规》《秋闻子规》《子规》《雨后闻思归乐二首》《岐下闻杜鹃》。现以《子规》为例，试作分析，该诗云：

> 举国繁华委逝川，羽毛飘荡一年年。
> 他山叫处花成血，旧苑春来草似烟。
> 雨暗不离浓绿树，月斜长吊欲明天。
> 湘江日暮声凄切，愁杀行人归去船。

子规，是杜鹃鸟的别称。古代传说中，它的前身是蜀国国王，名杜宇，号望帝，后来失国身死，魂魄化为杜鹃，悲啼不已。这可能是前人因为听得杜鹃鸣声凄苦，臆想出来的故事。本诗歌咏子规，就从这个故事落笔，尤其是设想杜鹃鸟飞离繁华的国土，年复一年地四处飘荡。这个悲剧性的经历，正为下面抒写深度悲慨之情做了铺垫。

杜鹃鸟由于哀啼声切，加上鸟嘴呈现红色，因此旧时有杜鹃泣血的传闻，诗人借取这个传闻又发挥了自己想象，把原野上的红花说成杜鹃口中的鲜血染成，增强了形象的感染力。可是，这样悲鸣又能有什么结果呢？故国春来，依然是一片草木荣生，青葱拂郁，含烟吐雾，这些景色丝毫也不因子规的伤心而减损其生机。这里借春草作反衬，把它们欣欣自如的神态视为对子规啼叫的漠然无情，想象之奇特更胜过前面的"泣花成血"。这一联中，"他山"（指异乡)与"旧苑"对举,意象一热一冷,对比鲜明,也更突出了杜鹃鸟孤身飘荡、哀告无门的悲惨命运。

该诗后半篇继续展开对子规啼声的多方面的描绘。雨昏风冷,它藏在绿树丛中苦苦嘶唤;月落影斜,它迎着欲曙的天空凄然长鸣。它就是这样不停地悲啼,不停地倾诉自己内心的伤痛,从晴日至阴雨,从夜晚到天明。这一声声哀厉而又执着的呼叫,在江边日暮时分传入船上行人耳中,怎能不触动人们的旅思乡愁和各种不堪回忆的往事,叫人黯然魂销、伤心欲泣呢?

从诗篇末尾的"湘江"这一地名来看,这首诗应写在今湖南一带。吴融是越州山阴(今浙江绍兴)人,唐昭宗时在朝任职,一度受牵累罢官,流寓荆南,本篇大约就写在这个时候,此诗也反映了他仕途失意而又远离故乡的痛苦心情。此诗借咏物托意,通篇扣住杜鹃鸟啼声凄切这一特点,反复着墨渲染,但又不陷于单调、死板地勾形摹状,而是能将所咏对象融入多样化的情景与联想中,正写侧写、虚笔实笔巧妙地结合使用,达到"状物而得其神"的艺术效果。这无疑是对咏物诗写作的有益启示。[①]

除杜鹃外,深山里的猿猴,在吴融看来也成了行人的倾诉对象和知心朋友,诗句如"寸肠无计免,应只楚猿知"(《松江晚泊》),"宿鸟连僧定,寒猿应客吟"(《题越州法华寺》),"此别更无闲事嘱,北山高处谢猿啼"(《送弟东归》)等都与猿有关。另有《长安里中闻猿》《忆猿》《府试雨夜帝里闻猿声》三首专题咏猿的诗。

[①] 对此诗的赏析自陈伯海释评。参见萧涤非等著:《唐诗鉴赏辞典》,上海辞书出版社1983年版,第1338—1339页。

幽居在凄清环境下的吴融对声音是敏感的,猿声给吴融带来的是"断肠"之感,如"连臂影垂溪色里,断肠声尽月明中"(《忆猿》)。

黄昏时的莺,也能惹得吴融产生无限愁思,如其《莺》一诗,诗云:

> 日落林西鸟未知,自先飞上最高枝。
> 千啼万语不离恨,已去又来如有期。
> 惯识江南春早处,长惊蓟北梦回时。
> 谢家园里成吟久,只欠池塘一句诗。

吴融笔下之莺,多为傍晚时啼叫之莺,其他鸟儿只是个衬托。莺作为一种诗人特别观照之飞禽,具有极大的灵性。"惯识江南春早处"大概暗用南朝梁丘迟《与陈伯之书》中"暮春三月,江南草长,杂花生树,群莺乱飞"之典。刘逸生在其《唐人咏物诗评注》[①]讲"常惊蓟北梦回时"用金昌绪《春怨》"打起黄莺儿,莫教枝上啼。啼时惊妾梦,不得到辽西"之典。金昌绪生卒年不详,仅从字面上理解,吴融很有可能化用了此诗。此联用了两则关于"莺"的典故,一处说"江南春草",正是莺的栖息和活动的最佳背景,另一处则是对其啼叫声的联想。"江南"和"蓟北"的意象连用,思路又是何其开阔!最后一句别有生趣,"欠"和"一句"读来新鲜活脱,"成吟久"和"一句诗"形成鲜明对照,表明灵感的来之不易。莺声频频,

---

① 刘逸生:《唐人咏物诗评注》,中山大学出版社1985年版,第205页。

仿佛在诉苦诉冤，叫声倍感凄惨，其间或者在空中翻转几次，正如辗转反侧难以入眠的怨妇。诗的前四句侧重于白描，后四句侧重于用典。莺不同于其他众鸟，它能够栖高枝，暗指其志向高远。但为什么听出来的是怨恨呢？这是以物喻人，运用托像的手法，以鸟儿自况。这首诗读起来略感飘逸，尤其是最后一句，更是巧思妙想。

提到吴融对花草的热爱，不得不提到下面吴融这首著名的六韵《杏花》，诗云：

> 春物竞相妒，杏花应最娇。
> 红轻欲愁杀，粉薄似啼销。
> 愿作南华蝶，翩翩绕此条。

春意盎然，百花争艳，小小杏花，最惹怜爱。"红轻"和"粉薄"都是写杏花的娇嫩，杏花淡淡如小家碧玉，薄薄花瓣儿让人觉得像是要凋落的片片闲愁，又像美人哭泣的点点泪痕。情境如此美妙，诗人当然动情不已，更取"庄周梦蝶"之典，表达自己无比喜爱、不忍离去的心情。

吴融的《途中见杏花》也多被后人选录和品鉴，诗云：

> 一枝红艳出墙头，墙外行人正独愁。
> 长得看来犹有恨，可堪逢处更难留。
> 林空色暝莺先到，春浅香寒蝶未游。
> 更忆帝乡千万树，澹烟笼日暗神州。

诗人漂泊在外，偶然见到一枝杏花，触动他满怀愁绪和联翩浮想，于是写下了这首动人的诗。"春色满园关不住，一枝红杏出墙来"，是宋人叶绍翁《游园不值》诗中的名句。杏花开在农历二月，正是春天到来的时候，那娇艳的红色就仿佛青春和生命的象征。经历过严冬漫长蛰居生活的人，早春时节走出户外，忽然望见邻家墙头上伸出一枝俏丽的花朵，想到春回大地，心情该是多么欣喜激动！叶绍翁的诗句正反映了这样的心情。可是吴融对此却别有衷怀，他正独自奔波于茫茫的旅途中，各种忧思盘结胸间，那枝昭示着青春与生命的杏花映入眼帘，却在他心头留下异样的苦涩滋味。

他并不是不爱鲜花、不爱春天，但他想到，花开易落、青春即逝，就是永远守着这枝鲜花观赏，又能看得几时？想到这里，不免牵惹起无名的惆怅情绪。更何况自己行色匆匆、难以驻留，等不及花朵开尽，就要马上离去。缘分如此短浅，怎不令人倍觉难堪？

由于节候尚早，未到百花吐艳春意浓的时分，一般树木枝梢上还是光洁空疏的，空气里的花香仍夹带着料峭的寒意，不见蝴蝶飞来采蜜，只有归巢的黄莺聊相陪伴。在这种情景下，独自盛开的杏花，难道不感到有几分孤独寂寞吗？这里显然融入诗人的身世之感，而杏花的形象也就由报春使者转化为诗人的自我写照。

想象进一步驰骋，诗人从眼前的鲜花更联想及往年在京城长安看到的千万树红杏。那一片蒙蒙的烟霞，辉映着阳光，弥漫、覆盖在神州大地上，景象是何等绚丽夺目呀！浮现于脑海的这幅长安杏花图，实际上代表着他深心忆念的长安生活。诗人被迫离开朝廷，到处飘零，心思仍然萦注于朝中。末尾这一联想的飞跃，恰恰泄露了他内心的秘密,点出了他的愁怀所在。

该诗通篇借杏花托兴,亦展开了多方面的联想,诗人把自己的惜春之情、流离之感、身世之悲、故国之思,一层深一层地抒写出来,笔法特别委婉细腻。①

吴融的另外一首《红白牡丹》也写得情深意浓,诗云:

> 不必繁弦不必歌,静中相对更情多。
> 殷鲜一半霞分绮,洁澈旁边月飐波。
> 看久愿成庄叟梦,惜留须倩鲁阳戈。
> 重来应共今来别,风堕香残衬绿莎。

该诗首联写诗人不喜欢喧闹,而更喜欢静中独自观看牡丹。颔联是对颜色和质地的描写,用天上的红霞和月夜的湖波来烘托牡丹的殷鲜和洁澈。"分"和"飐"用得巧妙,把静态的美用动词来传达。颈联写诗人欣赏牡丹的时间太长之后,以致希望出现幻觉,希望能够化作翩翩蝴蝶,落在鲜艳的牡丹花蕊上,与花共枯共荣,也希望能长久地留住牡丹花的美丽。尾联,诗人想到如果日后再次来看,或许旬月之后,牡丹花已经凋谢,景致大有不同,那时残蕊落花都已经作了莎草的陪衬,世态变迁、物我相感,让人不胜感怀。

综上,吴融与僧人的交往和对屈、宋等历史人物的缅怀,再加上对动物、植物的倾情描写,都为我们展示了一个悯物爱人的

---

① 对此诗的赏析自陈伯海释评。参见萧涤非等著:《唐诗鉴赏辞典》,上海辞书出版社1983年版,第1339—1340页。

诗人形象,这其中描写了吴融复杂的人生历程,也充满着对人生真谛的深悟。

第四节　吴融诗歌的用词分析

五四新文学运动结束了封建文学长达两千年的统治地位,然而,封建文艺观念并未从此销声匿迹。以政治、伦理为中心的批评标准,仍然高悬在批评者的头上,只不过因为遭到猛烈冲击而暂时偃旗息鼓,但晚唐诗歌依然未被倡导"平民文学""写实文学""社会文学"的新文学观念认同。在五四以来的批评者眼中,晚唐诗歌是"士大夫文学""唯美文学""山林文学"的代表,应该属于被推翻的封建文学的弃儿。这样,晚唐诗歌就处在既被封建正统文学批评,又被反封建的五四新文学不能接受的尴尬之中。①

笔者认为,通过对吴融诗作的全文数据库进行词频分析,能够辅助对吴融诗风的界定。

一、吴融诗歌的词频分析②

首先,笔者统计出了在吴融诗歌中出现次数超过 8 次的高频词

---

① 田耕宇:《晚唐诗歌否定评价的当代反思》,《四川大学学报(哲学社会科学版)》2002年第4期。
② 仅统计前99个词,低于8次的未列次数,括号内数字为次。

汇的次数,并将频次从高到低排列。大致排序如下:

何处(17)/惆怅(15)/千里(14)/回首(13)/如何(13)/又如(13)/无人(13)/不知(12)/万里(10)/夕阳(10)/霏霏(9)/何事(9)/江南(9)/莫道(8)/白云(8)/残阳(8)/今来(8)/十二(8)/无心(8)/有时(8)/百尺(8)/不可/登临/风雨/归去/可怜/阑干/日暮/一声/依依/不堪/断肠/风流/故人/海上/何必/黄昏/落花/漠漠/凄凉/千万/青山/天下/未知/西风/一曲/有意/月明/别离/不得/不识/不是/沧浪/长安/尘土/从来/洞庭/多难/高秋/更无/何人/何须/今日/可堪/两两/落日/落照/明月/年年/平生/秋色/人间/万古/无际/闲事/一夜/殷勤/雨细/鸳鸯/月落/自有/碧莲/不复/不觉/不劳/不能/不为/沧溟/草萋/潺湲/长亭/长在/肠断/愁绝/春来/东风/东西/都无/芳草

通过对以上使用率最高的九十九个词进行词义细分,笔者总结出了诗人的几种标志性情怀。

一是苦苦寻觅,如何处、如何、何事、何必、何人、何须等词。此类词汇出现频率较高,一定程度上说明吴融有积极的探索意识,但最终多归于无奈与无解。也有些似问而非问,明知没有答案,只是不得不进一步追问。此类情怀的标志性诗句如"已熟前峰采芝径,更于何处养残年"(《谷口寓居偶题》),"孤帆落何处,残日更新离"(《松江晚泊》),"一棹归何处,苍茫落照昏"(《途中》),"春心渐伤尽,何处有高楼"(《途中》),"满目尽胡越,平生何处陈"(《旅中送迁客》)等,明确地表现了不知去向哪里和不知向谁诉说的迷茫之感。

二是思路受阻,如不知、不可、不堪、不得、不识、不是、不复、不劳、不能、不为、不觉等词。这些词汇表达的是思路受阻,是理想与现实的悖离,是不能够从现实中找到通往理想的路,是徒增叹息、空有感伤。此类思绪的标志性诗句如"携筇深去不知处,几叹山阿隔酒家"(《野步》),"正是西风花落尽,不知何处认啼痕"(《秋闻子规》),"回首青门不知处,向人杨柳莫依依"(《东归次瀛上》),"明日柳亭门外路,不知谁赋送将归"(《送许校书》)等,表达了作者在道路与思路都有"山重水复"之感,缺少"柳暗花明"的幸运,如同迷路一般。

三是空虚寥落,如都无、无际、无心、无人、更无等词。这些词表现出一种无助的状态和无奈的心态。代表性的诗句如"无人应失路,有树始知春"(《途中》),"可叹吴城城中人,无人与我交一言"(《风雨吟》),"回首无人寄惆怅,九衢尘土困扬鞭"(《忆钓舟》),"吟尽长江一江月,更无人似谢将军"(《松江晚泊》)等,诉说了诗人的独自孤零,他幽居一人、形只影单,又悲怨难消。

四是抚今追远,如千里、万里等词。这两个词是不同于何处、何时的。愿意寻找那遥远的地方,希望那里有某种心理上的寄托和满足,但无法到达,甚至无法成行,而脚下的路途漫漫、前景茫茫,尤难赴约。代表性的诗句如"千里宦游成底事,每年风景是他乡"(《灵宝县西侧津》),"曾恨人间千里隔,更堪天上九门深"(《八月十五夜禁直寄同僚》），"便被东风动离思,杨花千里雪中行"（《春归次金陵》），"正困东西千里路,可怜潇洒五湖船"（《晚泊松江》）等，都表现了诗人无法轻松走过遥遥长路，脚下千里、路途惊险，青烟一抹、恍若隔世。

五是孤冷悲伤，如肠断、愁绝、多难、凄凉、断肠、惆怅等词。代表性的诗句如"直是无情也肠断,鸟归帆没水空流"（《关西驿亭即事》），"如何不肠断,家近五云溪"（《岐下闻杜鹃》），"此时归梦随肠断,半壁残灯闪闪明"（《中夜闻啼禽》），"尽夜成愁绝，啼蛩莫近庭"（《西陵夜居》）等。其中，"断"和"绝"就如同濒临死亡、肝肠寸断、儿女情长，然而世事惨淡、寄托不再。

六是灰颓残败，如落日、落照、月落、落花，以及夕阳、白云、残阳、日暮、黄昏、西风等词。代表性的诗句如"不劳芳草色,更惹夕阳愁"（《途中》），"落絮已随流水去,啼莺还傍夕阳来"（《浐水席上献座主侍郎》），"驿路两行秋吹急,渭波千叠夕阳寒"（《送友赴阙》），"鸟在林梢脚底看,夕阳无际戍烟残"（《登鹳雀楼》）等，所谓"夕阳西下，断肠人在天涯"，或许应多行好事、只管行路、莫问前程。

综之，吴融最常关注的几种现实景物是鸳鸯、芳草、碧莲、长亭、阑干等。这些词汇频频出现在吴融的诗句中，写"鸳鸯"正说明吴融渴望完满，其他几种景物都是旅途中或寓居时常见的，或孤独相对、如泣如诉或流连光景、告慰以往。标志性诗句如"鸳鸯稳睡翅暖沙"（《闲望》），"晴沙两两眠鸳鸯"（《灵宝县西侧津》）等，写鸳鸯双双入睡，画面美好和谐。

另如其《鸳鸯》一诗，诗云：

> 翠翘红颈覆金衣，滩上双双去又归。
> 长短死生无两处，可怜黄鹄爱分飞。

此诗先写鸳鸯的外表特点，它的身上有绿、红和黄三种颜色，位置不同且有主有次，这不是后天加工的，而是造物的神奇。第二句写鸳鸯的活动地点和轨迹，突出了"双双"的特点，即出双入对、影形不离。第三句更是对第二句的延伸，但变化了视角，角度由实入虚，诗人联想到鸳鸯能够生死都在一起，是一种多么忠诚的鸟儿。结尾一句，笔锋一转，正是这首诗的出新之处。相比之下，黄鹄是一种爱单飞的鸟儿，吴融用"可怜"一词，表达了对其孤单不群不偶的不解和无可奈何，由鸟儿联想到人大概也是如此，与妻子儿女在一起也是一种人生幸福，而一个人独自飘零又是为了什么？好男儿志在四方，而父母在又最好不远游，真是一种复杂的心情。"不可否认，晚唐文人对社会现实的认识和感受也十分深刻，但他们此时对时政的批评指责更多地表现为无可奈何的叹息。这些诗歌尽管可以使人对当时的社会有清醒的认识，却很难使人产生积极的行动力量。这显然有别于盛唐杜甫的沉郁顿挫，也有别于中唐元、白的殷勤劝戒，而更多地带有了知识分子精神自慰的色彩。"[1]

那么，吴融提到最多的地名是哪里呢？笔者使用数据统计方法，计算出长安和洞庭两词在其诗中的出现频率最高，这也正好印证了吴融的仕隐状态和情感主线，即一心在朝廷，另一心在自然。具体

---

[1] 李红春：《宗教哲学影响下的晚唐诗歌》，《中国文化研究》2009年第4期。

诗句如"从此自知身计定,不能回首望长安"(《南迁途中作七首·登七盘岭二首》其一),"今来独倚荆山看,回首长安落战尘"(《海棠二首》其一),"始为一名抛故国,近因多难怕长安"(《登鹳雀楼》)等。吴融写到长安,表达的感情是留恋、惋惜甚至恐惧,而对洞庭则是欢欣、向往,诗句如"长忆洞庭千万树,照山横浦夕阳中"(《红树》),"欹欹侧侧海门帆,轧轧哑哑洞庭橹"(《江行》),"更堪憔悴里,欲泛洞庭船"(《秋日渚宫即事》)等,景色纯美、心情闲适,认为洞庭湖是理想的隐居之地。

二、吴融诗歌中的艳词使用分析

"肯定晚唐时期的诗歌中反映民生疾苦,批判黑暗现实的思想性,这是无可厚非的。然而,以此认为晚唐诗歌舍此之外别无可取的态度,却是错误的。不幸的是,这种错误的见解不仅成为中华人民共和国成立以后三十年的晚唐诗歌评价主流,而且至今还有部分论者深受其影响。因此反思这千年的失误,廓清其影响,应是已经进入 21 世纪的古典文学研究者的责任。"[①]对于吴融艳诗的评价,既是一个有争议的话题,也是一个关键性议题。下面,笔者试着用定量分析的方法,来考证吴融是否称得上艳诗诗人。

宋代的张戒在其《岁寒堂诗话》卷上[②]中说,"……比之吴融、韩偓俳优之词,号为格卑,则有间矣"。明代的胡应麟在其《诗薮》

---

① 田耕宇:《晚唐诗歌否定评价的当代反思》,《四川大学学报(哲学社会科学版)》2002年第4期。
② 丁福保辑:《历代诗话续编》(上册),中华书局1983年版,第459页。

中说,"唐七言律……至吴融、韩偓,香奁脂粉"。这两种主要观点都强调吴融因艳诗写作而失去雅重风格,因而格调不高。据笔者统计,在韩偓的词频使用统计中,较吴融来看,的确多了一些艳丽的词汇,如"风流""相思""多情""罗袜""拢鬓"等,但这些词汇在吴融的诗集中很少见到。

此外,据笔者统计,在温庭筠诗歌的词频统计中,也有如"含情""相思""红粉""红烛""美人"等香艳的词汇。在李商隐诗歌的词频统计中,亦有"相思""有情""佳期""宓妃""春物""佳人"等词。这些词汇的香艳气息不言而喻。"历代否定晚唐诗的论者,在对待这两个问题时,其失误在今天看来有两点:其一,持儒家正统诗教来评判诗歌的'伦理'是非,故认为晚唐诗写男女情事有伤风化。论者不去思考人性发展的深层次问题,只简单地把衰世之风尚与两性之作大量出现扭在一起。再以是否按《毛诗序》所言'经夫妇、成孝敬、厚人伦、美教化、移风俗'和白居易《新乐府序》'为君、为臣、为民、为物、为事而作'的伦理、政治目的为标准,去评判'是非'。其二,诸如'诗庄词媚'、'词雅曲野'一类说法,本是指一种文体与其他文体风格的差异,但却被习惯地当成限制某种文体只能写某些题材、主题的标准。"[①]

[①] 田耕宇:《晚唐诗歌否定评价的当代反思》,《四川大学学报(哲学社会科学版)》2002年第4期。

第三章 吴融诗歌的特色分析

图 3-7 李商隐画像①

图 3-8 温庭筠画像②

---

① 引自清顾沅辑录，孔莲卿绘像：《古圣贤像传略》卷八（唐 五代），清道光十年（1830年）刊刻。
② 引自清顾沅辑录，孔莲卿绘像：《古圣贤像传略》卷八（唐 五代），清道光十年（1830年）刊刻。

而据笔者统计，在吴融的百个常用词频中，只有"风流"一词涉嫌具有脂粉气息，其出现次数为6次。具体使用情况如下：

"云绽霞铺锦水头，占春颜色最风流。"（《海棠二首》其二）

"粉薄红轻掩敛羞，花中占断得风流。"（《杏花》）

"风流近接平津阁，气色高含细柳营。"（《太保中书令军前新楼》）

"光景不回波自远，风流难问石无言。"（《题兖州泗河中石床（李白、杜甫皆此饮咏）》）

"谢公难避苍生意，自古风流必上台。"（《和座主尚书春日郊居》）

"白玉花开绿锦池，风流御史报人知。"（《高侍御话及皮博士池中白莲因成一章寄博士兼奉呈》）

考其六处多是吟咏花卉，或写风度潇洒放逸的，用语虽秾丽鲜明，却并不与女人有关，因此也便自然散尽了脂粉气息。

另，笔者统计了吴融、韩偓、温李诗歌中的艳词使用情况，并将与脂粉气牵连较重的词汇分列出来，数据如下表：

表3-1 吴融、韩偓、温李的艳词使用统计表

用 词	吴 融	韩 偓	温庭筠	李商隐
妓	1	3	5	9
娇	4	8	13	19
艳	3	8	22	10
妩（媚）	2	4	6	0

（续表）

用　词	吴　融	韩　偓	温庭筠	李商隐
伊	3	2	2	6
侬	0	0	4	4
钗	3	16	10	12
妆	11	11	9	8
眉	6	21	12	22
腰	5	9	16	24
娥	2	0	4	18
女	8	6	15	35
总计	48	88	118	167

以吴融诗歌的总数量为300首，韩偓为316首，温庭筠为351首，李商隐为554首来计算，通过词频使用比较，可以看出，吴融的艳词比例是极低的。如果仔细核查这些艳词在具体诗句中所要表达的确切意思，则这个比率还要更低。另据笔者考证，韩偓、李商隐、温庭筠的诗歌中的艳词绝大多数是实实在在的艳词，脂粉气息浓厚。

而吴融则有不同，下面以"妆"字为例，来看一下吴融的具体用词方式。如：

"馆娃人尽醉，西子始新妆。"（《蔷薇》）

"梅妆向日霏霏暖，纨扇摇风闪闪光。"（《僧舍白牡丹二首》其一）

"更无蔌蔌红妆点，犹有双双翠羽来。"（《题延寿坊东南角古池》）

"粉红轻浅靓妆新,和露和烟别近邻。"(《买带花樱桃》)

以上全是写花妆,再如:

"胧胧欲曙色,隐隐辨残妆。"(《赋得欲晓看妆面》)

"柳眉梅额倩妆新,笑脱袈裟得旧身。"(《还俗尼》)

"玉箸和妆裛,金莲逐步新。"(《和韩致光侍郎无题三首十四韵》其二)

"万峰酥点薄,五色绣妆匀。"(《和韩致光侍郎无题三首十四韵》其二)

"泪滴空床冷,妆浓满镜春。"(《倒次元韵》)

以上是写女妆,稍见一些脂粉气,但意象中的人物并不淫亵。

更值得一提的是,吴融所使用的词汇如"眉""腰"等,也一般不直接描摹女人。如:

"旁沾画眉府,斜入教箫楼。"(《御沟十六韵》)

"方者露圭角,尖者钻箭簇。引者蛾眉弯,敛者鸢肩缩。"(《绵竹山四十韵》)

"卓旗云梦泽,扑火细腰宫。"(《赴阙次留献荆南成相公三十韵》)

"杏花向日红匀脸,云带环山白系腰。"(《和张舍人》)

这些诗句，要么用典，要么指代居处，或做形象比喻，无一处是写脂粉香奁的。而相比之下，这还算吴融用得较为"艳丽"的词汇。

另据笔者分析，吴融写作数量极少的艳诗，其内容多为容貌刻画，也多数不出自狎妓经历或亲眼所见，尤其是对女子容貌的刻画和描摹多出于想象，内容多是对其容貌、情态的夸饰。如《倒次元韵》中的"似束腰支细，如描发彩匀。黄鹂裁帽贵，紫燕刻钗珍"，是对女子面貌和装束的描摹，"泪滴空床冷，妆浓满镜春。枕凉欹琥珀，簟洁展麒麟"是对其情态和举动的铺述，读来也不感觉香艳。

参见本书第二章第二节"八、吴融与韩偓的交往"所述，笔者认为，吴融的绝大多数艳诗均作于唐昭宗光化四年（901年）前后，且多与韩偓有关，在此之前和之后所作艳诗寥寥，这一现象值得重视。另据《唐五代文学编年史·晚唐卷》"唐昭宗光化四年三月"[①]，"韩偓、吴融皆文士，立朝正色不阿，但彼等亦有追逐歌妓、揣摩声色之一面，可见当时翰林学士之风流习尚"，既认为吴融也有艳诗作品，又为其环境成因做了说明。笔者认为，晚唐之时，时局动荡、人心难拢，多人唱和艳诗，故显风气不正。然而，就从吴融诗歌创作的历程来讲，似乎也找不出其早年有狎妓的经历，或流连声色的证据。另一方面，已有资料表明，吴融的家风淳朴、操守极严，他自己在同辈中也德高望重，又好提携晚辈，向为时人所重。这种尊严和地位，对于一个人来说是珍贵的，也不是短时间能奠定起来的，相关内容笔者已在第一章作过分析。吴融晚年生活凄清，操守也更加严谨，

---

① 参见傅璇琮主编，吴在庆、傅璇琮著：《唐五代文学编年史·晚唐卷》，辽海出版社1998年版，第928页。

901年前后所作数首艳诗,很可能出于某种情绪波动的原因。再者,吴融的艳诗中很少描写轻薄姿态或儿女情长,而是融入了多方面的细腻感情,并不艳俗。从这两个方面来讲,笔者认为,吴融算不得艳诗诗人。

笔者进而认为,在吴融的集子中真正称得上艳诗的总数不过十首左右。造成"吴融多艳诗"看法的根源是,吴融有几首比如《情》《赋得欲晓看妆面》,写得较为真切感人,且流播较广,一定程度上起到了强势传播效应。

吴相洲先生认为[1],"综观晚唐才子词人的歌诗创作,有一个突出的特点,即取材多以妇人女子,主题不过男女情爱,离别相思。……而晚唐的才子与歌者将这一主题表现得淋漓尽致。这一现象的出现,也一定会影响到整个诗坛。这种影响,简单地说,就是对晚唐绮靡诗风的形成,起了很大的推动作用。晚唐诗风绮靡,这是后代诗评家众口一词的评价:如宋罗大经《鹤林玉露》[2]云:'晚唐诗绮靡乏风骨。'宋蔡居厚《诗史》[3]:'晚唐诗句尚切对,然气韵甚卑。'宋俞文豹《吹剑录》:'近世诗人好为晚唐体,不知唐祚至此,气脉浸微,士生斯时,无他事业,精神伎俩,悉见于诗。局促于一题,拘挛于律切,风容色泽,轻浅纤微,无复浑涵气象。'可以说诗到晚唐,声律完全压倒了气骨。而在缺少风骨的作品中,

---

[1] 吴相洲:《唐诗创作与歌诗传唱关系研究》,北京大学出版社2004年版,第382—383页。
[2] (宋)罗大经:《鹤林玉露》(乙编)第6卷,中华书局1983年版,第226页。
[3] 郭绍虞辑:《宋诗话辑佚》(卷下),中华书局1980年版,第448页。

才子词人的表现风情的歌诗是典型,晚唐才子词人创作的繁盛,在一定程度上推动了绮靡诗风的形成。因为这些以艳情为内容的创作从根本上说属于格局不大的一类。……这些'不远大'的作品自然是无法表现出骨力的。……他们的作品虽然缺少风骨,但毕竟反映了那个时代人们精神文化生活的一个侧面,其意义也不能简单用消极的积极的这样的话来评价。其中大多数作品写得清新艳丽,作为唐诗百花园中的一种,同样是不可缺少的"。

对于任何时期的诗歌,其评价特征都是仁者见仁智者见智的,唐诗作为中国诗歌的冠冕,其曝光率高,也接受了更多挑剔的眼光和尖刻的品评。"就创作实绩来看,初盛中唐显然要凌驾于晚唐文学之上;如果研究者要选择一个与之对话的研究对象,初盛中唐诗人势必以其复杂而深刻的精神内涵名列首选,而精神、气格略显卑弱的晚唐诗人是很难引起研究者对话的兴趣的。因此,如果以文学成就的高下与作家精神内蕴的深厚作为判断研究价值的砝码,晚唐诗歌在整个唐代文学中的地位实在是不值一提。但好在文学研究的价值砝码并不是一个恒定量,它也会随着一定时期的哲学思潮与文艺理论的趋向,去调整判断作品与作家优劣的标准。"[①]笔者认为,宋人虽多学富五车者,但气度风骨总体逊于唐人,又好指摘品评,对于唐人的风韵气度如何理解如何把握,应该见仁见智,并有合理怀疑,若一味批评,而不能"知人论世",则容易陷入不能自圆其说之境地。

晚唐诗一直较少为世人所重,当然与某些诗评家们的带有俯视

[①] 陶庆梅:《新时期晚唐诗歌研究述评》,《南京师大学报(社会科学版)》1999年第4期。

感的"断言"有关。笔者认为，唐诗醇美，晚唐味道尤其浓烈，人生百味在暮年更显深沉。唐诗况味在于景真事真性情真，少做作、少伪饰，正应验了"真是善和美的前提"这一说法。晚唐诗歌中有绮艳一枝，也是时势使然，内外因综合作用所致。但就诗歌本身来看，出自真心、缘自性情，其中秀句、句图别有生气，须观者澄心静气，亦须评者严谨妥当。

笔者认为，今人评唐诗，可多加强个案分析，减少对于诗人群体的笼统判断。对于一些存疑的说法，可借用大数据和定量分析的方法，加强对于诗人诗风的精准性判断。当然，上文中吴相洲先生已经发现了这个问题，并已经做了一定解释。就吴融来讲，笔者还认为，他身置晚唐，其诗未得后人细致品赏，就被冠以某种"名不副实"的称谓，所获得的部分评价是不公允的。

第四章 吴融诗歌的编选与流播状况

按《全唐诗》收存的全部诗作计算，吴融的存诗数量在整个唐代诗人中排第三十九位①。就诗作数量而论，在《全唐诗》中，存诗数量在300首以上者共四十人，他们是唐代诗人中今存诗歌数量最多的群体。四十人按存诗数量多寡排列②，依次为：白居易、杜甫、李白、元稹、齐己、刘禹锡、贯休、李商隐、陆龟蒙、韦应物、钱起、许浑、杜牧、姚合、王建、刘长卿、孟郊、皎然、罗隐、张籍、温庭筠、皮日休、贾岛、韩愈、岑参、司空图、王维、权德舆、张祜、张说、方干、卢纶、韩偓、杜荀鹤、郑谷、韦庄、薛能、寒山、吴融、戴叔伦。

上述四十位诗人，按2005年年底的数据③来看，以其为研究"主题"的文章数量从多到少排序，依次为：杜甫（972）、李白（836）、王维（503）、李商隐（355）、白居易（311）、韩愈（297）、刘禹锡（145）、杜牧（101）、温庭筠（86）、岑参（84）、元稹（79）、

---

① 朱玉麒：《论南宋后期词人的布衣化倾向》，《北京师范大学学报》2000年第5期。
② 此排序大体可信，然因重收误出之故，个别排序或可重定。
③ 参考中国期刊网和中国博硕士论文库，括号内为论文篇数，截至2005年年末。

司空图（61）、韦庄（60）、寒山（59）、贾岛（47）、韦应物（39）、皎然（38）、张说（35）、罗隐（33）、孟郊（31）、韩偓（27）、张籍（25）、刘长卿（24）、杜荀鹤（23）、许浑（22）、张祜（18）、齐己（17）、郑谷（16）、王建（15）、皮日休（13）、方干（12）、权德舆（11）、贯休（11）、陆龟蒙（10）、姚合（8）、卢纶（7）、钱起（4）、薛能（4）、吴融（4）、戴叔伦（4）。

按2018年2月的数据[①]，相关研究"主题"研究数量的排序为：李白（6200）、杜甫（5709）、王维（3407）、白居易（2354）、韩愈（2221）、李商隐（1783）、刘禹锡（854）、杜牧（668）、温庭筠（485）、元稹（445）、岑参（419）、司空图（335）、韦庄（277）、贾岛（236）、韦应物（219）、皎然（215）、孟郊（185）、张说（161）、寒山（156）、罗隐（150）、刘长卿（147）、张籍（132）、许浑（131）、张祜（116）、韩偓（113）、贯休（91）、皮日休（86）、齐己（75）、郑谷（74）、权德舆（71）、杜荀鹤（70）、陆龟蒙（68）、姚合（64）、钱起（56）、王建（50）、戴叔伦（48）、卢纶（42）、方干（37）、吴融（24）、薛能（23）。

如将两数据进行对比，可以看出在2005年至2018年的13年间，不同诗人的研究趋势出现了一些冷热变化。按照研究论文增长倍数来看，从高到低的排序为：钱起（14）、戴叔伦（12）、贯休（8.27）、姚合（8）、白居易（7.56）、韩愈（7.47）、李白（7.41）、陆龟蒙（6.80）、王维（6.77）、皮日休（6.62）、杜牧（6.61）、权德舆（6.45）、

---

① 数据由中国知网检索得出，括号内为论文篇数，截至2018年2月5日。

张祜（6.45）、刘长卿（6.13）、卢纶（6）、吴融（6）、孟郊（5.97）、许浑（5.95）、刘禹锡（5.89）、杜甫（5.87）、薛能（5.75）、皎然（5.66）、温庭筠（5.63）、元稹（5.63）、韦应物（5.62）、司空图（5.49）、张籍（5.28）、贾岛（5.02）、李商隐（5.02）、岑参（4.99）、郑谷（4.63）、韦庄（4.61）、张说（4.60）、罗隐（4.55）、齐己（4.41）、韩偓（4.19）、王建（3.33）、方干（3.08）、杜荀鹤（3.04）、寒山（2.64）。

综合来看，对诗人研究的热度，与诗人的存诗数量无必然联系，但也能反映一些研究现象和偏向。如诗作数量排名的前十位，其排序争议不大，这与他们的诗歌在历代唐诗选本中的入选量有关，也与其文学史著作中的座次排位基本吻合。然而，选本的问题也应该被提及，"比如，我们对唐诗的印象就建立在选本的'窄化'之上，《唐诗三百首》的选诗标准其实是清中期口味对唐代审美的遮蔽。从内容源头上，选本也造成了我们对唐诗的错觉：唐诗是'没有阴影的伟大'。其实，以唐诗的规模总量，怎么可能全是高峰和光芒？即使是大诗人，也会有平庸应酬之作。"[①] 在已有的唐诗选本中，直觉印象往往代替了真正的价值判断，伟大的诗人往往处处都能体现伟大，而不入流的诗人则每每各方面都登不上台面，选本带来的唐诗"层级感"和"标签化"，应该引起重视。笔者认为，累积的研究的热度及分布在很大程度上受到了文学史著作的"指导"和"牵引"，并呈现有规律性的律动，这与文学史著作中的介绍、定位和

---

① 俞耕耘：《我们被唐诗选本窄化了阅读》，《北京日报》2018年6月5日。

品评有很大关系。以 2005 年的情况来看，经过对比，笔者发现当时诗作数量相当的方干、韩偓、寒山、韦庄、郑谷等都有了比以往更多的研究论文或论著，而对吴融、卢纶、薛能、戴叔伦的研究则相对冷清。经过十多年的研究积累和学术酝酿，在研究热度方面，也呈现了一些新变化，如钱起和戴叔伦两人的受关注程度陡然增加，而寒山的受关注程度则明显下降。

就吴融来讲，宋代以后不见有其诗集的专本流传[①]，而只是部分诗歌被选入总集里略受品评，这种"待遇"与笔者所体会到的诗人的才华和气质，及想象其应该享有的声誉地位不相符合。鉴于此，笔者欲从文学传播和接受的角度，考证其诗歌传播的大体状况和传受规律。（具体条目参见附录一）

第一节 吴融诗歌入选总集别集的情况分析

《全唐诗》现存诗 48000 多首，作家 2200 余人，一般读者只能看选本。作诗难，选诗亦不易。自唐以来，选本达数十种，但能通行者不多。原因如纪晓岚所说："求诗于唐，如求材于山场，各肖其人之学识。自明以来，诗派屡变，论唐诗者亦屡变，各持偏见，未协中声。"即是说选者偏狭，各持己见，不够全面。……所谓全面，应包括五方面：一是全面表现时代，初唐、盛唐、中唐、晚唐的诗都要有。二是要全面反映作者的面貌，

[①] 参见本书第一章第一节"研究缘起"。

一个作者的诗风是多方面的,如李商隐以绮丽著称,却也有《韩碑》这样的雄浑之作。三是要全面反映名家、名篇和名句,有些作者不是名家,却也有传世之作。四是要反映不同读者的要求,即能雅俗共赏。五是评注要全面反映作者和诗的优缺点、疑点。①

唐代几乎每个诗人的作品在唐诗选本中被选用的数量都有一个高低起落的过程,只是起落的幅度不同。另外,唐诗选本在很大程度上有"温度计"和"风向标"的作用,它可以使我们知道某个朝代诗评家们对某一诗人的态度是收是拒、是褒是贬、是冷是热,捧到什么程度,贬到什么程度。就吴融来说,其写得较为出色的诗中确实包含一部分流连光景之作,但也不乏《废宅》《金桥感事》《彭门用兵后经汴路》等一些有力度的刺世之作。谈诗论人,力求全面,应该成为新时代文学鉴赏与批评的重要法则。

据笔者统计,吴融的诗歌入选的总集(至鸦片战争以前)共计23种,(除去《全唐诗》编诗四卷)共选诗344首(次),平均每种选诗约15首,其中选诗最多的为明代曹学佺的《石仓历代诗选》(98首),其次为清代徐倬等编的《御定全唐诗录》(75首)。另,本调查未包括2002年4月由上海古籍出版社出版的《续修四库全书》中所涵括的总集类。(参见附录一)

综合来看,吴融诗歌入选各类总集超过3次的篇目如下:

---

① 赵之蔺:《解析唐诗选本优劣:〈唐诗三百首〉全面但保守》,《北京青年报》2012年8月24日。

篇　目	入选次数
华清宫（未细分）	14
废宅	7
即事	6
金桥感事　楚事　秋色	5
阿对泉　杏花　途中　忆山泉　彭门用兵后经汴路　海棠	4
闲望　书怀　寄贯休　红树　秋日经别墅	3

另，笔者搜索到有取选吴融诗歌的现籍唐诗选本30种，共编录了吴融的诗歌78首（次），平均每种选录2.6首，部分高频次入选诗作列举如下（参见附录一）：

篇　目	入选次数
杨花	9
华清宫（四郊飞雪）	8
金桥感事　卖花翁　华清宫（渔阳烽火）	5
途中见杏花	4
春归次金陵　富春　情	3

与古代选本相比较，现籍唐诗选本在选诗标准上有所不同，共同点是《华清宫》（四郊飞雪）（渔阳烽火）《金桥感事》《废宅》《杨花》《卖花翁》《即事》等诗歌都受到了较高的重视，这些诗也多被认为是吴融的代表作。

下面，试分析吴融入选率较高的《华清宫二首》其一，诗云：

> 四郊飞雪暗云端，唯此宫中落旋干。
> 绿树碧檐相掩映，无人知道外边寒。

这首诗重在揭露唐玄宗遇到杨贵妃后的纵情声色与荒淫无道。首句侧重写华清宫外的大雪，"飞"绘出了华清宫外朔风四起，雪花漫天飞舞的场面。"暗"字极言雪之大，也暗喻有天昏地暗之感。次句把笔锋转入宫内，雪花落在华清池附近，因为宫内温泉的热气，旋即融化。第三句中的"绿树"和"碧檐"是说宫内春意尚浓，为什么宫外大雪漫天，宫内却别有一番景象呢？玄宗为宠幸杨贵妃而不惜代价营造了这样极其奢侈的宫殿，犹如与世隔绝的世外桃源。尾句更进一步，写外面的寒冷令平民百姓早已闭门畏惧，而华清宫却当作冬天不曾来过，仍可纵情声色犬马，好不淫逸。一国之主，迷恋女色，不问国事，国家在岌岌可危之中。诗的讽刺感极强，这也是该诗的文学和历史价值所在，亦是屡被提及和引用的重要原因。

另如《废宅》一诗，其在总集中被选中的概率也较高，诗云：

> 风飘碧瓦雨摧垣，却有邻人为锁门。
> 几树好花闲白昼，满庭荒草易黄昏。
> 放鱼池涸蛙争聚，栖燕梁空雀自喧。
> 不独凄凉眼前事，咸阳一火便成原。

诗人先是站在废宅门外，看到旧宅虽久已闭户无人，却也有个好心的邻居为其保卫门庭。然而有人看门也挡不住风雨的"摧残"，老宅摇摇欲塌。颔联，诗人进入到院子中，虽然几棵树上的花开得鲜艳，但是久已没人欣赏，"闲"字用得生动、贴切。再看脚下，荒草已经掩盖了小径，虫虫草草各自疯长，时光在这里成了一个概念，没有了实际的意义。颈联，诗人四下走走，原来水富鱼肥的池塘干涸了，鱼早就干死了，只有几只青蛙在争相鸣叫。再往头上看，本来房梁上栖息着喜气的燕子，如今却只有几只麻雀在叽叽喳喳。昔日的祥和和喜庆，变成了今日的荒凉和破败，为什么呢？尾联，诗人的笔触由实转虚，脱离开眼前，联想到战争所带来的影响，一片支离破碎，可见世事飘摇，心生无尽叹息，一把火就可以烧掉所有繁华。"对晚唐人而言，从终极的意义上来审视人世间的成败得失、荣枯兴亡，都只是过眼云烟，其间并无差别。这种对生命终极关怀的伤感，是因为庶族地主阶级文人继安史之乱的打击后，复遭永贞革新失败的挫折，又被甘露之变震惊。面对着没完没了的党争、战争和宦竖与朝宫之争，文人们对他们期冀的封建政治和前途产生了空前的怀疑和失望。深深的伤感在荒殿废墟中升腾，从而引出人生空漠的思考和价值安在的苦闷。"①金圣叹的《贯华堂选批唐才子诗》②评价此诗，"飘瓦摧垣，不苦；有人锁门，真苦。盖一片荒芜败落，反是眼前恒睹，却因邻人一锁，斗地念着此门当时车马阗隘，呵殿出入，彼锁门人何处有其立地？不图今日管钥独把，开闭从心，真

---

① 田耕宇：《论晚唐怀古诗终极关怀的形成及审美表现》，《陕西师范大学学报（哲学社会科学版）》2000年第4期。
② （清）金圣叹编，曹方人、周锡山校点：《贯华堂选批唐才子诗》，江苏古籍出版社1986年版，第463—464页。

第四章 吴融诗歌的编选与流播状况

是一场痛苦也！……蛙聚雀喧，只是极写凄凉，何足又道？特地写者，'放鱼池'、'栖燕梁'，有此六字，便直想到春日濠梁客皆庄惠，郁金堂里人是莫愁，何意今日一至于此！更妙于末句并及咸阳，所谓劫火终讫，乾坤洞然，虽复以四大海为眼泪，已不能尽哭，于废宅乎又何言哉"。

通过对上面入选率较高的两首诗的分析，再加上前文对《卖花翁》《金桥感事》及对下文《情》的分析，可以看出这些诗在思想内容和艺术技巧方面都是非常出色的，是可以作为唐诗经典文本进行流传的。这些选本独具慧眼，值得推崇，只是这些诗还多数不为唐诗爱好者所知。

再如赵之蔺先生对四大唐诗选本的评价，"《唐诗三百首》相对全面，但编选比较保守；《唐诗选》政治第一艺术第二，但瑕不掩瑜；《唐诗鉴赏辞典》是完备的选本，但鉴赏文章不够公允；《唐人律诗笺注集评》考订精当，但一人之力难以全美"[①]。这些评价概括说来主要展示了在唐诗选本方面，可能存在的指导思想、主观态度、客观标准、操作能力及技术技巧方面的偏差和不足。

[①] 赵之蔺：《解析唐诗选本优劣：〈唐诗三百首〉全面但保守》，《北京青年报》2012年8月24日。

第二节　吴融诗歌在宋代以后诗人中的影响

后人往往指责晚唐诗"格卑气弱",……这种"格卑气弱"难道是他们自己所愿意的吗？其所以如此"格卑气弱",其所以一代洪亮激昂、刚健明朗的唐诗竟以一片如草间虫吟、砌下蛩鸣的微音细响结束,乃是因为此期的诗人们生不逢时,其实他们原本是不愿意"格卑",也不愿意"气弱"的。[①]

吴融的诗歌是否如不少诗评家所说的那样——"格卑气弱",不必匆忙下结论。"宋代笔记中,浅俗、粗鄙用以指唐诗,是指由于语言而造成的风格方面的缺点。也就是说,宋人以浅俗、粗鄙来批评唐诗的用语和风格,认为如此诗歌是必须要加以摒弃的。"[②] "晚唐怀古诗清晰地记录了我们民族从汉末以来'人的觉醒'的深化历程,给后人留下了许多思想和艺术丰满的杰作,任何以'卑下'、'衰飒'、'浅陋'为贬的观点,都显出对这丰富深刻的文化遗产的无知。"[③]

据笔者考证,吴融的诗歌在宋代的影响不大,除一些诗文评类作品被简短评论外,可以说,吴融对后人的影响是个别的、零星的、不成体系的。

[①] 胡遂著：《佛教与晚唐诗》,东方出版社2005年版,第312页。
[②] 王红丽：《以宋代笔记为例看宋人对唐诗的认识》,《文学教育》2013年第10期。
[③] 田耕宇：《论晚唐怀古诗终极关怀的形成及审美表现》,《陕西师范大学学报（哲学社会科学版）》2000年第4期。

第四章　吴融诗歌的编选与流播状况

宋代戴复古撰的《石屏诗集》卷一有"送吴伯成归建昌二首（其一）（此是包宏斋①倅台时作，癸卯夏）"，诗云"老夫脚病疮，闭门作僧夏。麦面不疗饥，冬衣犹未卸。喜读吴融诗，穷愁退三舍。无因暗投璧，有味倒餐蔗。冥搜琢肺肝，苦吟忘昼夜。工夫到深处，非王亦非霸"。（又见于《宋诗钞》卷九十五）诗中表达的是自谑和自适的情态，尤其是一副老病姿态和潦倒模样，很似吴融晚年情形，其冬衣夏穿、食不疗饥的窘态较吴融则有过之。这里，吴融的诗似乎很适合在退隐穷愁时缓释人心，引发共鸣。但笔者认为，包宏斋的穷愁虽似吴融，其苦吟却更似贾岛。

宋代张耒②撰的《柯山集》卷二十二，有《效吴融咏情》③一首，

---

① 包宏斋（1182—1268年），包恢，字宏父，一字道夫，号宏斋，建昌南城（今属江西）人。宁宗鼓定十三年（1220）进士，调金溪簿。历池泽簿，建宁府学教授，沿江制置司干官，通判台州、临安府，知台州，提点福建刑狱兼知建宁府，广东转运判官，提点浙西刑狱，知隆兴府兼江西转运使，湖南转运使。理宗景定初，拜大理卿，迁中书舍人。四年（1263），出知平江府兼发运使。度宗即位，召为刑部尚书。咸淳二年（1266）进签书枢密院事。三年致仕。四年卒，年八十七。有《敝帚集》，已佚。另据《癸辛杂识》"包宏斋桃符"条，"包宏斋恢，致仕后归，作园于南城，《题桃符》云：'日短暂居犹旅舍，夜长宜就作祠堂'，年八十七薨"。参见（元）周密撰，吴启明点校：《癸辛杂识》，《历代史料笔记丛刊·唐宋史料笔记丛刊》，中华书局1988年版。
② 据《宋史·文艺六》载，"张耒，字文潜，楚州淮阴人。幼颖异，十三岁能为文，十七时作《函关赋》，已传人口。游学于陈，学官苏辙爱之，因得从轼游，轼亦深知之，称其文汪洋冲澹，有一倡三叹之声。弱冠第进士，历临淮主簿、寿安尉、咸平县丞。……晚监南岳庙，主管崇福宫。卒，年六十一。建炎初，赠集英殿修撰"。参见（元）脱脱等撰：《宋史》，中华书局1977年版，第13113至13115页。
③ 参见（宋）张耒撰，李逸安等校：《张耒集》（上册），中华书局1998年版，第494页。又见于《全宋诗》卷一一七四。

诗云:

> 依依漠漠复纷纷,触处相随过晓昏。
> 知是妄缘除不尽,更教风月助吟魂。

图 4-1　张文潜画像①

而吴融的《情》一诗,诗云:

> 依依脉脉两如何,细似轻丝渺似波。
> 月不长圆花易落,一生惆怅为伊多。

"依依"是用来形容留恋不舍,"脉脉"则是爱至深处,眉目传情。

---

① (清)顾沅辑录,孔莲卿绘像:《古圣贤像传略》,清道光十年(1830年)刊刻。

此诗的感情是微妙的,也是纤细和轻渺的,诗人将情感状态物化成"丝"和"波",以表达情思细长、幽远无边。诗的后两句堪称名句,并被广泛传颂。所谓"春花秋月何时了""月不长圆花易落"乃人间至理,斗转星移、物是人非,由自然界联想到人世间,全诗透着一种无奈和悲凉。相比之下,张耒的仿作则没有了这种柔和的气氛,其遣词用韵更添几分生硬甚至凄冷,不若吴融的原诗静谧柔和。

与其说晚唐文人在咏叹爱情,还不如说,他们只是将"爱情"作为一个咏叹的符号,而符号之下却早已填满了仕途失意的悲叹、青春虚度的哀伤、生活困顿的愁苦,甚至于人生的悲剧性与美的短暂性也一同在里面奏响。这一切共同成就了晚唐爱情诗那种剪不断、理还乱的含蓄朦胧之美。晚唐诗歌在整体上的优美路向也在这里表达得最为充分。①

明代徐𤊹撰的《徐氏笔精》卷三中的"茅山僧林和靖"条载,"茅山老僧诗云'一池荷叶衣无尽,数树松花食有余。刚被傍人相问讯,老僧今日又移居'。林和靖诗云'山水未深猿鸟少,此生犹拟别移居。直过天竺溪流上,独树为桥小结庐',二作颇相类,然皆蹈袭唐陈羽、吴融二绝也。羽诗云'虽有柴门长不关,片云高木共身闲。犹嫌住久人知处,见欲移居更上山'。吴融云'石臼山头有一僧,朝无香积夜无灯。近嫌俗客知踪迹,拟向中方断石层'"。其中提

---

① 李红春:《宗教哲学影响下的晚唐诗歌》,《中国文化研究》2009年第4期。

到的吴融此诗名为《山僧》，出自其《阌乡寓居十首》，诗中所刻画的这位山僧很怪，他本来已经居住在深山里一个人迹罕至的地方，已经无人前来上香点烛了，但他还嫌不够，还想逃遁，为避开俗客进而欲凿山开洞。陈羽诗异曲同工。而相比之下，茅山老僧和林和靖的表述都逊色不少，也确有蹈袭之嫌。

宋代杨万里的《诚斋集》，其卷二十一中有《和吴监丞景雪中湖上访梅》一诗，诗云：

雪与梅花两逼真，不知谁好复谁新。
无端更入吴融手，剪取西湖半段春。

据笔者统计，吴融专题吟咏梅花的诗有两首，即《灵池县见早梅（时太尉中书令京兆公奉诏讨蜀余在幕中）》和《旅馆梅花》。据《诚斋集》所描述，所和之诗当为《春寒》一首，原诗云：

固教梅忍落，体与杏藏娇。
已过冬疑剩，将来暖未饶。
玉阶残雪在，罗荐暗魂销。
莫问王孙事，烟芜正寂寥。

冬去春来、乍暖还寒，残雪还未消融，梅花也不忍落去，总让人觉得冬还未去、春还未来。由是可见，杨万里的"雪与梅花两逼真，不知谁好复谁新"则是将"固教梅忍落"和"玉阶残雪在"两句综合后的情感和鸣。进而，吴融诗中的"已过冬疑剩，将来暖为饶"

则是诚斋诗"半段春"咏叹的由来。

在笔者所见的与吴融有关的记述中,后人也多对吴融的才学进行称赏,但这方面的材料比例总体偏少。目前来看,细致勾勒出吴融在宋代以后的影响还有相当难度。

第三节　吴融在当代文学史著作中的形象和地位

>自1910年林传甲之《中国文学史》起,至1949年刘大杰之《中国文学发展史》止,几十年间,作者如林。通史之外,尚有断代史、分类史;专史之外,并有史论、史评。可谓洋洋大观。……旧之史作,固不乏一家之言,而其阙失,尤在于对文学史之概念初无定见,因而未能从探索文学规律着眼。内容或者太偏,或者过泛;体例亦各异,各从其便而已。而其中大部又系为讲课所编,原非学术研究之专著,实为作家作品之汇集。书目所列著述已达三百余种。①

笔者按照时间顺序,将自己所收集到的部分文学史著作以及唐诗史著作中有关于吴融的介绍或者评价简要地列举出来,以对吴融在主流文学史著作中的地位和形象做一个初步调查与梳理。(参见附录一)

---

① 陈玉堂:《中国文学史书目提要·序言》,黄山书社1986年版,第2页。

通过考察，笔者认为除却文学史著作本身具有的选择性和某些文学之外的标准外，吴融的诗歌不受到重视的原因还有另外几个方面：

一是认为当时社会矛盾尖锐，农民起义不断，易代之际人民蒙受了极大的苦难，一些诗人继承了杜甫以来的现实主义传统，通过自己的诗歌揭露现实的腐败，展示百姓的苦难，创造了一些具有批判意义的诗歌作品。其中代表是皮日休、聂夷中、杜荀鹤等。而吴融虽然也处于战乱纷争的年代，其作品中反映现实腐败和民间疾苦的作品比例不高，也就是"人民性"不强。

二是认为吴融和韩偓是创作风格相近的诗人，并且吴融气骨还不及韩偓，甚至认为韩偓可以作为两人的代言，因韩偓有《香奁集》，历来也多被界定为香艳诗人。吴融与其有数首唱和之作，内容也稍稍涉及香艳，于是吴融被简单视为"韩偓之流"。在这种认识影响下，吴融在文学史著作中存在的价值就受到了质疑，也导致文学史著作中不介绍韩偓的较少，不介绍吴融的却占多数。吴融的光芒在某种程度上被韩偓所掩盖，但实际上这是在误解基础上的掩盖，是一种被"标签化"。吴融和韩偓的诗风存在较大差异，对此笔者已在第三章作了论证。当然，晚唐有温李这样的名家高举唐诗大旗，也为此间数十年的唐诗风格奠定了一个阶段性总基调，生活在此期间的晚唐诗人包括吴融在内不可能不受到这种"大气候"的影响。

三是吴融的诗集流传不广，受到的品评也不多，这又与晚唐战乱纷争的时局背景有关。凡是一个朝代即将灭亡，这个时期所产生的文学，接下来必然要经受兵荒马乱的洗礼，社会的整体状况已经不足以支撑时人以平和的心态去观诗赏诗。相关物质和技术条件也往往达不到战前的水平,尤其是一个辉煌了近三百年的唐朝政权,其分崩离析后带来的创伤,在五代十国的几十年间,很难从根本上痊愈,那些更迭迅速、各占一方的小政权,无法承继前朝辉煌,品评也自然不成体系。

四是总体上对晚唐诗歌的重视程度还不够,避谈衰落、怯谈消亡,而极推崇盛世与和平的景象,在诗评界也是有显现的。

> 当文学研究已经不再满足于对已经呈现出的具体文学现象重复解释,当唐代文学的研究者已不再满足于对李白、杜甫等大作家的思想内容与艺术特色的反复阐说,文学研究领域与研究方式的开拓就成为重要的理论命题。于是,在文学研究领域"史"的意义开始凸显,而文学史研究中的环节问题越来越受到重视;一些在以往研究中被忽视的、文学高潮之间过渡性的中间环节逐渐进入研究者的视野。①

那么挖掘吴融这样一个诗人其诗作的流传,并试图进一步提升他在唐诗史上的地位,其意义又究竟有几何呢?笔者认为,后代对于唐诗的选评很大程度上取决于唐人选唐诗的态度。并且,从选本角度来考虑,整个晚唐诗也是一个特例,因为时代的原因,几乎不存在晚唐人选晚唐诗的集子,所以尽管吴融在晚唐诗人中的威望很大,在朝廷中也名声显赫,但其后的政治局势并不能为其诗歌传播

---

① 陶庆梅:《新时期晚唐诗歌研究述评》,《南京师大学报(社会科学版)》1999年第4期。

提供很好的外部条件。因此，我国古代的唐诗选本，除了明代胡应麟的《诗薮》和明代胡震亨的《唐音癸签》中略有提及外，其他知名唐诗选本都很少有过系统地对吴融诗歌的搜集整理，即使纪昀等编著的《四库全书总目》，也不过收录了五十余种。

从生活于公元七世纪的孙季良编著的第一本唐诗选本《正声集》开始，至辛亥革命前不久的王闿运、吴汝纶止，在一千二百多年的时间里，共有六百余种唐诗选本出现，平均每两年就有一本。（据孙琴安《唐诗选本提要》序）目前尚存的古代唐诗选本仅有三百余种，其余很多都失于战火，可谓令人惋惜。因此，完整地考订出一个唐代诗人诗作的流传和受评情况，已经为客观条件所限难以达到，也只能就现有选本来分析论证，当然这种论证无论怎样客观，却还是从根本上存在偏颇和缺陷的。

唐诗选本就功用来讲，有的是为了宣扬自己的诗歌观点，有的是为了作儿童伦理道德的启蒙读物，有的为当时的科举考试服务。从选材标准上来说，有的从内容题材出发，有的从诗人性情出发，有的从练书法、习绘画角度出发。从选材态度上来说，有以为前选太繁而加以删定的，有以为前选不足而加以增补的，有专从唐诗人的身份出发而加编选的，有专从姓氏出发、编选唐代同姓诗人之诗的，有从怡养性情、安度晚年需要的角度加以编选的。

因此，综合主客观编选受制因素与实际出版情况，收录晚唐诗的选本大多出自五代以后，也就是朝代更迭之后，由另一个政权的统治者或民间组织倡导，其也有挽救文化遗产的目的。但由于当时的国家仍处于分裂状态，五代诗人要么从唐入五代，要么生于五代，对整个

第四章 吴融诗歌的编选与流播状况

晚唐乃至晚唐后期的社会状况和诗坛状况都谈不上深入的了解。再加上对于前辈生活时代的痛苦记忆,以及后来一直存续了几十年的分裂格局,也都很难让诗人了解一个大国破碎的心伤。唐人的气度与风貌、胆识与情怀已一去不返,中国诗歌史上一个壮丽时代宣告终结。

与此同时,对吴融等乱世之际的诗人诗歌的刊刻流传,也受到了其他较大的主客观条件限制。这个时期,虽然没有出现传播空白,但是纷乱征伐的社会,使人们很难平静地对待诗歌,也很难以平常心去平均而自由地分配诗歌欣赏的注意力,而是更可能将目光投注到奇闻轶事上。再加上五代十国朝代更迭较快,这个时期的诗人和诗歌研究者们,很难以一种大国的心态和一种开阔的视角(即河山一统),以平和的气度和安泰的心情来深刻解读晚唐诗歌,因此就很难切身体会晚唐诗人复杂的心态。

笔者认为,只有在另一个一统朝代形成以后,并且形成了较为稳定的社会局面之后,才有可能给一个有相似局面的前代较为客观的品评与审订,这就是历史在某些方面显现出了轮回的特征。像北方地区先后出现的少数民族政权,如辽、金,与北宋南宋数百年对峙,从地理上来讲,也限制了诗歌更广泛的流播。这也使得晚唐诗歌作为一个传播特例,一直以来被置于相对孤寂的角落,未被充分讨论。如明代的胡应麟所讲,"严氏谓唐诗八百家,宋人有得五百家者。今传不过三百余家,而甚多猥杂,则所不传者,未足深惜,然亦有幸不幸也"[①]。

---

① (明)胡应麟:《诗薮·外编卷四·唐下》,上海古籍出版社1958年版,第188—189页。

笔者试图从文学传播的角度，揭示这一现象背后的成因，力图使读者在诗歌文本之外，对影响晚唐诗歌传播的社会政治因素和技术文化因素进行一个更为全面的观照。归根到底，笔者认为，吴融作为晚唐诗人的杰出代表，其作品无论是在历代的唐诗选本中，还是在当代的文学史著作中，都没有得到其应有的位置，未受到应有的重视，而重新被重视的时机可能已经到来。

综合来看，对于吴融诗歌的品评，主要出现在宋代以后，对其事迹的记载主要见于北宋宋祁、欧阳修、范镇、吕夏卿等合撰的《新唐书》中，对其诗的品评主要出现在宋代以后兴起的诗话著作中，对其品性、逸事的记载也主要源于五代王定保的《唐摭言》。相关记述年代越晚，穿凿附会越多，后来添枝加叶者也颇多，但较《唐摭言》也大同小异，新说不多。笔者认为，当下所看到的诗歌传播状况，是自五代以来的社会政治状况以及诗坛状况的交互作用和历史演进的反映，这个过程是多变的、漫长的，也是被发酵的和沉淀过的，综合了多方面的聚合反应，才使我们看到了今天的流播状况。

诗歌界常有一流、二流甚至三流、四流的诗人之说，这样的流别和等级的评定，主要的依据是什么呢？如果今天运用文学传播学的视角来解释，重新审视那些约定俗成的价值判断的话，就会发现，诗人在后代的影响，绝不仅仅是诗歌本身在起作用，而是多方面综合作用的结果。诗人地位与社会地位和交际境遇有着密切的联系，还可能与后人认为的"社会贡献度"和"首创精神"有关。这也给了我们更多的文学传播启示，即这是一个真正的"意见的自由市场"，还是充满着看得见的和看不见的"议程设置"呢？当今的文坛是否也正应验着这样的规则,遵循着这样的规律呢?

众所周知,被后代誉为"诗圣"的杜甫,其诗坛地位的确立也不是一帆风顺的,历来对其部分诗作的品评也是褒贬不一。这里面也包含着复杂的社会学、心理学以及传播学的因素,后代诗评家们的主观感受差异与选诗标准差异在其中发挥了重大作用。当前代已经"盖棺定论",后代要"出新说",就非常不容易了。

图4-2 杜甫画像[①]

那么对于吴融来说,其自身已经没有可能在当时的社会环境中为自己的诗歌主张再寻找某种市场或做某种自我辩解,也没有办法

---

① 引自(清)顾沅辑录,孔莲卿绘像:《古圣贤像传略》卷七(唐),清道光十年(1830年)刊刻。

扩大自己的诗歌影响，尤其是无法为自己正名。反倒是后世一些诗话作品的品评，对吴融诗歌的传播起到了一定的助推作用。笔者认为，后世的诗话著作，是一种必然的诗歌传播"长尾"。诗人本着一种朴素的观念，潜心进行诗歌创作，述时事、抒己怀，已经是一个完整的诗人形象了。当然在一个可能的时间维度和地域空间内，通过特别的依靠和手段，借助一些特殊的人物，一些诗人也是可以完成"去污洗白"的过程的。

相对于已经成书的诸多文学史著作来讲，笔者所考察的数量不足百种，只占一小部分。但笔者所考察到的文学史著作中关于吴融形象和界定还是存在一定分歧和争议的，也可谓仁者见仁、智者见智，这更影响到了当下一些论文及文章中的评价。

纵观这些文学史著作，一流的作家和诗人在其中的形象和地位比较清晰也比较稳固，有些表述只是换了个同义词，变换了个角度而已。但文学史毕竟不只是精英文学史，也不是主流文学史，否则就应该在书名上标注。文学史著作应该同文学本身一样，保持它的多样性、驳杂性、丰富性及广泛性。与真正的档案记录和历史真实相比，文学史著作的主观随意性是显而易见的，非文学标准也经常占据上风，一些表述也常缺乏逻辑性和严谨性。这些表述作为鉴赏来使用，倒也活泼有趣，但是作为严肃的文学史著作，则有失科学规范性和系统严密性。当然，在全面澄清争议和明辨基本事实的基础上，给每一位作家、每一部作品一个更为清晰的合理、准确的定位也是可能的，概言之，文学的评价标准应该更多出自文学本身，而不是文学之外。文学史著作中的一个可能值得商榷的方面是，纯文学的东西往往被忽视，文学被文学之外的标准所束缚着，过多的今人代古人思考的表述，可能曲解了古人、玷污了古人。

基于此，笔者更期待着有体现新思想、描述新感悟、挖掘新价值、倡导新理念的文学史著作问世。此外，一些文学史著作的写作中也的确存在着参仿和抄袭的现象，很多评价也不是源于对作品本身的认识解读，而是源于一种莫可名状的"远近亲疏"或"挑肥拣瘦"，谱系派系之争，文学"地盘"的把控与争夺，已有的阻碍文学及文学批评发展的因素，在今天都可以且应该加以更有效地规避。

第四节　吴融诗歌在当代的网络传播

从传统的纸质阅读到移动阅读，中国古代文学经典的传播范围得到了拓展。除了单一的文字阅读，网络平台更应从文字、图片、视频、声音等方面丰富阅读形式，提升读者的阅读兴趣。例如古代文学经典名著《红楼梦》《三国演义》等，除了文字阅读外，一些网络平台还设置了个性化阅读模式，如增设了有声阅读、漫画等，利用这些多元化的传播形式，对语言文字所描述的内容加以形、声的辅助，让静态的审美对象活跃起来，成为动态的审美对象。在已经到来的移动阅读时代，更加多元的阅读方式将会使读者进一步感受到中国古代文学经典的独特魅力。[①]

[①] 曾美桂：《古代文学经典如何重焕新生》，《人民论坛》2017年第27期。

衡量一位作家与其作品的文学传播能量和受众喜好程度,应该充分考虑到技术和载体的发展水平和限制因素。进入21世纪以来,随着网络和信息技术的迅猛发展,文学传播的条件发生了历史性巨变,文学作品的呈现也更加网络化和数字化。

一、唐诗传播与唐代诗人的网络形象

笔者在本研究过程中,除了查阅纸质原本外,绝大多数资料都使用了电子版本,相关量化统计,也主要依赖数据库。电子手段的运用和数据库的建设为古代文学的研究提供了新契机,相关手段也在不断丰富,数据库的数量和质量也在不断提升。因此,唐诗研究的基础条件已经大为改观。对比笔者最初从事吴融研究的2004年前后与当下的2018年,网络发展水平和数据库建设方面都不可同日而语。作为一位重要的唐代诗人,应该说,吴融的诗作传播应该且可以呈现并依赖于更广阔的网络传播和数据库传播。

笔者查阅中国知网,截至2018年2月10日,未发现有专门研究古代文学和唐诗的网络传播的论文,也即当下已经相当发达的网络环境下,有关唐诗及古代文学的传播现状还未出现专门的和系统性的研究。但无论是诗人还是诗作,抑或与诗歌有关的衍生品,尤其是唐诗的多层次、多角度、多面向的传播,其网络传播不仅应该是全国性的,甚至应该是全球性的,这种传播都是无时无刻不在发生的。这种观念指导下的传播行为研究,应该成为文学和文化传播研究的重要内容。

2018年7月,中国互联网络信息中心(CNNIC)在北京发布了第42次《中国互联网络发展状况统计报告》(以下简称为《报告》)。《报告》显示:"截至2018年6月30日,我国网民规模达8.02亿,普及率为57.7%。其中,手机网民规模已达7.88亿,网民通过手机接入互联网的比例高达98.3%。"[1]建设网络强国,已经成为党、政府和人民的共识,相关内容也已经写入党的十九大报告。2018年10月31日,中共中央政治局就人工智能发展现状和趋势举行了第九次集体学习。中共中央总书记习近平在主持学习时强调,"人工智能是新一轮科技革命和产业变革的重要驱动力量,加快发展新一代人工智能是事关我国能否抓住新一轮科技革命和产业变革机遇的战略问题。要深刻认识加快发展新一代人工智能的重大意义,加强领导,做好规划,明确任务,夯实基础,促进其同经济社会发展深度融合,推动我国新一代人工智能健康发展"[2]。而唐诗的传播极有可能与人工智能出现更为密切的连接,比如靠人工智能技术,可以重新生成并仿作唐诗作品,这些诗歌的"真假"已经很难分辨,另外也可以对唐诗进行更为精准的大数据分析。在唐诗教学方面,人工智能的技术应用也更加广泛,基于AR、VR等技术的新教材都已经有所开发。这些新技术的发展,都为唐诗的传播提质创造了条件。

百度指数可以直观反映一个词条在一定时期内被网民搜索的情况。截至2018年2月11日,笔者未发现百度指数收录"吴融"词条,

---

[1] 中国互联网络信息中心:《第42次〈中国互联网络发展状况统计报告〉》(全文),2018年8月20日,见http://www.cac.gov.cn/2018-08/20/c_1123296882.htm。
[2] 新华社:《习近平:推动我国新一代人工智能健康发展》,2018年10月31日,见http://www.xinhuanet.com//2018-10/31/c_1123643321.htm。

也未发现有用户为"吴融"建立专门词条。笔者又以"李白""杜甫""白居易""李商隐"为例①，来解析四位诗人在网络上的被搜索和受关注程度（见下图）。依下图可见，在搜索的绝对高值和搜索总量方面，李白遥遥领先，其次为杜甫，再次为白居易，李商隐的指数相对最低。

综合对四位诗人搜索的平均值，李白②为10002，杜甫为3786，白居易为2432，李商隐为1707。这些搜索数值一定程度上显示了四位诗人的受瞩目程度，也可以成为判断诗人作品当下传播和诗人形象当下影响力的重要参考。

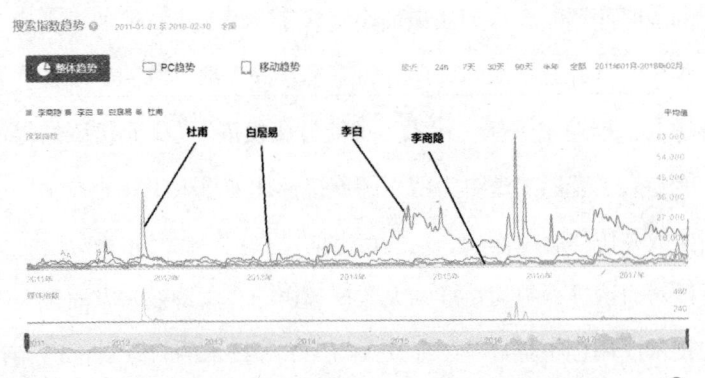

图4-3 李白、杜甫、白居易、李商隐的百度指数对比图③

从现状来看，唐诗作品主要依托正统国学网站及文学爱好者或研究机构建设的网站加以传播，这些网站的资源基本为免费形

---

① 数据自2011年1月—2018年2月11日。
② 李白的高数值与歌手李荣浩的单曲《李白》有关，因此该数值存在一定程度的偏差。
③ 截图自百度指数相关条目。

式，也基本都可以实现唐诗全文的下载。一些热心的网友还为绝大多数知名唐代诗人建立了专门词条，并将已有的介绍资料和已有出版物上的基础文本编辑加工进行上传，并保持了一定频率的更新。从教育教学的功用来看，多数知名的唐诗作品，尤其是对已入选《唐诗三百首》的作品也多经过了视频制作和朗读朗诵等形式的多元化表现，一部分重点作品还运用了诗画相配和书法摘抄等艺术表现形式。

单就某一位诗人来看，其诗作的网络传播主要呈现出如下几个方面的特征。

首先，是由网络文学爱好者或者研究者主动进行网络传播，主要是用于正常的鉴赏和品评，以便更好地进行文学批评与交流；

其次，是出版和文化部门主动进行的网络资源共享，尤其是一些图书馆和档案馆以及出版社，他们主动对进入公共版权领域的作品进行免费共享；

再次，是由一些网络技术和软件科技公司开发的一些具有特殊和高级别功能的数据库，一般为有偿购买和使用；

第四，是由诗人的家乡政府或者相关文化机构来主持对诗人的作品挖掘和诗作品读，借助诗人诗作的传播来丰富诗人故乡的文化内涵，旨在树立文化品格、延续文脉；

第五，是由专门诗歌研究机构和学术刊物，如研究会、学会、学刊等组织的定期的资料公布与共享。

综之，诗人的立名与诗作的传播均可以借助多种力量、多种渠道，满足多种需求，并呈现多种样态。

二、吴融诗歌作品的网络传播

综合统计来看，吴融作品的视频化主要以诗配画形式出现在网络上，且一般配有朗读和解说。笔者搜集到的主要作品为《卖花翁》《溪边》《华清宫》三首，其用途为儿童唐诗教学。选取此类诗作主要是由于诗作朗朗上口，内容相对简练且适合儿童记诵。

另外，在百度搜索引擎中输入"吴融"一词，结果所指也较为明确，均为晚唐诗人吴融。截至2018年9月27日，百度搜索到的相关结果数为965000个。通过"超星发现"学术系统再加以检测，输入"吴融"一词后，可检索到317个结果，总被引频次为519次，另经细查，其中少量信息的指向非唐代诗人吴融，但此数据基本反映了吴融在该平台上呈现的真实情况。笔者根据百度搜索引擎的结果，对吴融的诗作被网友自发引用和品评的情况作了简要梳理。

总体来说，对于"吴融"的诗歌的引用、鉴赏和品评，主要是网友的自发和自主行为，并以诗配画、诗配照片及摘句品评等为主要再现方式。

以下是笔者针对吴融诗歌进行的网络信息搜集整理，以窥见吴融诗歌的网络传播现状和现实网络影响力。

如白帆文学社官网诗歌栏目"古词风云"版块选了吴融的《八月十五夜禁直寄同僚》一诗。搜狐网历史频道"最东西"网文《一场由蚊子引发的千年吐槽》摘录了吴融的《平望蚊子》一诗。语文360网站摘录吴融的《僧舍白牡丹二首》，此版块下的网友的跟帖评价较为积极正面。网友"语文港"的博客摘录了吴融的《途中见杏花》并加以分析。网友"T天马"的博客摘录了吴融的《杏花》

一首，并配用了杏花图片。中国新媒体信息网人文文化版块中《与猴有关的典故：沐猴而冠》一文中摘录了吴融《废宅》一诗中的"不独凄凉眼前事，咸阳一火便成原"。江山文学网江山征文版块中《江山（散文）——檀香书苑》一文中摘录了吴融《望嵩山》一诗中的诗句"三十六峰危似冠，晴楼百尺独登看"。瑞文网的文学版块中《离家在外的游子思念家乡的诗句》一文摘录了吴融《赴职酬过便桥书怀》一诗中的"一间茅屋何所值？父母之乡去不得"。网友"老当益壮"的博客摘录了吴融的七言绝句《杨花》。

以上网友自发的摘录与品评，表明吴融部分诗作较能引起一些文学爱好者的共鸣，这些诗歌中所刻画的事物、描绘的景色和表达的感情具有一种充盈自然意蕴的生动性和跨时空的贴近性。综合来看，吴融的《桃花》一诗较受中老年古典诗词爱好者喜爱，该诗也可以被评为吴融诗歌在网络世界中最受欢迎的一首。

长沙社区通网站新闻版块中《广东云浮建城镇合村"梨白雪香桃红花艳"》一文中摘录了吴融《桃花》一诗中的"满树和娇烂漫红，万枝丹彩灼春融"两句。网友"爱汉语"的博客《漫话古代咏桃花诗》一文摘录了吴融的《桃花》一首，并对诗作进行了分析。河源新闻网民生新闻版块中《三月连平桃花盛开》一文中摘录了吴融《桃花》中的诗句"满树和娇烂漫红，万枝丹彩灼春融"，并借以描绘当地桃花盛开的景象。就爱阅读网历史文化版块中《诗情画意——吟杏》一文摘录了吴融的《途中见杏花》，并配诗意画。网友"梁之放"的博客摘录了吴融的《桃花》一首，解析了该诗的行文和立意，并配十数幅有关桃花的图片加以说明。网易新闻网新闻中心版块中

《南汇桃花村万枝丹彩灼春融》一文也摘录了吴融《桃花》一诗中的诗句"满树和娇烂漫红，万枝丹彩灼春融"。网易新闻客户端中《嘉兴五县两区15个赏花好去处》一文摘录了吴融的《桃花》一诗。还有部分网友在360个人图书馆的账号中，上传了有关吴融的《桃花》一诗的分析品评。

其次，吴融的《红叶》一诗也较受旨在发展县域旅游的地方政府宣传部门或者摄影爱好者欢迎。搜狐网文化版块中《秋天，收获的季节》一文摘录了吴融的《红叶》一诗，并加以简要分析。新浪中心的综合版块中《古诗词里的红叶，到底有多美》一文摘录了吴融的七律《红叶》一诗。搜狐文化频道"凤县旅游"版块《凤县浪漫红叶季 | 古诗词里的红叶，到底有多美？不知凤县占几许》一文摘录了吴融的《红叶》一诗。这些摘录主要是赏识吴融诗歌在描情摹态和咏花颂景方面的"才艺精湛"和"简备精当"。

相对于文学爱好者的直接品评，书法爱好者也对吴融的部分作品进行了个性书写，书法作品的诗作题材涵盖面更宽，其中咏物和纪行诗较受欢迎一些。

"自古至今，诗歌的传播方式经历了不少变化。早期的诗歌主要是通过口头流传，尤其是在《诗经》时代及其以前，由于没有书写记录，人们只能对诗歌口口相传；到后来，出现了文字与书写，于是手抄的诗歌、题跋等开始逐渐为人们接受；再后来，出现了印刷技术，民间的、文人的作品都可以通过大量的印刷得到更广泛的流传。印刷技术是诗歌在传播方式上的一次革命，而且现在仍然发挥着重要作用，尤其是由印刷技术带来的出版业、报刊业的发达为近现代文学（包括诗歌）的发展创造了良好的条件。另外，朗诵（包括配乐朗诵）等方式也时常发挥着作用。在诗歌发展中，各种传播方式并不存在后来的方式取代先前方式的问题，而是不断迭加，使多种方式同时发挥作用。这就为诗歌的传播和发展提供了更多的途径。现在，口传方式（比如当下流行的民歌民谣）、抄写题跋方式、印刷方式、朗诵等仍然在发挥其重要作用，还出现了一些新的方式，比如电子技术带来的录音录像、数字技术带来的网络诗歌等。"①

当诗词与网络相遇，网络的诗词化表达与诗词的网络化呈现就成了两个重要命题。网络为网友们提供了自由鉴赏、自主品评的平台和空间，尤其是加入了诸多网络化语言和新媒体表现技巧，使得这些尘封已久的诗词的展现有了新的载体平台。在传统的纸质载体稳定延续的同时，开发更符合屏幕阅读需要的新型阅读作品，满足受众更为活泼和个性化的阅读需求，也成为了一个新课题。此外，网络平台可以实现对诗词的再编辑操作和个性化设计，这都是普通纸质平台无法达到的，因此，普通诗词爱好者可以利用网络更好地展现自己对于诗词的个性化阐释和鉴赏。以吴融的诗歌为例，网友对其诗词章句的摘录和内容的品评，有的是出于自发的，有的则带有商业操作性质和宣传目的，这些都没有严格的规定性和限定性，

---

① 蒋登科：《传播方式、网络诗歌及其他》，《现代传播》2009年第5期。

展现了较为自由的传播图景。

另外,"横看成岭侧成峰",已有的古典诗词的网络传播和多媒体呈现,有"正规军"的整齐划一的方阵式呈现,也有"游击队"的个性和私人定制式传播。对于"非著名"诗人诗作的品评,往往由普通诗词爱好者带着极强的专业敏感和使命责任感,不断在不同空间和平台加以呈现。但他们的传播意愿一般具有自发性和寄托感,传播行为具有随意性和间歇性,传播的效度也多不够稳定。可惜的是,笔者发现真正对这些诗作具有较高鉴赏水平的诗词专家和高级学者,他们多数未能够熟练顺畅地使用网络平台发布自己更为精到的品评和专业思考,也未能在网络空间上发挥主导和示范作用。

另外,一些诗歌的网络鉴赏与评价作品,也存在版权侵犯的隐患,尤其是引用与摘抄的情况较为普遍,但多数由于主客观原因未能注明原出处。部分依托唐诗内容创作的书法作品,除了能够增进对经典作品的形象化和个性化理解外,也为书法创作者带来了更多的创作想象素材,当然也不排除其中有一些功利化倾向和商业化操作。如何将经典作品的线上传播和线下出版互动起来、呼应起来,让唐诗更深植于民间,更积极、阳光,正面地呈现于网络,是当代文学作品传播的一个重要议题。

第五章 结论与展望

第一节 结论

"唐人诗如初发芙蓉,自然可爱。宋人诗如披沙拣金,力多功少。元人诗如镂金错采,雕缋满前。"(引胡应麟《诗薮》语)诗歌是文学中的贵族,它们各有风格、自成体系,它们历经朝代沿革,甚至饱含战火沧桑,在不变中求变,在变化中涵塑精神。

侥幸有著作存传的古代作家们,其作品更显珍贵,也都应该得到今人正确的解析和合理的评价。笔者暂时无力对更多的诗人诗作做更为具体的传播观察,仅以吴融为例,试着探讨在新时期、新技术条件下,如何提升一些诗人在文学史著作中的地位,并扩大他们的现实影响力。笔者也认为,对于吴融的研究,到这里只能算是迈出了一小步,即刚刚开了个头儿,文中的观点是否能够站稳脚跟,能否得到学术界的认可或默许,还有待时间的考验。

"百花齐放,百家争鸣"是文艺和学术需要坚持的基本思想,说来简单,真正能够贯彻执行却并不容易。唐诗花园至今还远远没有呈现出"百家"和"百花"的局面,人们耳熟能详的依然还是那几十位。然而,今天的研究队伍和科研条件都足以支撑对二千五百二十九位唐代诗人、对四万二千八百六十三首唐诗作品做比以往更为精准和深入的研究。

笔者认为,能够从心底宽容别人、欣赏别人,应该成为文人的一种深植内心的理念。文人之间很容易相互轻视,但并不是必然相轻,更不必相怨相杀。唐诗曾经是并将一直是中华民族的文学骄傲,因为它是一种高度文明的标志,也是中华文明史上闪亮的"大眼睛"。

在当今开放的社会和文化风气下,唐诗研究很可能开辟出新的视野,挖掘出新的意义。笔者作为一位热爱文学的青年学者,也很希望能够真正深入到所喜欢的文学作品当中,挖掘出最能打动自己的部分,在尊重史实的前提下给出最精到的文学阐释和最细致的审美赏析。而对于那些尚没有读完读懂,或暂时不感兴趣的作品,甚至能力未及且根本未亲眼见到的作品,则不妄加断言。

笔者认同恩师董乃斌教授的看法,即研究文学的人要从文学出发,最后还要回到文学。研究古代文学的人,一般多对唐诗一见倾心,不论是否真正持续研习唐诗,终究是要被唐诗神韵所感染的,只是多少、深浅和时间长短的问题。当我们真正静下心来,抛除了浮华的社会功利思想,去探寻一首首唐诗所展现出的情感和画面,这样的过程本身就如同一首首诗收获了现实的鸣响,并实现了真正的传播。当然,也不是每一首唐诗都会受到后人的追捧,有些高质量作品甚至根本未进入过大众视野,笔者也建议探究一下是不是在传播方面出了什么问题。笔者在注释吴融诗歌时曾感觉字字动心,也觉得部分内容阐释起来很艰难,有时甚至因为一个字的误读而歪曲了整首诗(这样的情况出现多次)。当被恩师董乃斌教授指出后,自己顿觉学力不足,竟作了歪曲和片面的解释,不禁出了一身冷汗,真有愧对古人之憾。再之后,经董乃斌教授提点,又研读了新的材料,寻找新的角度,顺藤摸瓜后方又豁然开朗,步入正轨。一首诗是如此,一本诗集更是如此;一个人是如此,一群人更是如此。笔者谈不上具备成熟的文艺思想,但也秉承着虚心求教的心态,在唐诗阐释的道路上小步前挪。

综上所述,笔者对吴融的分析和研究虽然在一些方面有了些许突破,但仍缺乏深入,在对诗人的整体把握方面也还有一些不到位之处。但笔者对于一些"通行"认识的批判和解析,态度也是鲜明的,证据也是基本确凿的。"与晚唐文学家的对话,不是从他那里学习什么、借鉴什么,而是直接在对话中体会文人在被政治边缘化之后的无奈与悲哀。当然,对这种体会的重新编码则是见仁见智,随着批评者本身的定位又可能出现不同的层次。"[①]吴融作为一位知名的晚唐诗人,为人处世有自己的准则,写诗作赋有自己的风格,笔者深深为其才华所折服,基于"知人论世"的原则,他的价值和意义,应该在今天有一个更为清晰和明亮的呈现。希望他的文学基因能够代代相传,希望他被后代更多提及,这也是笔者做此研究的重要目的。

第二节 展望

一个诗人及其诗作的存在价值和传播意义,就在于他表达了纯

[①] 陶庆梅:《新时期晚唐诗歌研究述评》,《南京师大学报(社会科学版)》1999年第4期。

真的性情，抒写了通透的性灵，记录了对世间万物的感知和感叹。即作为诗人，他不同于凡人的地方，是他用了什么文字，表达了什么感受，诉说了什么理想。一个诗人能够毫无做作、较少掩饰，把自然、生命和社会种种的美好与凄惨，人生的种种得志与失意，浓缩于充满韵律的巧思之句中，便可称为"文学之子"。唐诗的文字是优秀的，唐诗的文学意蕴是绵长的，它们是对有唐一代人情世态和社会场景的最好注脚和诠释。

笔者认为，从目前已有的唐诗大家名家的位置图和坐标系来看，吴融算不得唐诗名家，但却可以称得上是唐诗大家。相当数量的风格稳健的诗作，明晰的为人处世准则，广泛而级别较高的朋友交际圈，可以辅助我们得出这样的一个结论。而仅仅以一首诗或数首诗成名的诗人，他在我们头脑中仍然有可能是模糊的。如果我们只是记住了诗，却不清楚诗人的形象，就难以在当时的社会环境和人情世故中理解他那些有血有肉、值得称颂的事迹，也就无法真正触及诗人心灵最深处最柔软的部分。从这个意义来讲，"文以化人"，文学不仅仅是文学，更是人学。

吴融诗歌特色的进一步开掘，还有待于笔者对其诗歌笺注工作的彻底完成后再加以深入品评。笔者认为，吴融的诗可以并应该为当下众人所熟知，尤其是在今天这样一个文艺百花齐放的时代。将零散片段式的印象集合为整体性的人文情怀和专业观照，在今天显得尤为重要。唐诗已经是中国文学难以逾越的高峰，唐代的每一位诗人都值得我们认真思考和研究，尤其唐人的气度和风貌值得当下的国人认真学习、模仿和传承。

第五章 结论与展望

笔者试图勾勒出一幅以吴融为中心的晚唐诗坛的位标图,把李商隐之后至唐代灭亡以前这五十年的诗坛交往进行一个基于文学交往和人际传播的细致考订。

研究一位诗人,如果真的投入精力了,必定是会被感染一些的。选择一个诗人可能具有某种偶然性,也可能半路上心生怀疑甚至厌烦,犹如不算稳定的"耦合"关系。试想两个相隔千余年的人要作跨时空"对话",没有亲近融合的感觉怎么行?甚至笔者还思考,选择哪个诗人作为自己数十年的研究对象,究竟是由什么神秘力量牵引的?应该不只是文学或学术这两种因素,这是不是一种类似于"量子纠缠"[①]的"一眼千年"?

诗人尤其是唐代诗人,一般是古典文学研究者或爱好者喜欢选择谈论的对象,研究者也多被他们的诗歌中所散发出来的韵味所熏染,进而砥砺自己的诗歌创作,形成一种浑然天成的"传承"。笔者认为,对于唐代诗人的研究存在着如下几种现象:一是对一流诗人的研究朝细微化方向发展;二是对名气中等的诗人的研究沿袭对一流诗人研究的模式;三是对三流诗人的研究,多不愿投入过多精力,也很难深入其精髓,尤其是一些文学史著作多一笔带过或不予置评。笔者寄期望于日后能够继续深入研究,并笺注好《唐英歌诗》,整理好《杏花诗史》。

此外,本研究也未对港澳台及海外有可能出版的研究著作给予基本观照,期待日后如有新发现,再作出新的解析和论断。

[①] 量子纠缠,是指一个红粒子和一个蓝粒子,在没有时间的第三空间里发生了神秘的关联,称为量子纠缠。

附录一 吴融诗歌的编选及在部分文学史著作中的收录情况

一、吴融诗歌入选总集的篇目①

后蜀·韦縠编《才调集》卷二选两首：1 浙东筵上有寄；2 富水驿东楹有人题诗。

宋·王安石编《唐百家诗选》卷二十选二十九首②：1 壬戌岁阌乡卜居·阿对泉；2 野庙；3 小径；4 闲望；5 即事；6 书怀；7 海棠；8 寄贯休；9 楚事；10 金桥感事；11 送策上人；12 松江晚泊；13 废宅；14 途中；15 岐下闻杜鹃；16 杏花三韵；17 华清宫三首；18 春寒；19 彭门用兵后经汴路；20 隋堤；21 高侍御话皮博士池中白莲因寄；22 新安道中玩流水；23 忆山泉；24 红树；25 微雨；26 雨后月中玉堂闲坐；27 中秋禁直。

宋·郭茂倩编《乐府诗集》选两首：1 卷七十一 古离别；2 卷七十九 水调。

宋·蒲积中编《岁时杂咏》选四首：1 卷三 渚宫立春书怀；2 卷

---

① 总集基本上按照时间先后排序。另有诗文评类《唐诗纪事》卷六十八选五首：阌乡卜居；华清宫（三首）；关东献刘员外。另金圣叹著《贯华堂选批唐才子诗》选十二首："金桥感事""彭门用兵后经沛路"（应为"汴"）"废宅""富春""新安道中玩流水""春归次金陵""浙东筵上有寄""书怀""送知古上人""和陆拾遗咏谏院送""即事""东归次瀛上"。参见金圣叹著，曹方人、周锡山校点：《贯华堂选批唐才子诗》，江苏古籍出版社1986年版，第462至469页。

② 《华清宫》三首，算作三首。

十二 寒食洛阳道；3 卷十七 上巳日花下闲看；4 卷三十 中秋夜禁直偶书寄同职。

宋·洪迈编《万首唐人绝句》选四首：1 卷四十九 阌乡卜居·阿对泉；2 卷七十一 海棠二首 桃花。

宋·周弼编《三体唐诗》选四首：1 卷一 阌乡卜居·阿对泉；2 卷二 秋色；3 卷三 废宅；4 卷五 西陵夜居。

宋·赵蕃 韩淲选《章泉涧泉二先生选唐诗》①选三首：1 华清宫（中原无鹿）；2 华清宫（四郊飞雪）；3 华清宫（渔阳烽火）。

金·元好问编《唐诗鼓吹》卷六选十一首：1 闲望；2 即事；3 书怀；4 金桥感事（金桥洛阳桥名）；5 废宅；6 彭门用兵后经汴路；7 隋堤；8 高侍御话及皮博士池中白莲因成一章寄博士兼奉呈；9 新安道中玩流水；10 忆山泉；11 红叶。

元·方回编《瀛奎律髓》选二十一首：1 卷三 题豪家故池 过九成宫 过丹阳 富春 武关 题延寿坊东南角古池 废宅；2 卷七 春词 次韵和王员外杂游四韵；3 卷十五 西陵夜居；4 卷十七 微雨；5 卷二十三 书怀 闲望；6 卷三十二 金桥感事 偶题；7 卷三十四 新安道中玩流水 分水岭；8 卷三十八 送僧归日本国；9 卷四十七 寄贯休 寄尚颜师 还俗尼。

元·杨士弘编《唐音》卷十四选两首：1 秋色；2 凉思。

明·高棅编《唐诗品汇》选七首：1 卷五十四 华清宫；2 卷九十 太

---

① 参见（宋）赵蕃、韩淲选编，谢枋得注：《注解章泉涧泉二先生选唐诗》，见（清）阮元《宛委别藏》本，江苏古籍出版社，1988年版。

保中书令军前新楼 秋日经别墅 金桥感事 彭门用兵后经汴路
（其一）废宅；3《唐诗品汇·唐诗拾遗》卷四 水调。

明·钱毂撰《吴都文粹续集》选四首；1卷二十四 松江晚泊（树远天
疑尽）晚泊松江 松江晚泊（吴台越峤）；2卷三十七 平望蚊子。

明·曹学佺编《石仓历代诗选》卷八十五 晚唐十二 选九十八首：
1赠李长史歌（并序）；2古离别；3太湖石歌；4雨后闻思归
乐；5秋日渚宫即事；6荆州寓居书怀；7和严谏议萧山庙；8
湖州溪楼书献郑员外；9途中；10西陵夜居；11题越州法华
寺；12途中；13雨夜；14送僧归日本国；15夏夜有寄；16
汴下晚泊；17关东献兵部刘员外；18途次淮口；19登途怀友
人；20题豪家故池；21酬僧；22登鹳雀楼；23次韵和王员外
杂游四韵；24书怀；25彭门用兵后经汴路其二；26忆钓舟；
27废宅；28宋玉宅；29太保中书令军前新楼；30送知古上
人；31金桥感事；32禁直偶书；33送弟东归；34和张舍人；
35送友赴阙；36秋日经别墅；37望嵩山；38忆猿；39新雁；
40忆山泉；41东归望华山；42叶落；43春雨；44和陆拾遗题
谏院松；45题扬子津亭；46还俗尼（本是歌妓）；47上阳宫
辞；48春晚书怀；49寄杨侍郎；50杏花；51分水岭；52浐
水席上献座主侍郎；53子规；54春归次金陵；55关西驿亭即
事；56东归次瀛上；57偶书；58即事；59槎；60离岐下题西
湖；61中秋陪熙用学士禁中玩月；62岐下闻杜鹃；63花村六
韵；64即席十韵；65古锦裾六韵；66御沟；67和睦州卢中丞

题茅堂十韵；68 败帘六韵；69 玉堂种竹六韵；70 和韩致光侍郎无题；71 倒次元韵；72 赋得欲晓看妆面；73 野庙；74 秋园；75 山居即事；76 华清宫二首；77 金陵怀古；78 忆街西所居；79 送杜鹃花；80 楚事；81 旅馆梅花；82 训僧；83 秋色；84 秋闻子规；85 忆事；86 凉思；87 鲛绡；88 潮；89 云；90 卖花翁；91 自讽；92 西京道中闻蛙；93 王母庙；94 送许校书；95 山僧；96 小径；97 闻提壶鸟；98 木笔花。

明·陆时雍编《古诗镜·唐诗镜》卷五十四选八首：1 五言律诗 戏；2 五言排律 即席十韵 和韩致光侍郎无题十四韵；3 七言绝句 金陵怀古 华清宫（两首）"渔阳烽火""上皇鸾辂" 杨花 送杜鹃花。

明·赵宧光 黄习远 编定《万首唐人绝句》①卷三十七选十三首：1 阌乡卜居；2 水调；3 野庙；4 小径；5 楚事；6 华清宫三首；7 上巳日；8 海棠二首；9 桃花；10 秋色。

明人编《诗渊》②选六首：1 红树；2 白莲；3 高侍御池中白莲；4 华清宫；5 废宅；6 西陵夜居。

清·彭定求等编《全唐诗》总目十 吴融 四卷（卷六百八十四至六百八十七）

清·王士禛编《唐人万首绝句选》卷七选两首：1 阌乡卜居·阿对

---

① 刘卓英校点：《万首唐人绝句》，书目文献出版社1983年版，第920页。
② 刘卓英主编：《诗渊索引》，北京图书馆藏明稿本（据《续修四库全书》集部第1594—1600册），书目文献出版社1993年版。

泉；2楚事。

清人编《御定佩文斋咏物诗选》选三十九首①：1远山（49）；2御沟十六韵（104）；3太保中书令军前新楼（119）；4槎（127）；5鲛绡（156）；6古锦裾（161）；7题泗河中石床（217）；8薛舍人见征恩赐香并二十八字同寄（220）；9忆钓舟（228）；10寄僧（234）；11红树（275）；12花村六韵（276）；13卖花翁（276）；14咏柳（289）；15杨花（289）；16桃花（296）；17旅馆梅花（297）；18杏花"粉薄红轻"（299）；19途中见杏花（299）；20买带花樱桃（312）；21海棠（318）；22木笔花（328）；23追咏棠梨花十韵（330）；24僧舍白牡丹（其一）（337）；25僧舍白牡丹（其二）（337）；26红白牡丹（337）；27高侍御话皮博士池中白莲因成奉呈（356）；28红叶（373）；29病中宜茯苓寄李谏议（378）；30长安里中闻猿（413）；31忆猿（413）；32中夜闻啼禽（421）；33水鸟（421）；34新雁（426）；35燕雏（438）；36池上双凫（其一）（462）；37池上双凫（其二）（462）；38闻蝉（477）；39蛱蝶（478）。

清人编《御选唐诗》选七首：1红树；2太保中书令军前新楼；3禁直偶书；4新雁；5忆山泉；6春雨；7即事。

清人编《御定全唐诗录》卷九十二选七十五首：1古体诗三首 赠李

---

① 括号内为卷数。

长史歌（并序）李周弹筝歌（淮南韦太尉席上赠）太湖石歌；
2 近体诗七十二首（71 首）端居 途中 出潼关 途次淮口 西陵夜
居 登途怀友人 题越州法华寺 春词 即席 出迟 戏 湖州溪楼书献
郑员外 夏夜有寄 咏柳 赴阙次留献荆南成相公三十韵 赋得欲晓
看妆面 和韩致光侍郎无题 倒次元韵 个人三十韵 雪十韵 赋雪十
韵 赋雪 古锦裾六韵（锦上有鹦鹉鹤陆处士有序）败帘六韵 追
咏棠梨花十韵 上阳宫辞 偶书 书怀 春晚书怀 偶题 即事 秋日经
别墅 禁直偶书 忆钓舟 海上秋怀 东归次瀛上 灵宝县西（侧津）
重阳日荆州作 春归次金陵 湖州晚望 闲望 富春 宋玉宅 关西驿
亭即事 废宅 金桥感事 彭门用兵后经汴路 太保中书令军前新楼
浐水席上献座主侍郎 富水驿东楹有人题诗 和座主尚书春日郊
居 宪丞裴公上洛退居有寄 浙东筵上有寄 病中宜茯苓寄李谏议
寄贯休上人 送弟东归 送知古上人 途中见杏花 杏花 高侍御话皮
博士池中白莲因成奉呈 叶落 子规 华清宫（二首）山居即事 壬
戌岁阌乡寓居 忆街西所居 渡淮作 楚事 陈琳墓 王母庙 秋色 杨
花。

清·沈德潜选注《唐诗别裁集》选二首：1 即事；2 春归次金陵。

清·王尧衢 撰《唐诗合解》[①] 选三首：1 春归次金陵；2 富春；3 新
安道中玩流水。

---

① 参见单小青、詹福瑞点校：《唐诗合解笺注》，河北大学出版社2000年版。

二、吴融诗歌入选谱录及类书的情况

宋·祝穆撰《古今事文类聚》选七首：1 前集卷十 凉思；2 前集卷十四 太湖石歌；3 前集卷四十八 野庙；4 后集卷三十一 杏花三韵；5 后集卷四十六 鸳鸯；6 后集卷四十九 平望蚊子；7 续集卷六 废宅。

明·彭大翼撰《山堂肆考》选五首：1 卷十二"月淡烟沉"条 凉思；2 卷一百七十一"蛙聚雀喧"条 废宅；3 卷一百九十八"春意相妒"条 杏花三韵；4 卷二百十三"同心"条 鸳鸯；5 卷二百二十八"利嘴微形"条 平望蚊子诗。

清人编《御定佩文斋广群芳谱》选全诗二十一首，散句六句：1 卷五 凉思；2 卷二十五 杏花 途中见杏花 杏花；3 卷二十六 桃花；4 卷二十八 追咏棠梨花十韵 买带花樱桃；5 卷三十 高侍御话及皮博士池中白莲因成一章寄博士兼呈侍御；6 卷三十一 禁直偶书 七律最后一句"白波无际落红蕖"；7 卷三十三 红白牡丹和僧咏牡丹；8 卷三十六 海棠；9 卷三十八 木笔花；10 卷三十九 送杜鹃花；11 卷四十二 蔷薇；12 卷四十六 忘忧花；13 卷七十 和陆拾遗题谏院松；14 卷七十一 三峰府内矮桧；15 卷七十六 岐下寓居见槐花落因寄从事 咏柳；16 卷七十八 杨花"柳寒难吐絮"春归次金陵 七律最后一句"杨花千里雪中行"；17 卷八十五 玉堂种竹六韵；18 卷八十八 诗散句"春候侵残腊，江芜绿已齐"；19 卷九十"苇花深处睡秋声"；20 卷九十一"水笼沙浅露莓苔"；21 卷一百 病中宜茯苓寄李谏议。

清人编《御定历代题画诗类》选两首：1卷七十三 题画柏；2卷七十六 壁画折竹杂言。

清人编《御定渊鉴类函》选十八首：1卷二十六 太湖石歌；2卷七十二 翰林学士五 八月十五夜禁直寄同僚；3卷八十四 中书舍人五 薛舍人见征恩赐香并二十八字同寄；4卷三百四十一 宫五 华清宫"四郊飞雪"；5卷三百四十五 宅舍五 废宅；6卷四百五 海棠五 海棠；7卷四百十九 雁五 新雁；8卷四百二十四 燕雏 池上双凫二首（其一）；9卷四百二十六 莺；10卷四百二十六 鸳鸯；11卷四百二十八 岐下闻杜鹃 岐下闻子规 子规 秋闻子规；12卷四百三十一 长安里中闻猿 忆猿；13卷四百四十七 平望蚊子诗。

清·吴宝芝撰《花木鸟兽集类》选两首：1卷上 杏花；2卷中 鸳鸯。

三、吴融诗歌被现籍唐诗选本编录的情况[①]

高步瀛 选注《唐宋诗举要》（下册）（1959年5月第1版，上海古籍出版社），卷五 七言律诗 选两首："金桥感事""偶题"。

中国社会科学院文学研究所编《唐诗选》（1979年4月北京第1版，人民文学出版社）下册，选两首："华清宫"（渔阳烽火），"华清宫"（四郊飞雪）。

房开江 潘中心 编《唐人绝句五百首》（1981年1月第1版，贵

---

① 按时间先后排序。各版本《唐诗三百首》均不选，兼及部分其他诗歌选本。

州人民出版社）选两首："情"、"华清宫"（渔阳烽火）。

沈祖棻　著《唐人七绝诗浅释》（1981年3月第1版，上海古籍出版社）选两首："过华清宫"（四郊飞雪暗云端），"杨花"。

刘永济　编选《唐人绝句精华》（1981年9月第1版，人民文学出版社）选三首："华清宫"（四郊飞雪），"杨花"，"秋色"。

历代四季风景诗选注组《历代四季风景诗三百首》（1983年3月第1版，北京师范大学出版社）选一首："杨花"。

程千帆　沈祖棻　选注《古今诗选》（1983年4月第1版，上海古籍出版社）选一首："金桥感事"。

萧涤非　程千帆等　撰写《唐诗鉴赏辞典》（1983年12月第1版，上海辞书出版社）选吴融四首："卖花翁""金桥感事""子规""途中见杏花"。而选韩偓十三首，选郑谷六首，选杜荀鹤八首，皮日休四首，陆龟蒙五首，方干三首，贯休一首。

刘念兹　编《唐短歌》（1984年7月第1版，四川人民出版社）选两首："江行""壁画折竹杂言"。

高兴　选注《古人咏百花》（1985年3月第1版，黄山书社）选两首："海棠"（云绽），"杏花"（春物）。

马茂元　赵昌平　选注《唐诗三百首新编》（1985年7月第1版，岳麓书社）选一首："春归次金陵"。

刘逸生　选注《唐人咏物诗评注》（1985年8月第1版，中山大学出版社）选四首："潮""杨花""西京道中闻蛙""莺"。

于国俊　何鸥　著《唐诗英华》（1985年10月第1版，山东文艺出版社）选一首："华清宫"（四郊飞雪暗云端）。

周本淳　选编《唐人绝句类选》（1985年11月第1版，浙江古籍出版社）选五首："秋色""华清宫三首""杨花"。

熊柏畦　选注《唐人绝句八百首》（1986年12月第1版，江西人民出版社）选三首："杨花"、"华清宫"（渔阳烽火）、"卖花翁"。

韦凤娟　选析《晚唐诗歌赏析》（1986年10月第1版，广西人民出版社）选一首："溪边"。

尚作恩　李孝堂　吴绍礼　郭清津　编著《晚唐诗译释》（1987年1月第1版，黑龙江人民出版社）选一首："华清宫"（四郊飞雪）。

李长路　著《全唐绝句选释》（1987年6月第1版，北京出版社）选十二首："富春"，"华清宫"（四郊飞雪）（长生秘殿）（渔阳烽火），"云"，"情"，"送荆南从事之岳州"，"渡淮作"，"水鸟"，"杨花"，"小径"，"桃花"。

孙琴安　著《唐七律诗精评》（1989年6月第1版，上海社会科学院出版社）选四首："富春""春归次金陵""彭门用兵后经汴路""废宅"。

周啸天　主编《唐诗鉴赏辞典补编》（1990年6月第1版，四川文艺出版社）选两首："彭门用兵后经汴路"（隋堤风物已凄凉），"闲望"。

秦似　编选《唐诗新选》（1990年6月第1版，湖北人民出版社）选一首："杨花"。

袁远 编《唐宋名诗新译》(1992年1月第1版,南海出版公司)选一首:"金桥感事"。

中国古典文学名著分类集成·诗歌卷(1994年12月第1版,百花文艺出版社),选吴融诗六首:"卖花翁""金桥感事""子规""途中见杏花""春归次金陵""萧县道中"。

彭庆生 张仁健 主编《唐诗精品》(1995年4月第1版,北京燕山出版社)选一首:"途中见杏花"。

上海辞书出版社《古诗分类鉴赏系列·咏物篇——何物最关情》(1996年8月第1版,上海辞书出版社)选一首:"子规"。

傅璇琮 阎琦 编《唐诗精华二百首》(1998年10月第1版,陕西人民出版社)选二首:"废宅""卖花翁"。

富寿荪 选注,刘拜山 富寿荪 评解《千首唐人绝句》(1998年12月第1版,上海古籍出版社)选四首:"华清宫"(四郊飞雪),"卖花翁","楚事","杨花"。

汪正楚 编《中华唐诗传世名作一千首》(2001年9月第1版,上海大学出版社)选七律三首:"金桥感事""子规""途中见杏花"。

孙琴安 编著《唐人绝句精选》(2002年5月第1版,汉语大词典出版社)选一首:"富春"。

刘洪生 编《唐代题壁诗》(2004年12月第1版,中国社会科学出版社)选三首:"题扬子津亭""和人题武城寺""富水驿东楹有人题诗"。

四、吴融诗歌被文学史著作收录的情况[①]

姜书阁　著《中国文学史纲要》(1984年2月第1版，青海人民出版社)，第四篇"隋唐五代文学"，第八章"晚唐五代诗歌"，第三节"杜牧、李商隐、温庭筠及其流裔"中讲"晚唐五代诗人中较著名的，有接近杜牧的张祜，接近温、李的韩偓、吴融和唐彦谦"。

钱基博　著《中国文学史》(1993年4月第1版，中华书局)第四编"近古文学上"，第二章"唐"，第十三节"杜牧 李商隐 温庭筠（附唐彦谦 韩偓 吴融）皮日休 陆龟蒙 段成式"。

周扬　钱仲联　王瑶　周振甫　等编《中国文学史通览》(1994年1月第1版，东方出版中心)，讲"如唐彦谦、吴融、韩偓学温、李的华美"。

中国社会科学院文学研究所总纂　吴庚舜　董乃斌　主编《唐代文学史》(中国文学通史系列)(1995年12月第1版，人民文学出版社)，第二十二章"咸通至天祐时期其他作家（上）"第四节"钱珝 郑谷 吴融"。

袁行霈　主编《中国文学史》(1999年8月第1版，高等教育出版社)，第二卷 第四编"隋唐五代文学"，第十章"晚唐诗歌"。

刘人杰　主编《中国文学史》(1999年10月第1版，中国对外翻译出版公司)，第四编"隋唐五代文学"第十三章"晚唐文学"，

[①] 按时间先后排序，包括部分唐诗论著。

第四节"韩偓　吴融　唐彦谦　司空图"。

张宗原　著《唐诗浅说》(1999年12月第1版,东方出版中心),第六章"晚唐诗歌流派概况",第四节"'元白'诗风的继承者"提及吴融。

杨民苏　编著《唐诗佳话》(2000年1月第1版,云南教育出版社),讲到"吴融因诗大礼卢延让"以及"吴融评赞陆龟蒙选材、构思、属文均绝妙"。

郭预衡　主编《中国古代文学史长编·隋唐五代卷》(2000年9月第1版,首都师范大学出版社),第十一章"晚唐文学",第三节"韩偓　吴融　唐彦谦　司空图"。

毛水清　著《隋唐五代文学史》(2003年8月第1版,广西人民出版社),第六章"晚唐诗坛"第四节"司空图与唐亡前的其他诗人(吴融　王驾　秦韬玉　曹唐　胡曾)"。

罗宗强　著《隋唐五代文学思想史》(2003年10月第1版,中华书局),第十一章"晚唐(懿宗咸通初至昭宣帝天祐末)文学思想(下)"提及吴融。

附录二 吴融诗歌的用词统计

用词	诗题	文本	总计	用词	诗题	文本	总计
温度及感知				情感及状态			
寒（冷）	0	41（9）	50	愁（忧）	0	36（15）	51
凉	1	20	21	孤（独）	0	14（34）	48
暖	0	16	16	闲	4	32	36
火	0	7	7	残	0	33	33
冻	0	5	5	静	0	22	22
冰	0	4	4	恨	0	21	21
热	0	1	1	怜	0	17	17
颜 色				荒	0	17	17
红（赤）	3	43	46	死	0	14	14
白	4	36	40	伤	0	13	13
青	0	39	39	悲	0	10	10
黄	0	28	28	病	1	9	10
绿	0	27	27	笑	0	8	8
紫	0	20	20	怕	0	7	7
黑	0	1	1	喜	1	4	5
时 刻				饥（饿）	0	4（1）	5
夜	6	45	51	哀	0	5	5
晚	6	20	26	活	0	3	3
黄昏	0	6	6	贫	0	3	3
晨	0	6	6	欢	0	3	3
午	0	2	2	困	0	2	2
				愧	0	2	2

（续表）

用词	诗题	文本	总计	用词	诗题	文本	总计
四 季				哭	0	1	1
春	9	79	88	饱	0	1	1
秋	14	60	74	闲情逸致			
夏	1	8	9	歌	9	17	26
冬	0	1	1	画	2	19	21
自 然				酒	0	16	16
山	13	82	95	舞	0	8	8
水	7	59	66	棋	1	6	7
溪	5	24	29	琴	0	5	5
河	1	21	22	茶	0	1	1
泉	3	15	18	人 物			
川	1	14	15	僧	10	8	18
湖	2	5	7	妇（女）	0（1）	2（8）	11
岭	2	4	6	上人（大师）	7（2）	1（0）	10
沟	1	1	2	翁	2	2	4
动 物				兄弟（弟兄）（弟）	0（1）（1）	1（0）（0）	3
雁	1	17	18	童（娃）（孩）	0（0）（0）	0（1）（0）	1
猿	3	13	16	商（贾）	1（0）	0（0）	1
龙	0	15	15	父（母）	0（1）	1（0）	2
莺	1	14	15	妓	1（本是歌伎）	0	1
蝉	1	12	13	古地名			
燕	1	9	10	楚	1	22	23
蝶	1	8	9	秦	0	21	21
鸳鸯	1	5	6	越	1	5	6

(续表)

用词	诗题	文本	总计	用词	诗题	文本	总计
蛙	2	4	6	吴	0	5	5
蚊	1	4	5	赵	0	3	3
蛇	0	4	4	植 物			
子规	3	0	3	柳	1	23	24
虎	0	3	3	竹	2	18	20
凫	1	2	3	松	4	15	19
				柏	2	6	8
				杨	1	5	6
				槐	2	0	2

吴融诗歌的虚词使用统计表①

虚词	莫	怎	又	恰	但	却	尚（且）	只（惟、徒）	更
出现次数	44	0	34	1	3	15	7	只 35 惟 1 唯 11 徒 3	70
频率（%）	14.7	0	11.3	0.3	1	5	2.3	16.7	23.3

休	还	应	已	岂（讵、宁）	总	亦（也）	犹（仍）	自	都（尽、皆）
8	26	61	50	岂 15 讵 0 宁 3	0	亦 17 也 10	犹 24 仍 9	72	都 12 尽 44 皆 8
2.6	8.6	20.3	16.7	6	0	9	11	24	21.3

---

① 据《全唐诗》（扬州诗局精校本），吴融的诗歌总数按三百首计算。

附录三　唐时期全图[1]

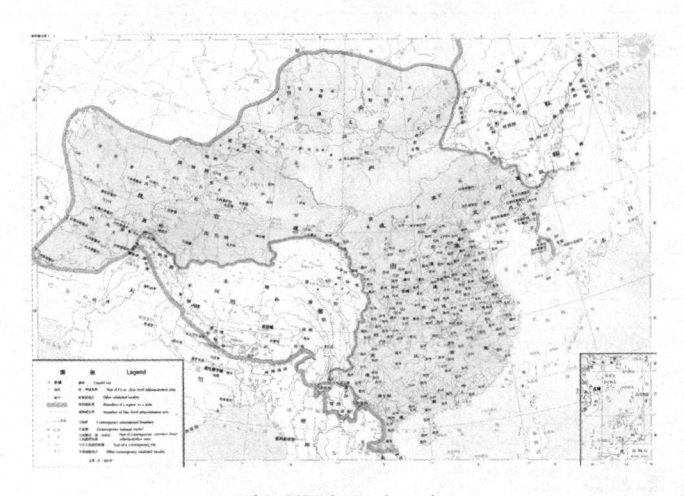

唐时期全图（一）

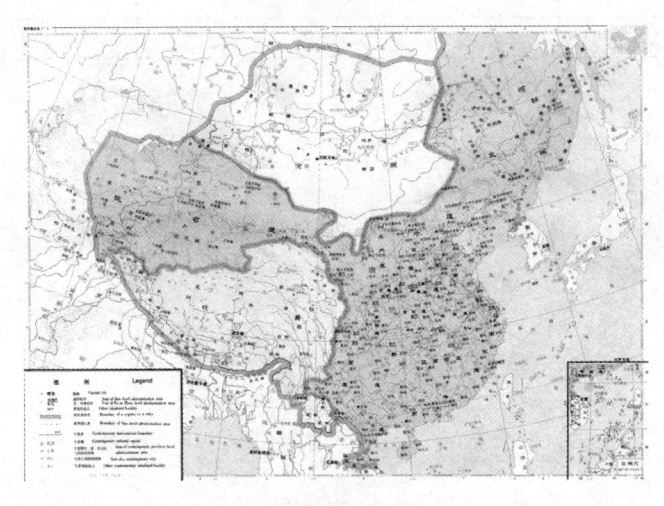

唐时期全图（二）

---

[1] 谭其骧主编：《中国历史地图集》（第五册），中国地图出版社1982年版。

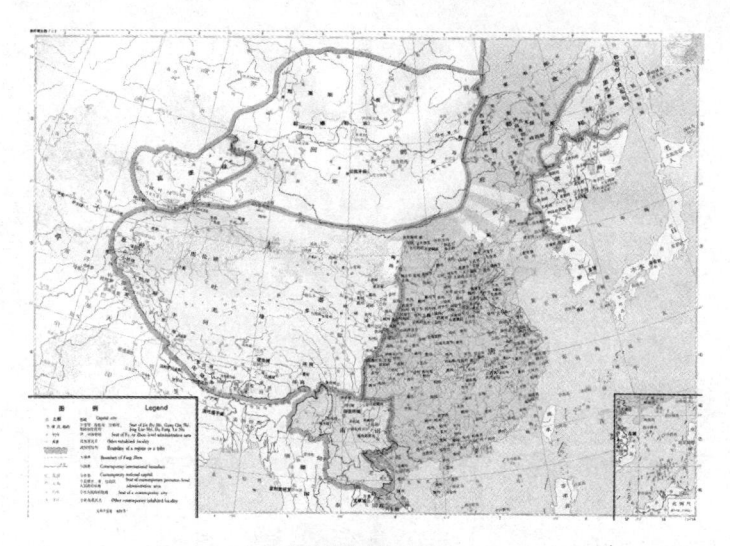

唐时期全图（三）

参考文献

一 纸质文献类

（一）著作类

[1]（后晋）刘昫等撰.旧唐书.中华书局,1975.

[2]（唐）李吉甫撰.贺次君点校.元和郡县图志.中华书局,1983.

[3]（唐）元结,殷璠等选.唐人选唐诗（十种）.上海古籍出版社,1958.

[4]（唐）韩偓著.（唐）陈继龙注.韩偓诗注.学林出版社,2001.

[5]（五代）王定保著.唐摭言.古典文学出版社,1957.

[6]（五代）王定保撰.姜汉椿校注.唐摭言校注.上海社会科学院出版社,2003.

[7]（宋）王谠撰.唐语林.上海古籍出版社,1978.

[8]（宋）孙光宪撰.贾二强校.北梦琐言.中华书局,2002.

[9]（宋）薛居正等撰.旧五代史.中华书局,1976.

[10]（宋）欧阳修撰.徐无党注.新五代史.中华书局,1974.

[11]（宋）陈振孙撰.徐小蛮等校.直斋书录解题.上海古籍出版社,1987.

[12]（宋）释赞宁撰.范祥雍点校.宋高僧传.中华书局,1987.

[13]（宋）阮阅编.周本淳校.诗话总龟.人民文学出版社，1987.

[14]（宋）刘克庄撰.王秀梅校.后村诗话.中华书局，1983.

[15]（宋）洪迈著.容斋随笔.上海古籍出版社，1978.

[16]（宋）张耒撰.李逸安等校.张耒集.中华书局，1998.

[17]（宋）周密撰.癸辛杂识.历代史料笔记丛刊·唐宋史料笔记丛刊.中华书局，1988.

[18]（元）脱脱等撰.宋史.中华书局，1977.

[19]（明）金圣叹著.曹方人等校.贯华堂选批唐才子诗.江苏古籍出版社，1986.

[20]（明）胡震亨著.唐音癸签.上海古籍出版社，1981.

[21]（明）胡应麟撰.诗薮.上海古籍出版社，1958.

[22]（明）绘者不详，明朝宗室朱天然撰写赞.历代古人像赞.明弘治十一年（1498年）刊刻.

[23]（明）高棅编选.唐诗品汇.上海古籍出版社，1982.

[24]（清）顾沅辑录.孔莲卿绘像.古圣贤像传略.清道光十年（1830年）刊刻.

[25]（清）永瑢等撰.四库全书总目（上下）（精）.中华书局，1987.

[26]（清）彭定求等编.全唐诗.中华书局，1960.

[27]（清）董诰等编.全唐文.中华书局，1983.

[28]（清）沈德潜选注.唐诗别裁集.上海古籍出版社，1979.

[29]（清）丁福保辑.历代诗话续编.中华书局，1983.

[30] 岑仲勉著.隋唐史.河北教育出版社,2000.

[31] 黄永年著.唐史史料学.上海书店出版社,2002.

[32] 余嘉锡著.四库提要辩证.中华书局,1980.

[33] 王重民等编.全唐诗外编.中华书局,1982.

[34] 刘德重著.中国文学编年录.知识出版社,1989.

[35] 邹云湖著.中国选本批评.上海三联书店,2002.

[36] 陆侃如等著.中国诗史.百花文艺出版社,1999.

[37] 谭其骧编.中国历史地图集.中国地图出版社,1982.

[38] 陈伯海编.历代唐诗论评选.河北大学出版社,2003.

[39] 孙映逵注.唐才子传校注.中国社会科学出版社,1991.

[40] 傅璇琮编.唐才子传校笺.中华书局,2002.

[41] 陈伯海编.唐诗汇评（全三册）.浙江教育出版社,1995.

[42] 高步瀛注.唐宋诗举要.上海古籍出版社,1959.

[43] 傅璇琮编.唐五代文学编年史.辽海出版社,1998.

[44] 陶敏等著.隋唐五代文学史料学.中华书局,2001.

[45] 罗宗强著.隋唐五代文学思想史.中华书局,2003.

[46] 毛水清著.隋唐五代文学史.广西人民出版社,2003.

[47] 李斌城等编.隋唐五代社会生活史.中国社会科学出版社,1998.

[48] 徐连达著.唐朝文化史.复旦大学出版社,2003.

[49] 程蔷等著.唐帝国的精神文明.中国社会科学出版社,1996.

[50] 萧涤非等著.唐诗鉴赏辞典.上海辞书出版社,1983.

[51] 洪丕谟著.唐诗与人生.上海古籍出版社,2001.

[52] 孙琴安著.唐诗与政治.上海人民出版社,2003.

[53] 吴丽娱著.唐礼摭遗——中古书仪研究.商务印书馆,2002.

[54] 钱志熙著.唐前的生命观和文学生命主题.东方出版社,1997.

[55] 程千帆著.唐代进士行卷与文学.上海古籍出版社,1980.

[56] 傅璇琮著.唐代科举与文学.陕西人民出版社,1986.

[57] 郁贤皓著.唐刺史考全编.安徽大学出版社,2000.

[58] 孙琴安著.唐诗选本提要.上海书店出版社,2005.

[59] 郭杨著.唐诗学引论.广西人民出版社,1989.

[60] 罗时进著.唐诗演进论.江苏古籍出版社,2001.

[61] 张宗原著.唐诗浅说.东方出版中心,1999.

[62] 赵敏俐主编.中国古代歌诗研究——从《诗经》到元曲的艺术生产史.北京大学出版社,2005.

[63] 吴相洲著.唐诗创作与歌诗传唱关系研究.北京大学出版社,2004.

[64] 郭沫若主编、中国社会科学院历史研究所编.中国史稿地图集.中国地图出版社,1996.

[65] 栾保群、王静主编.中国历代帝王名臣像真迹(精).河北美术出版社,1996.

[66] 刘佑平著.中华姓氏通史(吴姓).东方出版社,2000.

(文学史类及唐诗选本类未列,见附录一)

（二）论文类

[1] 欧阳忠伟.试论吴融的诗.上海师范大学学报（哲学社会科学版），1988，3.

[2] 吴伟斌.杨花千里雪中行——读吴融《春归次金陵》.文史知识，1991，7.

[3] 兰天.试论唐代咏物诗的艺术成就.湖南大学社会科学学报，1995，1.

[4] 兰甲云.简论唐代咏物诗发展轨迹.中国文学研究，1995，2.

[5] 文航生.晚唐艳诗概述.四川师范学院学报（哲学社会科学版），1996，1.

[6] 贺中复.五代十国的温李、贾姚诗风.阴山学刊，1996，1.

[7] 余恕诚.晚唐两大诗人群落及其风貌特征.安徽师大学报，1996，1.

[8] 贺中复.论五代十国的宗白诗风.中国社会科学，1996，5.

[9] 吴在庆.李洞为裴贽所屈考论.厦门大学学报（哲学社会科学版），1997，1.

[10] 赵山林.晚唐诗境与词境.华东师范大学学报（哲学社会科学版），1997，5.

[11] 柏俊才.吴融年谱.文献，1998，4.

[12] 蒋长栋.李商隐及晚唐缘情诗派.阴山学刊，1999，1.

[13] 吴在庆.试论方干的隐居及其心态.厦门大学学报（哲学社会科学版），1999，2.

[14] 陶庆梅.新时期晚唐诗歌研究述评.南京师大学报（社会科

学版），1999，4.

[15] 田道英. 贯休生平系年. 四川师范学院学报（哲学社会科学版），1999，4.

[16] 张彩霞. 乱世中的人生选择——试论唐末士人的政治参与. 徐州教育学院学报，2000，1.

[17] 吴相洲. 论初唐近体诗律的形成与歌诗入乐的关系. 首都师范大学学报（社会科学版），2000，2.

[18] 田耕宇. 论晚唐怀古诗终极关怀的形成及审美表现. 陕西师范大学学报（哲学社会科学版），2000，4.

[19] 朱玉琪. 论南宋后期词人的布衣化倾向. 北京师范大学学报（人文社会科学版），2000，5.

[20] 景遐东. 唐五代江南地区诗歌创作基本状况述论. 学术月刊，2001，8.

[21] 吴在庆. 吴融诗论笺评. 固原师专学报，2002，1.

[22] 田耕宇. 晚唐诗歌否定评价的当代反思. 四川大学学报（哲学社会科学版），2002，4.

[23] 汪小洋，孔庆茂. 论律赋的文学性. 江苏广播电视大学学报，2003，1.

[24] 彭万隆. 晚唐诗人黄滔行年考. 钱江学术，2003，10.

[25] 张艳辉. 浅论吴融诗. 齐齐哈尔大学学报（哲学社会科学版），2004，1.

[26] 方坚铭. 韦昭度之死与吴融的诗歌创作. 西南交通大学学报（社会科学版），2004，3.

[27] 张艳辉. 试论晚唐士人吴融仕、隐、逸的离合. 漳州师范学院学报（哲学社会科学版），2005，4.

[28] 陈鼎栋. 唐诗"四唐分期说"质疑. 福建商业高等专科学校学报，2005，6.

[29] 张艳辉. 论吴融的艳情诗. 阜阳师范学院学报（社会科学版），2007，5.

[30] 金强，马辉. 吴融并非艳诗诗人之我见. 河北大学成人教育学院学报，2007，3.

[31] 金强，回达强. 吴融诗歌的编选与流播状况分析. 理论界，2008，9.

[32] 金强. 晚唐诗人吴融身世家族. 河北理工大学学报（社会科学版），2008，4.

[33] 许浩然. 唐末文人吴融二事考述. 江苏教育学院学报（社会科学版），2009，2.

[34] 许浩然. 吴融塞北游历考述. 扬州教育学院学报，2009，1.

[35] 蒋登科. 传播方式、网络诗歌及其他. 现代传播，2009，5.

[36] 许浩然. 吴融、陆希声交游考述. 牡丹江师范学院学报（哲学社会科学版），2009，6.

[37] 李红春. 宗教哲学影响下的晚唐诗歌. 中国文化研究，2009年，4.

[38] 王萍. 静中相对更情多——简论晚唐诗人吴融诗歌创作中的人文情怀. 西北农林科技大学学报（社会科学版），2010，3.

[39] 滕云. 杏花开与槐花落 愁去愁来过几年——论唐代落第举

子的槐杏情结. 名作欣赏, 2010, 5.

[40] 王萍. 吴融诗歌中的儒、释互补思想. 中国宗教, 2010, 6.

[41] 李建邡. 杜鹃声声寄哀情——吴融《子规》和余靖《子规》比较赏读. 学周刊, 2011, 10.

[42] 许浩然. 晚唐诗人吴融荆南沙头市题诗考析. 江苏广播电视大学学报, 2011, 5.

[43] 张淑玉. 吴融及其诗歌研究. 四川师范大学, 2012年.

[44] 朱畅. 吴融论析. 华中师范大学, 2013年.

[45] 傅根生. 唐末诗人吴融若干问题考述. 淮阴师范学院学报（哲学社会科学版）, 2013, 6.

[46] 吴碧君. 吴融诗歌意象探微. 东南大学, 2015年.

[47] 苏美静. 汉代小赋与唐代文赋异同———以曹植《洛神赋》、杜牧《阿房宫赋》为例. 剑南文学, 2015, 11.

[48] 艾炬. 吴融生卒年新考. 山西师大学报（社会科学版）, 2017, 1.

[49] 姜志云. 传媒语境下唐诗文化的大众传播探析. 出版广角, 2017年（9月上, 总第299期）.

[50] 杜文玉. 论杏花村与杏花村诗. 晋阳学刊, 2018, 5.

[51] 张墨君. 论"知人论世"和"文如其人"的局限. 名作欣赏, 2018, 24.

（三）报纸文章

[1] 俞耕耘. 我们被唐诗选本窄化了阅读. 北京日报, 2018年6月5日. 第10版.

[2] 刘悠扬. "重写"对古代文学史意义更大——访南京大学中文系教授、唐宋文学研究专家莫砺锋. 深圳商报, 2014年8月26日. 第2版.

二 电子文献类

[1] （唐）李吉甫. 元和郡县志. 四库全书本.

[2] （唐）李肇. 唐国史补. 四库全书本.

[3] （唐）贯休. 禅月集. 四部丛刊本.

[4] （唐）韩偓. 香奁集. 四库全书本.

[5] （唐）黄滔. 黄御史集. 四库全书本.

[6] （唐）陆龟蒙. 甫里集. 四库全书本.

[7] （唐）陆龟蒙. 笠泽丛书. 四库全书本.

[8] （唐）皮日休. 文薮. 四库全书本.

[9] （唐）罗隐. 罗昭谏集. 四库全书本.

[10] （唐）李肇. 翰林志. 四库全书本.

[11] （唐）杜荀鹤. 唐风集. 四库全书本.

[12] （后晋）刘昫. 旧唐书. 四库全书本.

[13] （后蜀）韦縠. 才调集. 四库全书本.

[14] （五代）孙光宪. 北梦琐言. 四库全书本.

[15] （五代）王定保. 唐摭言. 四库全书本.

[16] （宋）陶岳. 五代史补. 四库全书本.

[17] （宋）薛居正. 旧五代史. 四库全书本.

[18] （宋）欧阳修. 新唐书. 四库全书本.

[19]（宋）欧阳修撰．徐无党注．新五代史．四库全书本．

[20]（宋）司马光．资治通鉴．四库全书本．

[21]（宋）范成大．吴郡志．四库全书本．

[22]（宋）张淏．会稽续志．四库全书本．

[23]（宋）郑樵．通志．四库全书本．

[24]（宋）王溥．唐会要．四库全书本．

[25]（宋）钱易．南部新书．四库全书本．

[26]（宋）戴复古．石屏诗集．四库全书本．

[27]（宋）杨万里．诚斋集．四部丛刊本．

[28]（宋）张耒．柯山集．四库全书本．

[29]（宋）葛胜仲．丹阳集．四库全书本．

[30]（宋）周必大．文忠集．四库全书本．

[31]（宋）王十朋．会稽三赋．四库全书本．

[32]（宋）王十朋．梅溪集．四库全书本．

[33]（元）马端临．文献通考．四库全书本．

[34]（宋）王尧臣等撰．崇文总目．四库全书本．

[35]（宋）尤袤．遂初堂书目．四库全书本．

[36]（宋）陈振孙．直斋书录解题．四库全书本．

[37]（宋）陈思．宝刻丛编．四库全书本．

[38]宋人编．宣和书谱．四库全书本．

[39]（宋）陈思．书苑菁华．四库全书本．

[40]（宋）高似孙．砚笺．四库全书本．

[41]（宋）高似孙．纬略．四库全书本．

[42]（宋）苏易简.文房四谱.四库全书本.

[43]（宋）晁公武.郡斋读书志.四库全书本.

[44]（宋）张世南.游宦纪闻.四库全书本.

[45]（宋）孔延之.会稽掇英总集.四库全书本.

[46]（宋）李昉等编.文苑英华.四库全书本.

[47]（宋）计有功.唐诗纪事.四库全书本.

[48]（宋）吴曾.能改斋漫录.四库全书本.

[49]（宋）洪迈.容斋随笔.四库全书本.

[50]（宋）罗大经.鹤林玉露.四库全书本.

[51]（宋）马永易.实宾录.四库全书本.

[52]（宋）阮阅.诗话总龟.四库全书本.

[53]（宋）王铚.四六话.四库全书本.

[54]（宋）刘克庄.后村诗话.四库全书本.

[55]（宋）周密.浩然斋雅谈.四库全书本.

[56]（宋）范晞文.对床夜语.四库全书本.

[57]（宋）王谠.唐语林.四库全书本.

[58]（宋）曾慥.类说.四库全书本.

[59]（宋）张戒.岁寒堂诗话.四库全书本.

[60]（宋）祝穆.古今事文类聚.四库全书本.

[61]（宋）释赞宁.宋高僧传.四库全书本.

[62]（宋）黄震.古今纪要.四库全书本.

[63]（金）元好问.中州集.四库全书本.

[64]（金）元好问.唐诗鼓吹.四库全书本.

[65]（元）方回. 瀛奎律髓. 四库全书本.

[66]（元）辛文房. 唐才子传. 四库全书本.

[67]（元）王恽. 玉堂嘉话. 四库全书本.

[68]（明）胡震亨. 唐音癸签. 四库全书本.

[69]（明）胡大翼. 山堂肆考. 四库全书本.

[70]（明）胡应麟. 少室山房笔丛. 四库全书本.

[71]（明）曹学佺. 蜀中广记. 四库全书本.

[72]（明）朱明镐. 史纠. 四库全书本.

[73]（明）陈耀文. 天中记. 四库全书本.

[74]（明）钱榖. 吴都文粹续集. 四库全书本.

[75]（明）唐顺之. 稗编. 四库全书本.

[76]（明）王祎. 王忠文集. 四库全书本.

[77]（明）陶宗仪. 说郛. 四库全书本.

[78]（明）陶宗仪. 辍耕录. 四库全书本.

[79]（明）徐. 徐氏笔精. 四库全书本.

[80]（明）徐应秋. 玉芝堂谈荟. 四库全书本.

[81]（清）吴任臣. 十国春秋. 四库全书本.

[82] 浙江通志. 四库全书本.

[83] 河南通志. 四库全书本.

[84] 江南通志. 四库全书本.

[85] 大清一统志. 四库全书本.

（注：诗歌总集类未列，见附录一）

后 记

  2003年9月,我南下一千多公里,从河北到上海,赴上海大学文学院跟随著名学者董乃斌教授研习唐诗。在此之前的本科生阶段,我在研究元好问时发现了吴融,确切地说是在研究元好问时发现了他写得十分精彩的杏花诗。在搜索历代杏花诗的过程中,我发现了吴融的杏花诗,经过一段时间的酝酿,我又决定从杏花诗研究扩展到吴融全部诗歌的研究。研究元好问之前,我因为阅读了十余部诗话著作,遂喜欢上了选句摘句,并喜欢上了仿作诗歌。之所以能够发现元好问,也与我上本科时河北大学文学院王素美教授的《元诗研究》课程有关。这看似一连串的偶然,其实是一个个灵感与激情交融的"初心"。

  引我入大学之门的是新闻传播学,送我出大学之门的却是中国语言文学。2002年10月,我放弃了攻读河北大学新闻学的硕士研究生的机会,而是选择了上海大学的古代文学专业。2003年至2006年的上海大学文学院,名师济济,诸如中文系王晓明、袁进、葛红兵,历史系朱学勤,社会学系邓伟志、沈关宝、李友梅以及我的恩师董乃斌、王兆鹏教授等,我都有幸聆听过他们的讲课或讲座。文学院院长叶辛、影视学院院长谢晋也都幸得一见,更有幸五次见到当时已九十三岁高龄的钱伟长校长,包括一次珍贵的与钱校长的握手。

攻读古代文学硕士学位期间，我聆听过其学术报告的古典文学方面的专家有：章培恒、王先霈、詹福瑞、郁贤皓、陈允吉、项楚、黄霖、钟振振、韩经太、王兆鹏、赵昌平、陶文鹏、刘扬忠、刘跃进、胡明、张海鸥、诸葛忆兵、孙克强、骆玉明、徐志啸、张高评、陈大康等。其他相近学科或方向有：温儒敏、钱理群、鲁枢元、葛剑雄、郑也夫、尾崎文昭、朱学勤、萧功秦、邓伟志、袁进、王鸿生、千野拓政、韩昇、樊纲等。作家有：叶辛、陈村、王安忆、莫言等。其他一些知名人物还有：范钦珊、汪晖、黎鸣、贺雄飞、赵毅衡、杨福家等。三年间总计六十余场报告，是上海大学给予我的珍贵的学术养料。从我的导师董乃斌老师，师母程蔷老师，到文学院的邵炳军、王兆鹏老师，及张寅鹏、刘德重、吴惠娟、周锋、罗立刚等老师，他们都教授我专业课程，并指导我做学问的路径。王兆鹏、邵炳军两位先生将重要的典籍软件分享给我，并推荐和提供了多个古典文学研究软件。王兆鹏先生对我的论文更是提出了非常中肯的建议。邵炳军先生也很关心我的成长，并不辞辛劳地为我们联系了多场高水平的专业讲座，拓展了我们的学术视野。

读研期间，恩师董乃斌教授对我们在学业上没有过多的硬框框式的要求，他尊重我们自己的想法和追求，并给予很大的自由空间。作为长期在北方学习工作和生活的南方人，董老师做事认真仔细又性格开朗，处处均是大家风范，每次交谈我都如沐春风，董老师给我在古代文学研究方面的熏染和启发一言难尽。董老师是一个没有"架子"的人，生活朴素、特别守时。体会最深的是，不论身在哪里，他对我们的邮件是每封必回，而且对我们的作业批改得十分细致。

董老师研究李商隐、研究闻一多，似乎也习染了他们的才情志趣。董老师与师母伉俪甚笃，在上海大学乃是佳话。王兆鹏先生给我们这个专业带来了新力量、开拓了新气象，他研究的前沿理念和创新意识也深刻启发了我。我也受到王老师博士论文《宋南渡词人群体研究》的启发，并聆听了他开设的宋词课，这对我后来论文思路的整理以及资料的采集很有帮助。

2006年7月，我硕士生毕业从上海回到河北，随即进入河北大学新闻传播学院编辑出版学系开始教学工作。一开始，我承担的课程较少，课余时间仍醉心于品读和注释吴融的诗歌，这也成为了当时"穷酸"年代的一大乐趣。过程中，我经常自带一些便签，每次解诗有了新突破，并自感心有灵犀之时，就会生发如唐人般的诗兴，或"唱和"或仿作。

如今，我从事了新闻传播学的教学和研究工作，离唐诗也渐行渐远。但这又是一个寻找"初心"的年代，出一本有关吴融的书，是我在上海负笈求学时的初心，为了实现它，我用了十三年。对吴融的研究，于半只脚已经踏出文学研究领域大门的我来说，似乎成了一件走走停停、三心二意的事，以至于我时常怀疑自己是否忘记了初心？出版这本书竟花去了十三年的光阴。十三年来，这部书稿一直在我电脑文档的深处，虽然中间曾换过多台电脑，但这部书稿依然保存完好。为了找回这个"初心"，就应该重新"打点行装"，回到自己曾感受到无比舒适和畅快的唐诗意境中去。

我还要感谢河北大学的白贵教授、李金善教授、王素美教授，他们是我在本科时期能够坚定走上文学研究之路的最初的领路人，我所受到的锻炼和获得的机会，大多数与三位恩师有关。特别是我本科时期能够接触到诸多诗话著作，全在于恩师白贵教授的指引。还要感谢河北大学的任文京教授，人民出版社的孙兴民先生、邓文华女士，他们都从出版的角度给了这部书稿以专业的指导。特别是邓文华女士，对于书稿的细致审读和专业修改，令人感佩！

如今，稿件付梓，即为了告慰自己的"初心"。能与一千多年前的江南才子吴融以对其诗作解析和作品传播梳理的方式，隔空隔地产生"唱和"之感，幸甚哉！

2019 年 12 月 28 日
于河北大学新校区德翰园

策划编辑：孙兴民
责任编辑：孙兴民　邓文华
封面设计：徐　晖　刘芷涵
责任校对：毕宇靓　闫翠茹

图书在版编目（CIP）数据

吴融诗歌及其传播研究／金强著 . —北京：人民出版社，2020.10
ISBN 978—7—01—022462—6

Ⅰ．①吴… Ⅱ．①金… Ⅲ．①吴融（850—903）—唐诗—诗歌研究 Ⅳ．①I207.227.42

中国版本图书馆 CIP 数据核字（2020）第 167149 号

吴融诗歌及其传播研究
WURONG SHIGE JIQI CHUANBO YANJIU

金　强◎著

人 民 出 版 社 出版发行
（100706　北京市东城区隆福寺街99号）

保定市北方胶印有限公司印刷　　新华书店经销

2020年10月第1版　2020年10月北京第1次印刷
开本：880 毫米 × 1230 毫米 1/32　印张：8.75
字数：192 千字

ISBN 978—7—01—022462—6　　定价：38.00 元

邮购地址 100706　北京市东城区隆福寺街99号
人民东方图书销售中心　电话（010）65250042　65289539

版权所有·侵权必究
凡购买本社图书，如有印刷质量问题，我社负责调换。
服务电话：（010）65250042